行走文丛

贾平凹

著

脚 客

上海三联书店

图书在版编目（CIP）数据

脚客／贾平凹著．—上海：上海三联书店，
2019.12
ISBN 978－7－5426－6813－4

Ⅰ．①脚… Ⅱ．①贾… Ⅲ．①散文集－中国－当代
Ⅳ．① I267

中国版本图书馆 CIP 数据核字（2019）第 226479 号

脚　客

著　　者／贾平凹	
选　　编／杨海蒂	
责任编辑／程　力	
特约编辑／吴　斐	
装帧设计／鹏飞艺术　周　丹	
监　　制／姚　军	
出版发行／上海三联书店	

（200030）中国上海市漕溪北路 331 号 A 座 6 楼

印　　刷／三河市中晟雅豪印务有限公司	
版　　次／2019 年 12 月第 1 版	
印　　次／2019 年 12 月第 1 次印刷	
开　　本／640×960　1/16	
字　　数／162 千字	
印　　张／18.5	

ISBN 978－7－5426－6813－4／I·1554

定　价：43.80元

目录

秦腔

　　山川不同，便风俗区别，风俗区别，便戏剧存异；普天之下人不同貌，剧不同腔；京、豫、晋、越、黄梅、二簧、四川高腔，几十种品类；或问：历史最悠久者，文武最正经者，是非最汹汹者？曰：秦腔也。正如长处和短处一样突出便见其风格，对待秦腔，爱者便爱得要死，恶者便恶得要命。外地人——尤其是自夸于长江流域的纤秀之士——最害怕秦腔的震撼。评论说得婉转的是：唱得有劲；说得直率的是：大喊大叫。于是，便有柔弱女子，常在戏台下以绒堵耳，又或在平日教训某人：你要不怎么怎么样，今晚让你去看秦腔！秦腔成了惩罚的代名词。所以，别的剧种可以各省走动，唯秦腔则如秦人一样，死不离窝；严重的乡土观念，也使其离不了窝：可能还在西北几个地方变腔走调地有些市场，却绝对冲不出往东南而去的潼关呢。

　　但是，几百年来，秦腔却没有被淘汰、被沉沦，这使多少人在大惑而不得其解。其解是有的，就在陕西这块土地上。如果是一个南方人，坐车轰轰隆隆往北走，渡过黄河，进入西岸，八百里秦川大地，原来竟是：一扶黄褐的平原；辽阔的地平线上，一

处一处用木橼夹打成一尺多宽墙的土屋，粗笨而庄重；冲天而起
的白杨、苦楝、紫槐，枝干粗壮如桶，叶却小似铜钱，迎风正反
翻覆……你立即就会明白了：这里的地理构造竟与秦腔的旋律惟
妙惟肖地一统！再去接触一下秦人吧，活脱脱的一群秦始皇兵马
俑的复出：高个，浓眉，眼和眼间隔略远，手和脚一样粗大，上
身又稍稍见长于下身。当他们背着沉重的三角形状的犁铧，赶着
山包一样团块组合式的秦川公牛，端着脑袋般大小的耀州瓷碗，
蹲在立的卧的石碌碡碌磁上吃着牛肉泡馍，你不禁又要改变起世
界观了：啊，这是块多么空旷而实在的土地，在这块土地挖爬滚
打的人群是多么"二愣"的民众！那晚霞烧起的黄昏里，落日在
地平线上欲去不去的痛苦的妊娠，五里一村，十里一镇，高音喇
叭里传播的秦腔互相交织、冲撞，这秦腔原来是秦川的天籁、地
籁、人籁的共鸣啊！于此，你不渐渐感觉到了南方戏剧的秀而无
骨吗？不深深地懂得秦腔为什么形成和存在而占却时间、空间的
位置吗？

　　八百里秦川，以西安为界，咸阳、兴平、武功、周至、凤翔、
长武、岐山、宝鸡，两个专区几十个县为西府；三原、泾阳、高陵、
户县、合阳、大荔、韩城、白水，一个专区十几个县为东府。秦腔，
就源于西府。在西府，民性敦厚，说话多用去声，一律咬字沉重，
对话如吵架一样，哭丧又一呼三叹。呼喊远人更是特殊：前声拖
十二分的长，末了方极快地道出内容。声韵的发展，使会远道喊
人的人都从此有了唱秦腔的天才。老一辈的能唱，小一辈的能唱，
男的能唱，女的能唱；唱秦腔成了做人最体面的事，任何一个乡
下男女，只有唱秦腔，才有出人头地的可能，大凡有出息的，是
个人才的，哪一个何曾未登过台，起码不能吼一阵乱弹呢！

　　农民是世上最劳苦的人，尤其是在这块平原上，生时落草在

黄土炕上，死了被埋在黄土堆下；秦腔是他们大苦中的大乐，当老牛木犁疙瘩绳，在田野已经累得筋疲力尽，立在犁沟里大喊大叫来一段秦腔，那心胸肺腑，关关节节的困乏便一尽儿涤荡净了。秦腔与他们，要和"西凤"白酒、长线辣子、大叶卷烟、牛肉泡馍一样成为生命的五大要素。若与那些年长的农民聊起来，他们想象的伟大的共产主义生活，首先便是这五大要素。他们有的是吃不完的粮食，他们缺的是高超的艺术享受，他们教育自己的子女，不会是那些文豪们讲的，幼年不是祖母讲着动人的迷丽的童话，而是一字一板传授着秦腔。他们大都不识字，但却出奇地能一本一本整套背诵出剧本，虽然那常常是之乎者也的字眼从那一圈胡子的嘴里吐出来十分别扭。有了秦腔，生活便有了乐趣，高兴了，唱"快板"，高兴得像被烈性炸药爆炸了一样，要把整个身心粉碎在天空！痛苦了，唱"慢板"，揪心裂肠的唱腔却表现了多么有情有味的美来，美给了别人的享受，美也熨平了自己心中愁苦的皱纹。当他们在收获时节的土场上，在月在中天的庄院里大吼大叫唱起来的时候，那种难以想象的狂喜、激动、雄壮，与那些献身于诗歌的文人，与那些有吃有穿却总感空虚的都市人相比，常说的什么伟大的永恒的爱情是多么渺小、有限和虚弱啊！

我曾经在西府走动了两个秋冬，所到之处，村村都有戏班，人人都会清唱。在黎明或者黄昏的时分，一个人独独地到田野里去，远远看着天幕下一个一个山包一样隆起的十三个朝代帝王的陵墓，细细辨认着田埂土，荒草中那一截一截汉唐时期石碑上的残字，高高的土屋上的窗口里就飘出一阵冗长的二胡声，几声雄壮的秦腔叫板，我就痴呆了，猛然发现了自己心胸中一股强硬的气魄随同着胳膊上的肌肉疙瘩一起产生了。

每到农闲的夜里，村里就常听到几声锣响：戏班排演开始了。

演员们都集合起来，到那古寺庙里去。吹、拉、弹、奏、翻、打、念、唱，提袍甩袖，吹胡瞪眼，古寺庙成了古今真乐府、天地大梨园。导演是老一辈演员，享有绝对权威，演员是一家几口，夫妻同台，父子同台，公公儿媳也同台。按秦川的风俗：父和子不能不有其序，爷和孙却可以无道，弟与哥嫂可以嬉闹无常，兄与弟媳则无正事不能多言。但是，一到台上，秦腔面前人人平等，兄可以拜弟媳为帅为将，子可以将老父绳绑索捆。寺庙里有窗无扇，屋梁上蛛丝结网，夏天蚊虫飞来，成团成团在头上旋转，熏蚊草就墙角燃起，一声唱腔一声咳嗽。冬天里四面透风，柳木疙瘩火当中架起，一出场一脸正经，一下场凑近火堆，热了前怀，凉了后背。排演到什么时候，什么时候都有观众，有抱着二尺长的烟袋的老者，有凳子高、桌子高趴满窗台的孩子。庙里一个跟头未翻起，窗外就哇的一声叫倒好，演员出来骂一声：谁说不好的滚蛋！他们抓住窗台死不滚去，倒要连声讨好：翻得好！翻得好！更有殷勤的，跑回来偷拿了红薯、土豆，在火堆里煨熟给演员作夜餐，赚得进屋里有一个安全位置。排演到三更鸡叫，月儿偏西，演员们散了，孩子们还围了火堆弯腰踢腿，学那一招一式。

一出戏排成了，一人传出，全村振奋，扳着指头盼那上演日期。一年十二个月，正月元宵日，二月龙抬头，三月三，四月四，五月五日过端午，六月六日晒丝绸，七月过半，八月中秋，九月初九，十月一日，再是那腊月五豆，腊八，二十三……月月有节，三月一会，那戏必是上演的。戏台是全村人共同的事业，宁肯少吃少穿也要筹资集款，买上好的木石，请高强的工匠来修筑。村子富不富，就比这戏台阔不阔。一演出，半下午人就找凳子去占地位了，未等戏开，台下坐的、站的人头攒拥，台两边阶上立的、卧的是一群顽童。那锣鼓就叮叮咣咣地闹台，似乎整个世界要天翻地覆了。各类小吃趁机摆开，一个食摊上一盏马灯，花生、瓜子、糖果、烟卷、油茶、麻花、烧鸡、煎饼，长一声短一声叫卖不绝。锣鼓还在一声儿敲打，大幕只是不拉，演员偶尔从幕边往下望望，下边就喊：开演呀，场子都满了！幕布放下，只说就要出场了，却又叮叮咣咣不停。台下就乱了，后边的喊前边的坐下，前边的喊后边的为什么不说最前边的立着；场外的大声叫着亲朋子女名字，问有坐处没有，场内的锐声回应快进来；有要吃煎饼的喊熟人去买一个，熟人买了站在场外一扬手，"日"的一声隔人头甩去，不偏不倚目标正好；左边的喊右边的踩了他的脚，右边的叫左边的挤了他的腰，一个说：狗年快完了，你还叫啥哩？一个说：猪年还没到，你便拱开了！言语伤人，动了手脚；外边的趁机而入，一时四边向里挤，里边向外扛，人的旋涡涌起，如四月的麦田起风，根儿不动，头身一会儿倒西，一会儿倒东，喊声、骂声、哭声一片；有拼命挤将出来的，一出来方觉世界偌大，身体胖肿，但差不多却光了脚，乱了头发。大幕又一挑，站出戏班头儿，大声叫喊要维持秩序，立即就跳出一个两个所谓"二杆子"人物来。这类人物多是头脑简单、四肢发达，却十二分忠诚于秦腔，此时便拿了枝条儿，哪里人挤，哪里打去，如凶神恶煞一般。人人恨骂这些人，人人又都盼有这些人，叫他们是秦腔宪兵，宪兵者越发忠于职责，虽然彻夜不得看戏，但大家一夜满足了，他们也就满足了一夜。

终于台上锣鼓停了，大幕拉开，角色出场。但不管男的女的，出来偏不面对观众，一律背身掩面，女的就碎步后移，水上漂一样，台下就叫：瞧那腰身，那肩头，一身的戏哟。是男的就摇那帽翎，一会双摇，一会单摇，一边上下飞闪，一边纹丝不动，台下便叫：绝了，绝了！等到那角色儿猛一转身，头一高扬，一声高叫，声如炸雷嗡嗡嗡直从人们头顶碾过，全场一个冷颤，从头到脚，每一个手指尖儿、每一根头发梢儿都麻酥酥的了。如果是演《救裴生》，那慧娘站在台中往下蹲，慢慢地，慢慢地，慧娘蹲下去了，全场人头也矮下去了半尺，等那慧娘往上站，慢慢地，慢慢地，慧娘站起来了，全场人的脖子也全拉长了起来。他们不喜欢看生戏，最欢迎看熟戏，那一腔一调都晓得，哪个演员唱得好，就摇头晃脑跟着唱，哪个演员走了调，台下就有人要纠正。说穿了，看秦腔不为求新鲜，他们只图过过瘾。

在这样的地方，这样的环境，这样的气氛，面对着这样的观众，秦腔是最逞能的，它的艺术的享受，是和拥挤而存在，是有力气而获得的。如果是冬天，那风在刮着，像刀子一样，如果是夏天，人窝里热得如蒸笼一般，但只要不是大雪、冰雹、暴雨，台下的人是不肯撒场的。最可贵的是那些老一辈的秦腔迷，他们没有力气挤在台下，也没有好眼力看清演员，却一溜一排地蹲在戏台两侧的墙根，吸着草烟，慢慢将唱腔品赏。一声叫板，便可以使他们坠入艺术之宫，"听了秦腔，肉酒不香"，他们是体会得最深的。那些大一点的、脾性野一点的孩子，却占领了戏场周围所有的高空，杨树上，柳树上，槐树上，一个枝杈一个人。他们常常乐而忘了险境，双手鼓掌时竟从树杈上掉下来，掉下来自不会损伤，因为树下是无数的人头，只是招致一顿臭骂罢了。更有一些爬在了场边的麦秸积上，夏天四面来风，好不凉快，冬日就趴个草洞，将身子缩进去，露一个脑袋，也正是有闲阶级享受不了秦腔吧，他们常就瞌睡了，一觉醒来，月在西在，戏毕人散，只好苦笑一声悄然没声儿地溜下来回家敲门去了。

当然，一次秦腔演出，是一次演员亮相，也是一次演员受村人评论的考场。每每角色一出场，台下就一片喊喊喳喳：这是谁的儿子，谁的女子，谁家的媳妇，娘家何处？于是乎，谁有出息，谁没能耐，一下子就有了定论。有好多外村的人来提亲说媒，总是就在这个时候进行。据说有一媒人将一女子引到台下，相亲台上一个男演员，事先夸口这男的如何俊样，如何能干，但戏演了过半，那男的还未出场，后来终于出来，是个国民党的伪兵，还持枪未走到中台，扮游击队长的演员挥枪一指，"叭"的一声，那伪兵就倒地而死，爬着钻进了后幕。那女子当下哼一声，闭了嘴，一场亲事自然了了。这是喜中之悲一例。据说还有一例，一个老头在脖子上架了孙孙去看戏，孙孙吵着要回家，老头好说好劝只是不忍半场而去，便破费买了半斤花生，他眼盯着台上，手在下边剥花生，然后一颗一颗扬手喂到孙孙嘴里，但喂着喂着，竟将一颗塞进孙孙鼻孔，吐不出，咽不下，口鼻出血，连夜送到医院动手术，花去了七十元钱。但是，以秦腔引喜的事却不计其数。每个村里，总会有那么个老汉，夜里看戏，第二天必是头一个起床往戏台下跑。戏台下一片石头、砖头、一堆堆瓜子皮、糖果纸、烟屁股，他掀掀这块石头，踢踢那堆尘土，少不了要捡到一角两角甚至三元四元钱币来，或者一只鞋，或者一条手帕。这是村里钻刁人干的营生，而馋嘴的孩子们有的则夜里趁各家锁门之机，去地里摘那香瓜来吃，去谁家院里将桃杏装在背心兜里回来分红。自然少不了有那些青春妙龄的少男少女，则往往在台下混乱之中眼送秋波，或者就悄悄退出，相依相偎到黑黑的渠畔树林子里去了……

秦腔在这块土地上，有着神圣的不可动摇的基础。凡是到这些村庄去下乡，到这些人家去做客，他们最高级的接待是陪着看一场秦腔，实在不逢年过节，他们就会要合家唱一会乱弹，你只能点头称好，不能耻笑，甚至不能有一点不入神的表示。他们一生最崇敬的只有两种人：一是国家领导人，一是当地的秦腔名角。

即是在任何地方，这些名角没有在场，只要发现了名角的父母，去商店买油是不必排队的，进饭馆吃饭是会有座位的，就是在半路上挡车，只要喊一声：我是某某的什么，司机也便要嘎地停车。但是，谁要侮辱一下秦腔，他们要争死争活地和你论理，以致大打出手，永远使你记住教训。每每村里过红白丧喜之事，那必是要包一台秦腔的。生儿以秦腔迎接，送葬以秦腔致哀，似乎这人生的世界，就是秦腔的舞台，人只要在舞台上，生、旦、净、丑，才各显了真性。恶的夸张其丑，善的凸现其美；善的使他们获得美的教育，恶的也使丑里化作了美的艺术。

广漠旷远的八百里秦川，只有这秦腔，也只能有这秦腔，八百里秦川的劳作农民只有也只能有这秦腔使他们喜怒哀乐。秦人自古是大苦大乐之民众，他们的家乡交响乐除了大喊大叫的秦腔还能有别的吗？

1983 年 5 月 2 日于五味村

我的故乡是商洛

　　人人都说故乡好。我也这么说，而且无论在什么时候什么地方，说起商洛，我都是两眼放光。这不仅出自生命的本能，更是我文学立身的全部。

　　商洛虽然是山区，站在这里，北京很偏远，上海很偏远。虽然比较贫穷，山和水以及阳光空气却纯净充裕。我总觉得，云是地的呼吸所形成的，人是从地缝里冒出的气。商洛在秦之头，楚之尾，秦岭上空的鸟是丹江里的鱼穿上了羽毛，丹江里的鱼是秦岭上空的脱了羽毛的鸟，它们是天地间最自在的。我就是从这块地里冒出来的一股气，幻变着形态和色彩。所以，我的人生观并不认为人到世上是来受苦的。如果是来受苦的，为什么世上的人口那么多，每一个人活着又不愿死去？人的一生是爱的圆满，起源于父母的做爱，然后在世上受到太阳的光照，水的滋润，食物的供养，而同时传播和转化。这也就是之所以每个人的天性里都有音乐、绘画、文学的才情的原因。正如哲人说过，当你看到一朵花而喜爱的时候，其实这朵花更喜欢你。人世上为什么还有争斗、伤害、嫉恨、恐惧，是人来得太多空间太少而产生的贪婪。

也基于此，我们常说死亡是死者带走了一份病毒和疼痛，还活着的人应该感激他。

我爱商洛，觉得这里的山水草木飞禽走兽没有不可亲的。这里的不爱为官为民摆摊的行乞的又都没有不是好人。在长达数十年的岁月中，商洛人去西安见我，我从来好烟好茶好脸好心地相待，不敢一丝怠慢；商洛人让我办事，我总是满口应允，四蹄跑着尽力而为。至今，我的胃仍然是洋芋糊汤的记忆，我的口音仍然是秦岭南坡的腔调。商洛也爱我，它让我几十年都在写它，它容忍我从各个角度去写它，素材是那么丰富，胸怀是那么宽阔。凡是我有了一点成绩，是商洛最先鼓掌；一旦我受到挫败，是商洛总能给予藉慰。

我是商洛的一棵草木、一块石头、一只鸟、一只兔、一个萝卜、一个红薯，是商洛的品种，是商洛制造。

我在商洛生活了十九年后去的西安，上世纪 80 年代我曾三次大规模地游历了各县，几乎走遍了所有大小的村镇，此后的几十年，每年仍十多次往返不断。自从去了西安，有了西安的角度，我更了解和理解了商洛，而始终站在商洛这个点上，去观察和认知着中国。这就是我人生的秘密，也就是我文学的秘密。

至今我写下千万文字，每一部作品里都有商洛的影子和痕迹。早年的《山地笔记》，后来的《商州三录》《浮躁》，再后的《废都》《妊娠》《高老庄》《怀念狼》，以及《秦腔》《高兴》《古炉》《带灯》和《老生》，那都是文学的商洛。其中大大小小的故事，原型有的就是商洛记录，也有原型不是商洛的，但熟悉商洛的人，都能从作品里读到商洛的某地山水物产风俗、人物的神气方言。我已经无法摆脱商洛，如同无法不呼吸一样，如同羊不能没有膻味一样。

凤楼常近日，鹤梦不离云。

我是欣赏荣格的话：文学的根本是表达集体无意识。我也欣赏生生不息这四个字。如何在生活里寻找到、能准确抓住集体无意识，这是我写作中最难最苦最用力的事。而在面对了原始具象，要把它写出来时，不能写得太熟太滑，如何求生求涩，这又是我万般警觉和小心的事。遗憾的是，这两个方面我都做得不好。

人的一生实在是太短了，干不了几件事。当我选择了写作，就退化了别的生存功能，虽不敢懈怠，但自知器格简陋，才质单薄，无法达到我向往的境界，无法完成我追求的作品。别人或许是在建造故宅，我只是经营农家四合院。

我在书房悬挂了一块匾：待星可披。意思是什么时候星光才能照着我啊。而我能做到的就是在屋里安了一尊佛像和一尊土地神，佛法无边，可以惠泽众生，土地神则护守住我那房子和我的灵魂。

云塔山
——镇安山水记

　　已经到了高山，弥漫的云雾一散开，高山上竟然还有高山。那个下午我在云塔山第一次体验到了什么叫出世，于是我望着山尖上的那间屋舍，当然我的帽子就掉了，说：那就是道观吗？

　　穿过了无数的岩角和石嘴，终于站在了那个廊楼下，石砖的台阶几乎都直立了。手脚并用着往上爬吧，爬得战战兢兢的，云就赶了来，我是在云里了，没有了惊恐，别人却在下边说我是见首不见尾。总算上去了，顶上也就是四五平方米的地方，屋舍的墙尽边尽岩，里边只有一张条案，条案上坐着泥身的神，在给我微笑，而旁边站一道士，说：你来了！我便在门口行朝拜礼。我没有带供果和鲜花，在怀里掏，唯有一支心爱的笔，掏出来放在了神前，那一瞬间能感觉所有的东西都开始摇晃，像是在了梦里，记得磕头的时候，脚是紧紧地磴着那门槛。

　　我问：为什么要把道观盖在这里呢？

　　道士说：你不觉得在天上吗？

是在天上。我看见了太阳，像金冠一样就在身子西边，伸手便能抚到。一棵白皮松长在石壁上，你不知道它怎么就能长在石壁上，那是看得见的风的形状。屋檐还吊着一个铁片，并没有什么撞叩，却自鸣出一种韵音。香炉里一股青烟在端端生长。门边靠着的是一把笤帚，那是扫云用的。

从道观下来，我并没有再坐车从前山的来路返回，而是绕到后山沿小路而下。后山阴暗，到处是锐齿栎、粗榧、鹅耳枥和刺楸树，全都斜着长。能听到繁复的鸟叫，也偶尔看到有獾有獐子和黄羊奔跑，还有蛇。而到了谷底，那里就是村子，狗叫得很厉害，有个妇女在哭，同时围观了许多人，原来是飞鼠吃掉了她家鸡。这里产石斛，也就有了以石斛为生的飞鼠。鼠本来是鼠，又有了狼的凶狠，一些就成了黄鼠狼子，一些则忌妒着鹰，就长出一条长毛尾，能在半空中飞翔十几丈，常常要扑食人家的鸡。

路边有了一种草，叶子肥厚，盯着一粒红珠，我去摘，旁边人说：这是山虎草，有毒的，牛吃了即死。远远的场畔上是卧着了一头牛，还有人赶了一群羊过来。我有些不解，牛和羊都是吃草的，并不是掠食者，怎么还长着牴角？

2017 年 6 月 29 日

人家

在秦岭，去一户人家。院子没有墙，是栽了一圈多刺的枳篱笆，篱笆外又是一圈荨麻。我原本拿着棍，准备打狗的，狗是不见，荨麻上却有螫毛，被蜇了胳膊，顿时红肿一片，火烧火燎。

主人是老两口，就坐在上房台阶上，似乎我到来前就一直吵着，听见我哎哟，老婆子说：馍还占不住你的嘴吗？顺手从门墩上拿起一块肥皂，在上边唾几口，扔了过来。我把肥皂在胳膊上涂抹了一会，疼痛是止了，推开篱笆门走进去。

你把棍扔了，老头子说，你防着狗，我们也防着你么。

他留着一撮胡子，眼睛里白多黑少，像是一只老山羊，继续骂骂咧咧，嘴里就溅出馍渣来。一只公鸡在他面前的地上啄，啄到脚面上的馍渣子，把脚啄疼了，他踢了一下公鸡。

老婆子已经起来从台阶下来，她的腿脚趔趄着，再到院角的厨房去，一阵风箱响，端了碗经过院子，再上到上房台阶。院子里的猪槽、捶布石，还有一个竹篓子，没能绊磕她。她说：没鸡蛋了，喝些牡丹花水吧。

牡丹花水？我以为是用牡丹花煮的水，接过碗，水是白开水。

哦，我笑了一下，说：这里还有牡丹？

咋没牡丹，我就是种牡丹的。

老头子是插了一句，径自顺着牡丹的话头骂起来。骂这儿地瘦草都生得短，人来得少门前的路也坏了，屋后那十二亩牡丹，全是他早年栽种的。那时产的丹皮能赚钱，比种苞谷土豆都划算。苞谷是一斤×毛×分，土豆是一斤×毛×分，怎么能不栽种牡丹呢？日他妈，他咳出一口痰来，要唾给公鸡，却唾在公鸡背上。现在牡丹长得不景气了，收下的丹皮也卖不了，没人么，黄鼠狼不来来谁呀，来了一次，又能来两次，拉的全是母鸡。拉母鸡哩，咋不把你也拉去？！

老婆子手在空中打了两下，好像要把他的话打乱，打乱了就不成话了，是风。她说：水烧开了，翻腾着不就是和牡丹花开了一样么，你是城里来的？

是城里来的。

我儿也在城里！

在城里哪个部门？

老头子又骂起儿子了，说屁部门，浪荡哩！五年前还跟着他栽种牡丹卖丹皮哩，这一跑就再没影了，他腿脚不行了，卖丹皮走不到沟外的镇子去。日他妈，养儿给城里养了！

秦岭深似海，我本是来考察山中修行人的，修行人还没找到，却见着了很多这样的人家。遂想起我在城里居住的那幢楼上，就有着五六个山里的孩子合租着一间房子，他们没有技术，没有资金，反靠着打些零短工为生，但都穿着廉价的西服，染了黄头发，即便只吃泡面，一定要在城里。

是树就长在沟里么。老头子说，要到高处去，你站在房顶了，缺水少土的，就长个瓦松？！

我儿是个菟丝子，纠缠它城里又咋啦？老婆子说：他说他挣下好日子了，还接咱去城里哩。

你就听他谎话吧！

啥树上的花全都结果啦？有谎花也有结果的花么。

老两口就再次吵起来，他们可能是吵惯了，吵起来并不生气，就那么你一句我一句，不紧不慢，软和着嘴。

我站在那里，先还尴尬着，后来就觉得有趣，我说我会掏钱的，能不能给我做顿饭呢？老婆子说：做啥饭呀？老头子说：你还能做啥饭？熬碗糊汤，弄个菜吧。老婆子说：弄啥菜？老头子说：树上不是有熟菜么，这你也问我？！

院子里有两棵树，一棵是紫薇，一棵是香椿。老婆子拿了竹竿在夹香椿树上的嫩芽，嫩芽铁红的颜色，倒像是开着的花。我过去帮着捡掉在地上的香椿芽，她嘟囔说：他说我没生下好儿，种瓜得瓜种豆得豆，那怪地呀！我应该噎住他，刚才倒没想出来。

却突然问我：你知道燕麦吗？

我说：知道呀，麦地里长的一种草。

她说：那不是草，燕麦也是麦么。

我说：你是说你儿？

她说：我儿好着哩，燕麦就要长到麦地里，你越要拔它，它越疯长哩。

我靠在了紫薇树上，树叶都是羽状，在哗哗地响，这树是想飞的。

吃过了饭，老两口又开始吵嘴，我离开了继续往深山去。黄昏时经过另一个村子，也就七八户人家，村口的一丛慈竹下是座碾盘，碾盘旁站着几只狗，而一只一直坐着，坐着的狗比站着的狗高。

2018 年 1 月 15 日

松云寺

　　商州杨斜有一个寺，很小，就二百平方米的一个院子，也只住着一个和尚。和尚在每年的 3 月底或 4 月初，清早起来，要拿扫帚扫院里的花絮，花絮颜色深黄，像撒了一地金子。

　　这是松花。

　　一棵古松，在院子西边，一搂多粗的腰，皮裂着如同鳞甲，能一片一片揭下来。树高到一丈多，股干就平着长，先是向东北方向发展，已经快挨着院墙了，又回转往西南方向伸张，并且不断曲折，生出枝节，每一枝节处都呈 Z 字状，整个院子的上空就被罩严了。

　　松树真的像条龙。

　　应该起名松龙寺吧，却叫松云寺。叫松云寺着好，因为松已是龙，则需云从，云起龙升，取的是腾达之意哈。

　　但寺院实在太小，松的股枝往复盘旋，似藤萝架一般，塞满了院子，倒感叹这松不是因寺而栽，是寺因松而建，寺的三面围墙竟将龙的腾达限制了。

　　2010 年 9 月 5 日，我从商州城去寺里，去时倾盆大雨，到了却雨住天晴，见松枝苍翠，从院墙头扑搭了许多，而门楼高脊翘角，使其受阻。我建议寺紧临大路，既然院墙不可能推倒，不妨砸掉门楼脊角，让松能平行着伸长出来。所幸和尚和乡政府干部都同意，并保证半月内完成，我才慰然离开。离开时，雨又开始下，一直下到天黑。

当晚还住在商州，半夜做了一梦，梦见飞龙在天，醒来睁眼的一瞬间，竟然恍惚看到周围有一通碑子，有扫松花的扫帚，有和尚吃茶的石桌。很是惊奇，难道梦境在人睡着的时候是具现的？疑疑惑惑就直坐到天明。

药王堂

柞水有个药王堂，仅仅是一间庙，就修在山根的一个台子上。台子可能是开出来的，也可能是水冲刷出来的，远远看去，就像一块大的石头。

据说孙思邈当年路过这里，坐下来要歇脚，当地山民都跑来求他治病，他就再没走成，从唐朝一直坐到了现在，坐成了一个小庙。

小庙不知翻修了几百次，庙始终是一间房，和山区寻常人家的房子没有区别，但来人不绝，似乎那就是孙思邈的家，有了病来看看，没病了也来看看。

孙思邈似乎已习惯这山区的日子了，小小的台面不足三十平方米，出门到台沿一丈多宽，不砌院墙，立马就能看到台子下的乾佑河，河水总是呜咽呜咽，河对岸的山冈上，满是柴林，雨后的太阳照着，柴林的叶子像涂了蜡，闪闪发亮，像无数的眼睛瞅过来。而房的左边呢，崖壁上湿漉漉的，插了个竹片就流出水来，水细得如同挂面，下边的潭仅是笼筐大，这也就够用了。房的右边还种了菜，是三行葱、二十来棵豆角苗，竟然靠崖角还长着一窝西红柿呀，柿子青里泛了红，正是好的颜色。

庙里住着神，又觉得是白胡子老者，能听到咳嗽吧，是不是正研了药往葫芦里装呢？

山民又来了许多，都说：去摸摸那个葫芦么，要些药，灵验得很哩！

2010 年 7 月 12 日从药王堂回来写就

白浪街

　　丹江流经竹林关，向东南而去，便进入了商南县境。一百十一里到徐家店，九十里到梳洗楼，五里到月亮湾，再一十八里拐出沿江第四个大湾川到荆紫关、淅川、内乡、均县、老河口。汪汪洋洋九百九十里水路，山高月小，水落石出。船只是不少的，都窄小窄小，又极少有桅杆竖立，偶尔有的，也从不见有帆扯起来。因为水流湍急，顺江而下，只需把舵，不用划桨，便半天一晌，"轻舟已过万重山"了。假若从龙驹寨到河南西峡，走的是旱路，处处古关驿站，至今那些地方旧名依故，仍是武关、大岭关、双石关、马家驿、林河驿等等。而老河口至龙驹寨，则水滩甚多，险峻而可名的竟达一百三十多处！江边石崖上，低头便见纤绳磨出的石渠和纤夫脚踩的石窝；虽然山根石皮上的一座座镇河神塔都差不多坍了半截，或只留有一堆砖石，那夕阳里依稀可见苍苔缀满了那石壁上的"远源长流"字样。一条江上，上有一座"平浪宫"在龙驹寨，下有一座"平浪宫"在荆紫关，一样的纯木结构，一样的雕梁画栋。破除迷信了，虽然再也看不到船船供养着小白蛇，进"平浪宫"去供香火，三磕六拜，但在弄潮人的心上，龙驹寨、荆紫关是最神圣的地方。那些上了年纪的船公，每每摸弄着五指分开的大脚，就夸说："想当年，我和你爷从龙驹寨运苍术、五味子、木耳、漆油到荆紫关，从荆紫关运火纸、黄表、白糖、苏木到龙驹寨，那是什么情景！你到过龙驹寨吗？到过荆紫关吗？荆紫关到了商州的边缘，可是繁华地面呢！"

荆紫关确是商州的边缘，确是繁华的地面。似乎这一切全是为商州天造地设的，一闪进关，江面十分开阔。黄昏中平川地里虽不大见孤烟直长的景象，落日在长河里却是异常的圆。初来乍到，认识论为之改变：商州有这么大平地！但江东荆紫关，关内关外住满河南人，江西村村相连，管道纵横，却是河南、湖北口音，唯有到了山根下一条叫白浪的小河南岸街上，才略略听到一些秦腔呢。

这街叫白浪街，小极小极的。这头看不到那头，走过去，似乎并不感觉这是条街道，只是两排屋舍对面开门，门一律装板门罢了。这里最崇尚的颜色是黑白：门窗用土漆刷黑，凝重、锃亮，俨然如铁门钢窗，家里的一切家什，大到柜子、箱子，小到罐子、盆子，土漆使其光明如镜，到了正午，你一人在家，家里四面八方都是你。日子富裕的，墙壁要用白灰搪抹，即使再贫再寒，那屋脊一定是白灰抹的，这是江边人对小白蛇（白龙）信奉的象征。每每太阳升起空间一片迷离之时，远远看那山根儿，村舍不甚清楚，那错错落落的屋脊就明显出对等的白直线段。烧柴不足是这里致命的弱点，节柴灶就风云全街，每一家一进门就是一个砖砌的双锅灶，粗大的烟囱，如"人"字立在灶上，灶门是黑，烟囱是白。黑白在这里和谐统一，黑白使这里显示亮色。即使白浪河，其实并无波浪，更非白色，只是人们对这一条浅浅的满河黑色碎石的沙河理想而已。

街面十分单薄，两排房子，北边的沿河堤筑起，南边的房后就一片田地，一直到山根。数来数去，组成这街的是四十二间房子，一分为二，北二十一间，南二十一间，北边的斜着而上，南边的斜着而下。街道三步宽，中间却要流一道溪水，一半有石条棚，一半没有棚，清清亮亮，无声无息，夜里也听不到响动，只是一道星月。街里九棵柳树，弯腰扭身，一副媚态。风一吹，万千柔枝，一会打在北边木板门上，一会刷在南边方格窗上，东西南北风向，在街上是无法以树判断的。九棵柳中，位置最中的、身腰最弯的、年龄最古老而空了心的是一棵垂柳。典型的粗和细的结合体，桩如桶，枝如发。树下就侧卧着一块无规无则之怪石。既伤于观赏，又碍于街面，但谁也不能去动它。那简直是这条街的街徽。重大的集会，这石上是主席台；重要的布告，这石上的树身是张贴栏；就是民事纠纷、起咒发誓，也只能站在石前。

就是这条白浪街，陕西、河南、湖北三省在这里相交，三省交结，界牌就是这一块仄石。小小的仄石竟如泰山一样举足轻重，神圣不可侵犯。以这怪石东西直线上下，南边的是湖北地面；以这怪石南北直线上下，北边的街上是陕西，下是河南。因为街道不直，所以街西头一家，三间上屋属湖北，院子却属陕西，据说解放以前，地界清楚，人居杂乱，湖北人住在陕西地上，年年给陕西纳粮，陕西人住在河南地上，年年给河南纳粮。如今人随地走，那世世代代杂居的人就只得改其籍贯了。但若查起籍贯，陕西的为白浪大队，河南的为白浪大队，湖北的也为白浪大队，大凡找白浪某某之人，一定需要强调某某省名方可。

一条街上分为三省，三省人是三省人的容貌，三省人是三省人的语言，三省人是三省人的商店。如此不到半里路的街面，商店三座，座座都是楼房。人有竞争的秉性，所以各显其能，各表其功。先是陕西商店推倒土屋，一砖到顶修起十多间一座商厅；后就是河南弃旧翻新堆起两层木石结构楼房；再就是湖北人，一下子发奋起四层水泥建筑。货物也一家胜筹一家，比来比去，各有长短，陕西的棉纺织品最为赢，湖北以百货齐全取胜，河南挖空心思，则常常以供应短缺品压倒一切。地势造成了竞争的局面，竞争促进了地势的繁荣，就是这弹丸之地，成了这偌大的平川地带最热闹的地方。每天这里人打着漩涡，四十二户人家，家家都做生意，门窗全然打开，办有饭店、旅店、酒店、肉店、烟店。那些附近的生意人也就担筐背篓，也来摆摊，天不明就来占却地点，天黑严才收摊而回，有的则以石围圈，或夜不归宿，披被守地。别处买不到的东西，到这里可以买；别处见不到的东西，到这里可以见。"小香港"的名声就不胫而走了。

三省人在这里混居，他们都是炎黄的子孙，都是共产党的领导，但是，每一省都不愿意丢失自己的省风省俗，顽强地表现各自的特点。他们有他们不同于别人的长处，他们也有他们不同于别人的短处。

湖北人在这里人数最多。"天有九头鸟，地有湖北佬"，他们待人和气，处事机灵。所开的饭店餐具干净，桌椅整洁，即使家境再穷，那男人卫生帽一定是雪白雪白，那女人的头上一定是丝纹不乱。若是有客稍稍在门口向里一张望，就热情出迎，介绍饭菜，帮拿行李，你不得不进去吃喝，似乎你不是来给他"送"钱的，倒是来享他的福的。在一张八仙桌前坐下，先喝茶，再吸烟，问起这白浪街的历史，他一边叮叮咣咣刀随案板响，一边说了三朝，道了五代。又问起这街上人家，他会说了东头李家是几口男几口女，讲了西头刘家有几只鸡几头猪；忍不住又自夸这里男人义气，女人好看。或许一声呐喊，对门的窗子里就探出一个俊脸儿，说是其姐在县上剧团，其妹的照片在县照相馆橱窗里放大了尺二，说这姑娘好不，应声好，就说这姑娘从不刷牙，牙比玉白，长年下田，腰身细软。要问起这儿特产，那更是天花乱坠，说这里的火纸，吃水烟一吹就着；说这里的瓷盘从汉口运来，光洁如玻璃片，结实得落地不碎，就是碎了，碎片儿刮汗毛比刀子还利；说这里的老鼠药特有功效，小老鼠吃了顺地倒，大老鼠吃了跳三跳，末了还是顺地倒。说的时候就拿出货来，当场推销。一顿饭毕，客饱肚满载而去，桌面上就留下七元八元的，主人一边端着残茶出来顺门泼了，一边低头还在说：照看不好，包涵包涵。他们的生意竟扩张起来，丹江对岸的荆紫关码头街上有他们的"租地"，虽然仍是小摊生意，天才的演说使他们大获暴利，似乎他们的大力丸，轻可以治痒，重可以防癌，人吃了有牛的力气，牛吃了有猪的肥膘，似乎那代售的避孕片，只要和在水里，人喝了不再多生，狗喝了不再下崽，浇麦麦不结穗，浇树树不开花。一张嘴使他们财源茂盛，财源茂盛使他们的嘴从不受亏，常常三个指头高擎饭碗，将面条高挑过鼻，沿街唏唏溜溜地吃。他们是三省之中最富有的公民。

河南人则以能干闻名，他们勤苦而不恋家，强悍却又狡慧，靠山吃山，靠水吃水，大人小孩没有不会水性的，每三日五日，结伙成群，背了七八个汽车内胎逆江而上，在五十里、六十里的地方去买柴买油桐籽。柴是一分钱两斤，油桐籽是四角钱一斤。收齐了，就在江边啃了干粮，喝了生水，憋足力气吹圆内胎，便扎柴排顺江漂下。一整天里，柴排上就是他们的家，丈夫坐在排头，妻子坐在排尾，孩子坐在中间。夏天里江水暴溢，大浪滔滔，那柴排可接连三个、四个，一家几口全只穿短裤，一身紫铜色的颜色，在阳光下闪亮，柴排忽上忽下，好一个气派！到了春天，江水平缓，过姚家湾、梁家湾、马家堡、界牌滩，看两岸静峰峭峭，赏山峰林木森森，江心的浪花雪白，崖下的深潭黝黑。遇见浅滩，就跳下水去连推带拉，排下湍流，又手忙脚乱，偶尔排撞在礁石上，将孩子弹落水中，父母并不惊慌，排依然在走，孩子眨眼间冒出水来，又跳上排。到了最平稳之处，清风徐来，水波不兴，一家人就仰躺排上，看天上水纹一样的云，看地下云纹一样的水，醒悟云和水是一个东西，只是一个有鸟一个有鱼而区别天和地了。每到一湾，湾里都有人家，江边有洗衣的女人，免不了评头论足，唱起野蛮而优美的歌子，惹得江边女子掷石大骂，他们倒乐得快活，从怀里掏出酒来，大声猜拳，有喝到六成七成，自觉高级干部的轿车也未比柴排平稳，自觉天上神仙也未比他们自在。每到一个大湾的渡口，那里总停有渡船，无人过渡，船公在那里翻衣捉虱，就喊一声："别让一个溜掉！"满江笑声。月到江心，柴排靠岸，连夜去荆紫关拍卖了，柴是一斤二分，油桐籽五角一斤；三天辛苦，挣得一大把票子，酒也有了，肉也有了，过一个时期"吃饱了，喝涨了"的富豪日子。一等家里又空了，就又逆江进山。他们的口福永远不能受损，他们的力气也是永远使用不竭。精打细算与他们无缘，钱来得快去得快，大起大落的性格使他们的生活大喜大悲。

陕西人，固有的风格使他们永远处于一种中不溜的地位。勤劳是他们的本分，保守是他们的性格。拙于口才，做生意总是亏本，出远门不习惯，只有小打小闹。对于河南、湖北人的大吃大喝，他们并不馋眼，看见河南、湖北人的大苦大累反倒相讥。他们是真正的安分农民，长年在土坷垃里劳作。土地包产到户后，地里的活一旦做完，油盐酱醋的零花钱来源就靠打些麻绳了。走进每一家，门道里都安有拧绳车子，婆娘们盘脚而坐，一手摇车把，一手加草，一抖一抖的，车轮转得是一个虚的圆团，车轴杆的单股草绳就发疯似的肿大。再就是男子们在院子里开始合绳：十股八股单绳拉直，两边一起上劲，长绳就抖得眼花缭乱，白天里，日光在上边跳，夜晚里，月光在上边碎，然后四股合一条，如长蛇一样扔满了一地。一条绳交给国家收购站，钱是赚不了几分，但他们个个心宽体胖，又年高寿长。河南人、湖北人请教养身之道，回答是：不研究行情，夜里睡得香，心便宽；不心重赚钱；茶饭不好，却吃得及时，便自然体胖。河南、湖北人自然看不上这养身之道，但却极愿意与陕西人相处，因为他们极其厚道，街前街后的树多是他们栽植，道路多是他们修铺。他们注意文化，晚辈里多有高中毕业，能画中堂上的老虎，能写门框上的对联，清夜月下，悠悠有吹箫弹琴的，又是陕西人氏。"宁叫人亏我，不叫我亏人"，因而多少年来，公安人员的摩托车始终未在陕西人家的门前停过。

　　三省人如此不同，但却和谐地统一在这条街上。地域的限制，使他们不可能分裂仇恨，他们各自保持着本省的尊严，但团结友爱却是他们共同的追求。街中的一条溪水，利用起来，在街东头修起闸门，水分三股，三股水打起三个水轮，一是湖北人用来带动压面机，一是河南人用来带动轧花机，一是陕西人用来带动磨面机。每到夏天傍晚，当街那棵垂柳下就安起一张小桌打扑克，一张桌坐了三省，代表各是两人，轮换交替，围着观看的却是三省的老老少少，当然有输有赢，友谊第一，比赛第二。月月有节，正月十五、二月初二、五月端午、八月中秋，再是腊月初八、大年三十，陕西商店给所有人供应鸡蛋，湖北商店给所有人供应白糖，河南就又是粉条，又是烟酒。票证在这里无用，后门在这里失去环境。即使在"文化革命"中，各省枪声炮声一片，这条街上风平浪静；陕西境内一乱，陕西人就跑到湖北境内，湖北境内一乱，湖北人就跑到河南境内。他们各是各的避风港，各是各的保护人。各家妇女，最拿手的是各省的烹调，但又能做得两省的饭菜。孩子们地道的是本省语言，却又能精通两省的方言土语。任何一家盖房子，所有人都来"送菜"。送菜者，并不仅仅送菜，有肉的拿肉，有酒的提酒，来者对于主人都是帮工，主人对于帮工都待如至客；一间新房便将三省人扭和在一起了。一家姑娘出嫁，三省人来送"汤"；一家儿子结婚，新娘子三省沿家磕头作拜。街中有一家陕西人，姓荆，六十三岁，长身长脸，女儿八个，八个女儿三个嫁河南，三个嫁湖北，两人留陕西，人称"三省总督"。老荆五十八岁开始过寿日，寿日时女儿、女婿都来，一家人南腔北调语音不同，酸辣咸甜口味有别，一家热闹，三省快乐。

一条白浪街，成为三省边街，三省的省长他们没有见过，三县的县长也从未到过这里，但他们各自不仅熟知本省，更熟知别省。街上有三份报纸，流传阅读，一家报上登了不正之风的罪恶，秦人骂"瞎"，楚人骂"操蛋"，豫人骂"狗球"；一家报上刊了振兴新闻，秦人说"燎"，楚人叫"美"，豫人喊"中"。山高皇帝远，报纸却使他们离政策近。只是可惜他们很少有戏看，陕西人首先搭起戏班子，湖北人也参加，河南人也参加，演秦腔，演豫剧，演汉调。条件差，一把二胡演过《血泪仇》，广告色涂脸演过《梁秋燕》，以豆腐包披肩演过《智取威虎山》。越闹越大，《于无声处》的现代戏也演，《春草闯堂》的古典戏也演。那戏台就在白浪河边，看的人山人海。一时间，演员成了这里头面人物。每每过年，这里兴送对联，大家联合给演员家送对联。送的人庄重，被送的人更珍贵，对联就一直保存一年，完好无损。那戏台两边的对联，字字斗般大小，先是以红纸贴成，后就以红漆直接在门框上书写，一边是"丹江有船三日过五县"，一边是"白浪无波一石踏三省"，横额是"天时地利人和"。

登鸡冠山

　　我的故乡丹凤县城北二里地，有一座山，没有脉岭，也没有漠坡，齐巉巉的，平地里陡然崛了起来；山上没有奇松古柏，没有寺院庙宇，全然裸露着石头；山顶亦无尖锥模样，等距离地分开着无数的齿形。春天，商州川里还是黄褐，它却晕染了一种迷离的绿雾，走近看时，却出奇地没有一片绿叶，当县城南边河畔的柳絮如雪一样纷飞了，它却又出奇地黝黑得如铁。夏天里，白云常住在那山顶石隙里，一旦漫出来散步，大雨就要到了。最是那天晴日暖的早晨，太阳出来，照在那齿峰上，赤红得炽热，于此便有了鸡冠山的艳称。

　　鸡年初秋，一个阴雨初晴的黎明，天很闷热，我独自攀登鸡冠山。在山根的时候，看得见山上的路很多，等走上去，才知道那路没有一条可以走通。那全是牛羊踩出来的，路面上重重叠叠地有着各式各样的蹄印。我从一片荆棘丛中穿过，挂破了衣服、裤子，忽地扑棱棱一声怪叫，吓得我出了一身冷汗，原来是石壁下的几只蝙蝠在飞。我不敢往上走了，犹豫了一会儿，看看山顶，已不是十分远了，便硬着头皮又往上攀登。眼看着就到顶了，云雾却突然起来了，先是一团一堆的，被风涌着，弥漫过来，使我辨不了东西上下。我不得已又停下来，等云雾散去，急急又往上爬，心里只有个信念：此时此刻，要下已不可能，要脱离困境，只能往上，往上。

终于上到山顶，太阳还没有出来，天却已大白了。山顶上原来竟是很平的场地；平就是陡的终极，这使我很奇异，推想这种感受，领悟的人又能有多少呢？从山上看下去，县城被层层的山箍着，如一个盆儿，这是往日住在县城里不能想象的，而且城中的楼很小，街极细，行人更觉可笑，那么一点，蠕蠕地动。万象全在眼底，我觉得有些超尘，将人间妙事全看得清清楚楚。

这当儿，太阳出来了，光华四射，宇宙朗朗。齿形的丛峰一下子赤红起来，我兴奋地爬上最高的那个齿上，面对红日，做着遐想：天下已经大白，这是雄鸡的功劳，可是，呼唤黎明的雄鸡在哪儿，是到地底下去了，留下了这朵鸡冠吗？这伟大的鸡，它的功劳正是在于天下大白前的巨鸣，如今虽然沉默，但它是真正的不荒寂的。

1982 年 3 月静虚村

六棵树

　　回了一趟老家，发现村子里又少了几种树。我们村在商丹川道是有名的树园子，大约有四十多种树。自从炸药轰开了这个小盆地西边的牛背梁和东边的烽火台，一条一级公路穿过，再接着一条铁路穿过，又接着修起了一条高速公路，我们村子的地盘就不断地被占用。拆了的老院子还可以重盖，而毁去的树，尤其是那些唯一树种的，便再也没有了，这如同当年我离开村子时那些上辈人使用的那些农具，三十多年里就都消绝了。在巷道口我碰到了一群孩子，我不知道这都是谁家的子孙，问：知道你爷的名字吗？一半回答是知道的，一半回答不知道。再问：知道你老爷的名字吗？几乎都回答不上来。咳，乡下人最讲究的是传承香火，可孩子们却连爷或老爷的名字都不知道了。他们已不晓得村子里的四十多种树只剩下了二十多种，再也见不上枸树、槲树、棠棣、栎、桧、柞和银杏木、白皮松了，更没见过纺线车、鞋耙子、捞兜、牛笼嘴、曳绳、连枷、檐簸子。记得小时候我问过父亲，老虎是什么，熊是什么，黄羊和狐狸是什么，父亲就说不上来，一脸的尴尬和茫然。我害怕以后的孩子会不会只知道了村里的动物只是老鼠苍蝇和蚊子，村里的树木只是杨树柳树和榆树？所以，就有了想记录那些在三十年间消绝的花草树木、飞禽走兽、农耕用具的欲望。

现在，我先要记的是六棵树。

皂角树。我们从村子分涧上涧下，这棵皂角树就长在涧沿上。树不是很大，似乎老长不大，斜着往涧外，那细碎的叶子时常就落在涧根的泉里。这眼泉用石板箍成三个池子，最高处的池子是饮水，稍低的池子淘米洗菜，下边的池子洗衣服。我小时候喜欢在泉水里玩，娘在那里洗衣服，倒上些草木灰，揉搓一阵子了，抡着棒槌啪啪地捶打。我先是趴在饮水池边看池底的小虾游来游去，然后仰头看皂角树上的皂角。秋天的皂角还是绿的，若摘下来最容易捣烂了祛衣服上的垢甲，我就恨我的胳膊短，拿了石子往上掷，企图能打中一个下来，但打不中，皂角树下卧着的狗就一阵咬，秃子便端个碗蹲在门口了。

皂角树是属于秃子家的，秃子把皂角树看得很紧。那年月，村人很少有用肥皂的，皂角可以卖钱，五分钱一斤。秃子先是在树根堆了一捆野枣棘，不让人爬上去，但野草棘很快被谁放火烧了。秃子又在树身上抹屎，臭味在泉边都能闻见，村人一片骂声，秃子才把屎擦了。他在夹皂角的时候，好多人远远站着看，盼望他立脚不稳，从涧上摔下去。他家的狗就是从涧上摔下去过，摔成了跛子，而且从此成了亮靸。亮靸非常难看，后腿间吊着那个东西。大家都说秃子也是个亮靸，所以他已经三十四五了，就是没人给他提亲。

秃子四十一岁上，去深山换苞谷，我们那儿产米，二三月就拿了米去深山换苞谷，一斤米能换三斤苞谷。秃子就认识了那里一个寡妇。寡妇有一个娃，寡妇带着娃就来到了他家。那寡妇后来给人说：他哄了我，说顿顿吃米饭哩，一年到头却喝米角儿粥！

但秃子从此头上一年四季都戴个帽子，村里传出，那寡妇晚上睡觉都不允他卸下帽子。邻居还听到了，寡妇在高潮时就喊：卫东，卫东！村人问过寡妇的儿子：卫东是谁？儿子说是他爹，他爹打猎时火枪炸了，把他爹炸死了。大家就嘲笑秃子，夜夜替卫东干活哩。秃子说：替谁干都行，只要我在干着。

村人先是都不承认寡妇是秃子的媳妇，可那女人大方，摘皂角时看见谁就给谁几个皂角。常常有人在泉里洗衣服，她不言语，站在涧上就扔下两个皂角。秃子为此和女人吵，但女人有了威信，大家叫她的时候，开始说：喂，秃子的媳妇！

秃子的媳妇却害病死了，害的什么病谁也不知道，而秃子常常要到坟上去哭。有一年夏天我回去，晚上一伙人拿了席在麦场上睡，已经是半夜了，听见村后的坡根有哭声，我说：谁哭哩？大家说：秃子又想媳妇了。

又过了两年，我再一次回去，发觉皂角树没了，问村人，村人说：砍了。二婶告诉我，秃子死了媳妇后，和媳妇的那个儿子合不来，儿子出外再没有音讯，秃子一下子衰老了，五十多岁的人看上去有七十岁。他不戴帽子了，头上的疤红得像烧过的柿子，一天夜里就吊死在皂角树上，皂角落得泉边到处都是。这皂角树在涧上，村人来打水或洗衣服就容易想起秃子吊死的样子，便把皂角树砍了。

药树。药树在法性寺后的土崖上，寺殿的大梁上写着清康熙初年重建，药树最少在这里长了三百年。我记事起，法性寺里就没有和尚，是小学校，铃声是敲那口铁铸的钟，每每钟声悠长，我就感觉是从药树上发出来的。药树特别粗，从土崖上斜着往空中长，树皮一片一片像鳞甲，村人称作龙树。那时候我们那儿还没有发现煤，柴火紧张，大一点的孩子常常爬上树去扳干枯了的枝条，我爬不上去，但夜里一起风，第二天早晨我就往树下跑，希望树上的那个鸟巢能掉下来，鸟巢是可以做几顿饭的。

药树几乎是我们村的象征，人要问：你是哪儿的？我们说：棣花的。问：棣花哪个村？我们说：药树底下的。

我在寺里读了六年书，每天早晨上操听完校长训话，我抬头就看到药树。记得一次校长训话突然就提到了药树，说早年陕南游击队在这一带活动，有个共产党员受伤后在寺里养伤住了三年，新中国成立后当了三年专员，因为寺里风水好，有这棵龙树。校长鼓励我们好好学习，将来也成龙变凤。母亲对我希望很大，大年初一早上总是让我去药树下烧香磕头，她说：你要给我考大学！

但是，我连初中还没有读完，"文化革命"就开始了，辍学务农，那时我十四岁。

我回到村里，法性寺小学也没了师生，驻扎了当地很大的一个"造反派"的指挥部。我们从此没有安宁过，经常是县城过来的另一个"造反派"的人来攻打，双方就在盆地东边的烽火台上打了几仗，好像是这个"造反派"的人赢了，结果势力越来越大。忽然有一天，一声爆炸，以为又武斗了，母亲赶紧关了院门，不让我们出去，巷道里有人喊：不是武斗，是炸药树了！等村人赶到寺后的土崖上，药树果然根部被炸药炸开，树干倒下去压塌了学校的后院墙。原来"造反派"每日有上百人在那里起灶做饭，没有了柴火，就炸了药树。

村里人都傻了眼，但村里人没办法。到了晚上，传出消息，说"造反派"砍了药树的枝条，而药树身太粗砍不动也锯不开，正在树上掏洞再用炸药炸。队长就和几位老者去寺里和指挥部的人交涉，希望不要炸树身，结果每家出一百斤柴火把树身保全了下来。

树身太大，无法运出寺，就用土掩埋在土崖下，但树的断茬口不停地往出流水，流暗红色的水，把掩埋的土都浸湿了，二爷说那是血水。

村人背地里都在起毒咒：炸药树要报应的！果不其然，三个月后，烽火台又武斗了一场，这个"造反派"的人死了三个，两个就是在药树下点炸药包的人。而"文革"结束后，清理阶级队伍，两个"造反派"的武斗总指挥都被枪毙了。

我离开村子的那年，村人把药树挖出来，解成了板，这些板做了桥板就架设在村前的丹江上。

楸树。高达二十米，叶子呈三角形，叶边有锯齿，花冠白色。楸树的木质并不坚实，有点像杨树。这棵树在刘新来家的屋后，但树却属于李书富家。刘新来家和李书富家是隔壁，但李书富家地势高，刘新来家地势低，屋后的阴沟里老是湿津津的，很少有人去过。楸树占的地方狭窄，就顺着涧根往高里长，枝叶高过了涧畔。刘家人丁不旺，几辈单传，到了刘新来手里，他在外地工作，老婆和儿子在家，儿子就患了心脏病，一年四季嘴唇发青。阴阳先生说楸树吸了刘家精气，刘新来要求李书富能把楸树伐了，李书富不同意，刘新来说给你二百元钱把树伐了，李书富还是不同意。

刘新来的老婆带了儿子去了刘新来的单位，一去三年没有回来。那时候我和弟弟提了笼子拾柴火，就钻进刘家屋后砍涧壁上的荆棘，也砍过楸树根。楸树根像蛇一样爬在涧壁上，砍一截下来，根就冒白水，很快颜色发黑，稠得像胶。我们趴在院门缝往里看，院子里蒿草没了台阶，堂屋的门框上结个大蜘蛛网，如同挂了个筛子。

李书富在秋后打核桃的时候从树上掉下来，把脊梁跌断了，卧床了三年，临死前给老伴说：用楸树解板给我做棺材。他儿子在西安打工，探病回来就伐倒了楸树。伐楸树费了劲，是一截一截锯断用绳吊着抬出来，解成了板。李书富一死，儿子却没有用楸树板给他爹做棺材，只是将家里一个老式板柜锯了腿，将爹装进去埋了。埋了爹，儿子又进城打工了，李书富的老伴还留在家里，对人说：儿子在城里找了个对象，这些木板留着做结婚家具呀。我也要进城呀，但我必须给他爹过了百天，百天里这些木板也就干了。

百天过后，李书富的儿子果然回来接走了老娘，也拉走了楸木板。而一天，刘新来家的堂屋倒塌了。

香椿。村里原来有许多椿树，我家茅坑边就有一棵，但都是臭椿，香椿只有一棵。这一棵长在莲菜池边的独院里，院里住着泥水匠，泥水匠常年在外揽活，他老婆年龄小得多，嫩面俊俏。每年春天，大家从墙外经过，就拿眼盯着看香椿的叶子发生。

男人们都说香椿好，前院的三婶就骂：不是香椿好，是人家的老婆好！于是她大肆攻击那老婆，说人家走路水上漂是因为泥水匠挣了钱给买了一双白胶底鞋，说人家奶大是衣服里塞了棉花，而且不会生男娃，不会生男娃算什么好女人？

三婶有一个嗜好，爱吃芫荽。她在地里种了案板大片的芫荽，每一顿饭，她掐几片芫荽叶子切碎了搅在饭碗里。我们总闻不惯芫荽的怪气味，还是说香椿好，香椿炒鸡蛋是世上最好的吃食。

社教的时候，村里重新划阶级成分。泥水匠原来的成分是中农，但村人说泥水匠的爹在新中国成立前卖掉了十亩地，他是逮住要解放的风声才卖的地，他应该是漏划的地主，结果泥水匠家就定为地主成分。是地主成分就得抄家，抄家的那天村人几乎都去搬东西，五根子板柜抬到村饲养室给牛装了饲料，八仙桌成了生产队办公室的会议桌。那些盆盆罐罐都被砸了，院子里的花草被踏了。三婶用镰割断了爬满院墙的紫藤蔓，又去割那棵香椿，割不动，拿斧头砍，就把香椿树砍倒了。

从此村里只有臭椿。臭椿老生一种椿虫，逮住了，手上留一股臭味，像狐臭一样难闻。

苦楝树。苦楝树能长得非常高大，但枝叶稀疏，秋天里就结一种果，指头蛋儿大，一兜一兜地在风里摇曳，一直到腊月天还不脱落。

先前村里有过三棵苦楝树。一棵在村口的戏楼旁，戏楼倒塌的时候这树莫名其妙也死了。另一棵在涧上的一块场地上，村长的儿子要盖新院子，村长通融了乡政府，这场地就批给了村长的儿子做庄宅地。而且场地要盖新院子，就得伐了苦楝树，这棵苦楝树产权属于集体，又以最便宜的价处理给了村长的儿子。这事村人意见很大，但也只能背后说说而已，人家用这棵苦楝树做了椽子，新房上梁的时候大家又都去帮忙，拿了礼，燃放鞭炮。

最后的一棵苦楝树在村西头，树下是大青石碾盘。碾盘和石磨称作青龙白虎，村西头地势高，对着南头山岭的一个沟口，碾盘安在那儿是老祖先按风水设计的。碾盘旁边是雷家的院子，住着一个孤寡老人。我写完《怀念狼》那本书后回去过一次，见到那老汉，他给我讲了他爷爷的事。他小时候和他娘睡在上屋，上屋的窗外就是苦楝树和碾盘，夏天里他爷爷就睡在碾盘上。那时狼多，常到村里来吃鸡叼猪，有一夜他听见爷爷在碾盘上说话，掀窗看时，一只狼就卧在碾盘下。狼尾巴很大，直身坐着，用前爪不断地逗弄着他爷爷，他爷爷说：你走，你走，我一身干骨头。狼后来起身就走了。我觉得这个细节很好，遗憾《怀念狼》没用上。

这棵苦楝树是最大的一棵苦楝树，因为在碾盘旁可以遮风挡雨，谁也没想过砍伐它。小时候我们在碾盘上玩抓石子，苦楝蛋儿就时不时掉下来，嘣，一颗掉下来，在碾盘上跳几跳，嘣，又掉下来一颗。述君和我们玩时，一输，就用脚踹苦楝树，他力气大，苦楝蛋儿便下冰雹一样落下来。

苦楝蛋儿很苦，是一味药，邻村的郎中每年要来捡几次。后来苦楝树被人用斧头砍了一次，留下个疤，谁也不知道是谁砍的。不久姓王那家的小女儿突然死了，村里传言那小女儿还不到结婚年龄却怀了孕，她听别人说喝苦楝蛋儿熬出的水可以堕胎，结果把命丢了。于是大家就怀疑是姓王的来砍了树。

一级公路经过我们村北边，高速公路经过的是村前的水田，但高速公路要修一条连接一级公路的辅道，正好经过村西头，孤寡老人的院子就拆了，碾盘早废弃了多年，当然苦楝树也就伐了。老院子给补贴了二万元，碾盘一分钱也没赔，苦楝树赔了三千元，村人家家有份，每户分到一百元。

这次回去，我见到了那个郎中，他已经是老郎中了，再来捡苦楝蛋儿时没有了苦楝树，他给我扬扬手，苦笑着，却一句话都没有说。

痒痒树。这棵痒痒树是我们村独有的一棵痒痒树，也可以说是我们那儿方圆十里内独有的树。树在永娃家的院子里，是他爷爷年轻时去山阳县，从那儿带回来移栽的。树几十年长得有茶缸粗，树梢平过屋檐。树身上也是脱皮，像药树一样，但颜色始终灰白。因为这棵树和别的树不一样，村人凡是到永娃家来，都要用手搔一搔树根，看树梢颤颤巍巍地晃动。

　　树和人在一起时间长了，不是树影响了人，就是人影响了树。五魁家的院墙塌了一面，他没钱买砖补修，就栽了一排铁匠蛋树。这种树浑身长刺，但一般长刺都是软刺，他性情暴戾，铁匠蛋树长的刺就非常硬，人不能钻进去，猫儿狗儿也钻不进去。痒痒树长在永娃家的院子里，永娃的脾气也变了，竟然见人害羞，而且胆小。当一级公路改造时，原本老路从村后坡根经过，改造后却要向南移，占几十亩耕地，村人就去施工地闹事，永娃也参加了。但那次闹事被公安局来人强行压伏，事后又要追究闹事人责任，别人还都没什么，永娃就吓得生病了，病后从此身上生了牛皮癣。他再没穿过短裤短袖，据说每天晚上让老婆用筷子给他刮身子，刮下屑皮就一大把。村人都说这病是痒痒树栽在院子里的缘故，他也成了痒痒树。他的儿子要砍痒痒树，他不同意，说，既然我是人肉痒痒树，你把树一砍，我不也就死了？他儿子也就不敢砍了。

　　前三年的春上，西安城里来了人，在村里寻着买树，听说了永娃家院子里有痒痒树，就来看了要买。永娃还是不舍得，那伙人就买了村里十二棵紫槐树、三棵桂花树。永娃的儿子后来打听了这是西安一个买树公司，他们专门在乡下买树，然后再卖给城里的房地产开发商，移栽到一些豪华别墅区里，从中谋利。永娃的儿子就寻着那伙人，同意卖痒痒树，说好价钱是一千元，几经讨价还价，最后以五百元成交，但条件是必须由永娃的儿子来挖，方圆带一米的土挖出。永娃的儿子那天将永娃哄说去了他舅家，然后挖树卖了，等永娃回来，院子里一个大深坑，没树了，永娃气得昏了过去。

　　永娃是那年腊八节去世的。

　　去年，永娃的儿媳妇患了胆结石来西安做手术，那儿子来看我，我问那棵痒痒树卖给了哪家公司，他说是神绿公司，树又卖给一个尚德别墅区，他爹去世前非要叫他去看看那棵树，他去看了，但树没栽活。

2007 年 6 月 23 日

条子沟

镇街往西北走五里地，就是条子沟。沟长三十里，有四个村子。每个村子都是一个姓，多的二十五六家，少的只有三户。

沟口一个石狮子，脑袋是身子的一半，眼睛是脑袋的一半，斑驳得毛发都不清了，躺在烂草里，天旱时把它立起来，天就下雨。

镇街上的人从来看不起条子沟的人，因为沟里没有水田，也种不成棉花，他们三六九日来赶集，背一篓柴火，或捎一根木头，出去卖了，便在镇街的饭馆里吃一碗炒米。街上的人从来缺吃的，也更缺烧的，就只能去条子沟砍柴。我小时候也和大人们三天五天里进沟一次，十五里内，两边的坡梁上全没了树，光秃秃的，连树根都被刨完了。后来，十五里外有了护林员，胳膊上戴一个红袖筒，手里提着铐子和木棒，个个面目狰狞，砍柴就要走到沟脑，翻过庾岭了，去外县的林子。但进沟脑翻庾岭太远，我们仍是在沟里偷着砍，沟里的人家看守不住村后的林子，甚至连房前屋后的树也看守不住。经常要闹出沟里的人收缴了砍柴人的斧头和背篓，或是抓住砍柴人了，把胳膊腿打伤，脱了鞋扔到坡底去；也有打人者来赶集，被砍柴者认出，压在地上殴打，重的有断了肋骨，轻的在地上爬着找牙，从此再不敢到镇街。

沟里人想了各种办法咒镇街人，他们守不住集体的那些山林，就把房前屋后属于自家的那些树看得紧。沟里的风俗是人一生下来就要在住户周围栽一棵树，松木的桐木的杨木的，人长树也长，等到人死了，这棵树就做棺材。

我和几个人就砍过姓许的那家的树。

姓许的村子就三户，两户在上边的河畔，一户在下边靠坡根。我们一共五个人，我和年纪最大的老叔到门前和屋主说话，另外三个人就到屋后去，要砍那三棵红椿树。老叔拿了一口袋十二斤米，口气和善问换不换苞谷。屋主寒毛饥瘦，穿了件露着棉絮的袄，腰里系了根草绳。老叔说米是好米，没一颗烂的，一斤换两斤苞谷。屋主说：苞谷也是好苞谷，耐煮，煮出来的糊汤黏，一斤米只能换一斤四两苞谷。老叔说：斤六两。屋主说：斤四两。我知道老叔故意在谈不拢，好让屋后砍树的人多些时间。我担心砍树的人千万不要用斧头，那样有响声，只能用锯，还是一边锯一边把尿尿到锯缝里。我心里发急，却装着没事的样子在门前转，看屋主养的猪肥不肥，看猪圈旁的那棵柿树梢上竟然还有一颗软柿，已经烂成半个，便拿脚蹬蹬树，想着能掉下来就掉到我嘴里。屋主说：不要蹬，那是给老鸦留的，它已经吃过一半了。我坐在磨盘上。沟里人家的门口都有一个石磨的，但许家的石磨上还凿着云纹。就猜想：这是为了推着省力，还是要让日子过得轻松些？

日子能轻松吗？！

讨价还价终于有了结果，一斤米换一斤半苞谷。但是，屋主却看中了老叔身上的棉袄，说如果能把那棉袄给他，他可以给三十斤苞谷。老叔的棉袄原本是黑粗布的，穿得褪了色，成了灰的，老叔当下脱了棉袄给他，只剩下件单衫子。

　　当三个人在屋后放倒了三棵红椿树，并已经捎到村前的河湾崖角下，他们给我们发咕咕的鸟叫声，我和老叔就背了苞谷袋子离开了。过了五天，我们又进沟砍柴，思谋着今日去哪儿砍呀。路过姓许的村子，那个屋主人瘦了一圈，拿着一把砍刀，站在门前的石头上，他一见有人进沟砍柴就骂，骂谁砍了他家的树。他当然怀疑了老叔，认定是和老叔一伙的人砍的，就要寻老叔。我吓得把帽子拉下来盖住脸，匆匆走过。而老叔这次没来，他穿了单衫子冻感冒了，躺在炕上五天没起来了。

　　条子沟的树连偷带抢地被砍着，坡梁就一年比一年往深处秃去。过了五年，姓许的那个村子已彻底秃了，三户人家仅剩下房前屋后的一些树。到了4月初一个晚上，发生了地震，镇街死了三个人，倒了七八间房子。第二天早上传来消息，条子沟走山了。走山就是山动了。过后，我们去了沟里，几乎是从进沟五里起，两边的坡梁不是泥石流就是坍塌，竟然一直到了许姓村子那儿。我们砍树的那户，房子全被埋没，屋主和他老娘，还有瘫子老婆和一个小女儿都死了。村里河畔的那两户人家，还有离许村八里外十二里外的张村和薛村的人都来帮着处理后事。猪圈牛棚鸡舍埋了没有再挖，从房子的土石中挖出的四具尸体，用苇卷着停放在那里，而大家在砍他家周围的树，全砍了，把大树解了根做棺材。还是那个老叔，他把做完棺材还剩下的树全买了回来，盖了两间厦子房，还做了个小方桌、四把椅子，和一个火盆架。

　　一年后，我考学离开了镇街，去了遥远的城市。从那以后，我就很少再回镇街，即便回来了，都是看望父母，祭奠祖坟，也没想到要去一下条子沟。再后来，农村改革，日子温饱，见到老叔还背了个背篓，以为他又要去砍柴，他说他去集市上买新麦种去，又说：世事真怪，现在有吃的啦，咋就也不缺烧的了？！再后来，城市也改革了，农村人又都往城市打工，镇街也开始变样，原先的人字架硬四椽的房子拆了，盖成水泥预制板的二层楼。再后来，父母相继过世，我回去安葬老人，镇街上遇到老叔，他坐在轮椅上，中风不语，见了我手胡乱地摇。再后来……

我差不多二十年没回去了，只说故乡和我没关系了，今年镇街却来了人，说他们想把镇街打造成旅游景点，邀我能回去参加一个论证会。我回去了，镇街是在扩张，有老房子，也有水泥楼，还有了几处仿古的建筑。我待了几天，得知我所熟悉的那些人，多半都死了，少半还活着的，不是瘫在炕上，就是滞呆了，成天坐在门墩上，你问他一句，他也能回答一句，你不问了，就再不吭声。但他们的后代都来看我，虽然不认识他们，就以相貌上辨别这是谁的儿子谁的孙子。其中有一个我对不上号，一问，姓许，哪里的许？条子沟的，说起那次走山，他说听他爹说过，绝了户的是他的三爷家。我一下子脑子里又是条子沟当年的事，问起现在沟里的情况，他告诉说二十多年了，镇街人不再进沟了，沟里的人有的去省城县城打工，混得好或者不好，但都没再回来，他家也是从沟里搬住在了镇街的。沟里四个村，三个村已经没人，只剩下沟脑一个村，村里也就剩下三四户人家了。我说：能陪我进一次沟吗？他说：这让我给你准备准备。

他准备的是一个木棍、一盒清凉油、几片蛇药，还有一顶纱网帽。

第二天太阳高照，云层叠絮，和几个孩子一进沟，我就觉得沟里的河水大了。当年路从这边崖根往那边崖根去，河里都支有列石，现在水没了膝盖，蹚过去，木棍还真起了作用。两边坡梁上全都是树，树不是多么粗，但密密实实的绿，还是软的，风一吹就蠕蠕地动，便显得沟比先前窄狭了许多。往里继续深入，路越来越难走，树枝斜着横着过来，得不停地用棍子拨打，或者低头弯腰才能钻过去，就有各种蚊虫，往头上脸上来叮，清凉油也就派上了用场。走了有十里吧，开始有了池，而且是先经过一个小池，又经过了一个大池，后来又经过一个小池，那都是当年走山时坍塌下的土石堵成的。池面平静，能看见自己的毛发，水面上刚有了落叶，便见一种白头红尾的鸟衔了飞去，姓许的孩子说那是净水鸟。净水鸟我小时候就没听说过，但我在池水里看见了昂嗤鱼，丢一颗石子过去，这鱼就自己叫自己名字，一时还彼起此伏。沿着池边再往里去。时不时就有蛇爬在路上，孩子们就走到我的前边，不停地用木棍打着草丛。一只野鸡嘎嘎地飞起来，又落在不远处的树丫上。姓许的孩子用弹弓打，打了三次没打中，却惊动了一个蜂巢。我还未带上纱网帽，蜂已到头上，大家全趴在地上不敢动，蜂又飞走了，我额头上却被叮起了一个包。亏得我还记得治蜂蜇的办法，忙把鼻涕抹上去，一会儿就不怎么疼痛了。

姓许的孩子说：本来想给你做一顿爆炒野鸡肉的，去沟脑了，看他们有没有獾肉。

我说：沟里还有獾了？

他说：啥野物都有。

我不禁感叹，当年镇街上人都进沟，现在人不来了，野物倒来了。

几乎是走了六七个小时，我们才到了沟脑薛村。村子模样还在，却到处残墙断壁。进了一个巷道，不是这个房子的山墙坍了一角，就是那个房子的檐只剩下光椽，挂着蛛网。地面上原本都铺着石头，石头缝里竟长出了一人高的榆树苗和扫帚菜。先去了一家，门锁着，之前的梯田塄下，一个妇女在放牛。这妇女我似乎见过，也似乎没见过，她放着三头牛。我说：你是谁家的？回答：
德胜家的。问：德胜呢？回答：走啦。问：走啦，去县城打工了？
回答：死啦，前年在县城给人盖房，让电打死啦。我没有敢再问，
看着她把牛往一个院子里赶，也跟了去。这院子很大，厦子房全
倒了，还能在废墟里看到一个灶台和一个破瓮，而上房四间，门
窗还好，却成了牛圈。问：这是你家？回答：是薛天宝的，人家
在城里落脚了，把这房子撂了。到第二家去，是老两口，才从镇
街抬了个电视机回来，还没来得及开门，都累得坐在那里喘气。
我说：还有电呀？老头说：有。我说：咋买这么大的电视机呀？
老头说：天一黑没人说话么。他开了门让我们进去坐，我们没进去，
去了另一家。这是个跛子，正鼻涕眼泪地哭，吓得我们忙问出了
什么事了，这一问，他倒更伤心了，哭声像老牛一样。

问他是不是哭老婆了？他说不是。是不是哭儿了？他说不是。
是不是有病了？他还说不是。而他咋哭成了这样？他说熊把他的
蜂蜜吃了。果然院子角有一个蜂箱，已经破成几片子。

不就是一箱蜂蜜么！

我恨哩。

恨熊哩？

我恨人哩，这条子沟咋就没人了呢？我是养了一群鸡呀，黄
鼠狼子今日叼一只明日叼一只，就全叼完了。前年来了射狗子，
把牛的肠子掏了。今秋里，苞谷刚棒子上挂缨，成群的野猪一夜
间全给糟蹋了。这没法住了么，活不成了么！

跛子又哭了，拿拳头子打他的头。

我不知道说什么好。

返回来，又到了沟口，想起当年的那个石狮子，我和孩子们
寻了半天，没有寻到。

一个有月亮的渡口

在商州的山里，我跋涉了好多天，因为所谓的"事业"，还一直在向深处走。"鸡声茅店月，人迹板桥霜"，身心已经是十二分地疲倦，怨恨人世上的路竟这么漫长，几十里，几十里，走起来又如此地艰难呢！且喜的是，月亮夜夜在跟随着我，我上山，它也上山，我下沟，它也下沟，它是我的伙伴，才使难熬的旅途不至于太孤单、太凄凉了。

一日，我走到丹江的一个岸口，已经是下午的四点，懒散在一片乱石之中，将鞋儿、袜儿全部脱去，仰身倒下去痴痴地看那天的一个狭长的空白。这时候，一仄头，蓦地就看见黑黑的一片云幕上，月亮又出现了：上弦的，清清白白，比往日略略细了些，又长了些。啊，可爱的月，艰辛的旅途也使你瘦得多了，今日是古历的十五，你怎么还没有满圆呢？

"啊，月亮升得这么早！"

"它永远都在那个地方呢！"

说话的是从我身边走过的一位山民；我疑惑地坐起来，细细看时，脸就发烧了。原来这月亮并不在天上，而实实在在是嵌在山上的。江面是想象不来地狭窄，在这三角形状的岸边，三面的山峰却是那样的高，最陡最陡的南岸崖壁似乎是插着的一扇顶天立地的门板，就在那三分之二的地方，崖壁凹进一个穴窟，出奇地竟是白色，俨然一柄破云而出的弯月了。

"这是什么地方？"我急急地问。

"月亮湾渡口。"

渡口，又这么神话般的名字，我禁不住又喜欢起来了。沿丹江下来，还没有遇见过正正经经的渡口。早听人讲，丹江一带这荒野的山地，渡口不仅仅是为了摆渡，而是一个最好的安乐处，船只在这里停泊，旅人在这里食宿，物产在这里云集。这石崖上的月亮，便一定是随我走了多日的月亮，或许这里是它的窝巢，它是早早就奔这里来了，回来在这里等着我了。

我住了下来。

渡口，山民们所夸道的繁华处，其实小得可怜。南岸和北岸的黑石崖上，用凿子凿出十级、二十级的台阶，便是入水口；每一个台阶，被水的侵蚀呈现出每一种颜色。山根下的树桠上架着泥土和草根，甚至还有碗口大的石头，显示着江水暴溢的高度。一只船也仅仅是这一只船，没有舱房，也没有桅杆，一件湿淋淋的衣服用竹竿撑在那里晾晒，像是一面小小的旗子。两岸的石嘴上拉紧了一条粗粗的铁线，控制着船的往来。一条公路在这里截断，南来的汽车停在南岸，北来的汽车停在北岸，旅客们须在这里吃饭休息，方掉换着坐车而去。北岸的山腰上就有了一片房子，房子的主人都是些山民，又都是些店员，家家开有旅社饭店。一家与一家的联系，就是那凿出的石阶路。屋基沿着一处石坎筑起，而再垒几个石柱儿一直到门框下，架上木板，这便是唯一的出路了。白日里，江面的水汽浮动着，波色水影投映在每所房子的石墙上，幻化出瞬息万变的银光。一到夜里，江水的潮气浸了石墙，房子的灯光却一道一道从窗口铺展到江心，像是醉汉在那里朦朦胧胧蹒跚不已了。

我住下了两天，尽量将息着自己的疲倦，每每黄昏时分，就双手支着脑袋从窗口往江面看。南北掉换的班车早已开走了，他们将大把的钱币放在各家的柜台上，将粪便拉在茅房里，定时的热闹过去了，渡口上又处于一种死一般的寂静。各家的主人都蹲在门口，悠悠地吸烟，店门却是不关的，灶口的火也是不熄的，他们在等待着从四面八方来赶明日班车的客人，更是在等待着从丹江上游撑柴排而来的水手们，这些人才真是他们的财神爷。果然，峡谷里开始有了一种嗡嗡嘤嘤的声音，有人便锐声叫道：柴排下来了！不一会儿，那山弯后的江面上就出现无数的黑点，渐渐大了，是一溜一串的柴排。这全是些下游的河南人，两天前逆江而上，在深山里砍了柴火，扎成排顺江而下，要在这里住上一夜，第二天再撑回山外去的。撑排人就大声吆喝着，将柴排斜斜地靠了岸，用一根葛条在岸上的石头上系了，就披着夹袄跳下排，提着空酒葫芦上山来了。

我太是迷恋了这个渡口，每天看着班车开来了，又开走了，下午柴排停泊了，第二天醒来江面又一片空白；后来就十分欣赏起渡口的云雾了。这简直是奇迹一般，早晨里，那水雾特别大，先是从江边往上袅袅，接着就化开来，虚幻了江岸的石崖，再往上，那门板一样的南崖壁就看不见了，唯有那石月白亮亮地显出来，似乎已经在移动了。当太阳出来的时候，峡谷里立即变成各种形态不一的光的棱角，以山尖为界，有阳光的是白的棱角，没太阳的是黑的棱角。直到正午，一切又都化为乌有。而近傍晚，从江面上却要升腾起一种蓝色火焰一样的蒸汽。这时候，停泊在渡口的大船一摆渡，平静的江里看得见船的吃水的部分，水波抖起来，出现缓缓地失去平衡的波动，那两岸系着的柴排就一起一伏，无声地晃动。我最注意的是此时江心中的那个石月的倒影，它竟静静地沉在水里，撑排人总是划着排追逐着它，上水和下水的地方，几乎同时有好多人在喊着：月亮在这儿！月亮在这儿！

是的，月亮是在这儿，我在这里停歇下来了，它也在这里停歇下来了，日日夜夜，一推开窗子，它就在我的眼中了。看着月亮，我想起了千里之外的家，想起了家中的娇妻弱女，我后悔我为什么要跑这么远的路程？我又是多么感激起这个渡口了，竟使我懂得了疲倦，懂得了安谧！

但是，店主人已经是第三次地催我走了。

"懒虫！"她说，"还没见过你这样的人呢！我们这里是过路店，可不是疗养所啊，你是要来招女婿？"

我脸红红的。我也明白了她的意思：在这个村子里，山坡最上的那一家，有一个漂亮的女子，专卖酒和烟的，但却不开旅社留客。她爹是一个瞎子，每天却比有眼睛的还精灵，可以从那仄仄的石阶路上走到江边舀水，到屋后坡上抱柴，卖酒的时候，又偏要端坐在酒柜台后，用全是白的眼睛盯着一个地方。那女子招呼着打酒，声音脆脆的，客人常就端了酒碗在她家一口一口地喝，邀她喝，她也喝，邀她打扑克，她也打，大声说笑，当客人们偷眼儿看她的时候，她会大着胆子用亮亮的眼睛对视，便使客人们再不敢有什么心思了。她家每天卖出的酒最多，但并没有引出不光彩的事来。我曾和我的店主人说起她，她说这女子能掌握住人，尤其是男人，是当将军的材料，至少可以当个领导。

"瞧你这样子，能占了她的便宜吗？收了那份心吧！"

店主人不时戏谑着我，我感到了厌烦，只好搬出她家，又住在另一家店去了。

　　夜里，又是一群撑排人上了山，歇在了隔壁那家的旅社里，他们是一群年纪不大也不小、相貌不美也不丑的男人。一进那旅社里，就大声吵闹着喝酒；乘着酒兴，话说得又特别多，谈这次进山的奇遇，谈水路上的风险，有的就骂起来，说他们的腰疼、腿疼，这山上、水上的活计就不是人干的。末了，是醉了，又哭又笑，满口的粗话，接着是吐字不清的喃喃，渐渐响起打雷一般的鼾声了。

　　我却没有睡着，想这些撑排人，在他们的经历中，一定是有着不可描述的艰辛：野兽的侵犯、山林的滚坡、江水的颠簸，还有那风吹雨淋、挨饥受饿……他们是劳力者，生命是在和自然的搏斗中运动。而我，为了所谓的"事业"，在无休无止的斗争中和噩梦般的生活漩涡里沉浮……我们都是十分疲倦了的人，汇集在丹江的一个渡口上，凭着渡口的旅社，作着一种身心的偷闲；凭着渡口旅社的酒，消磨着这征途的时光，加速着如此漫长的人生。但愿他们今夜睡得安稳，做一个好梦，也但愿我再不被噩梦惊醒，睡得十分香甜吧。

　　但是，天未明的时候，一阵粗野的喊声从江边传来：

　　"王来子，快起来吧！人家排都撑走了，你还睡不死吗？那床上有你老婆吗？"

　　隔壁的旅社窗子开了，有了回答声：

　　"你催命吗？天还早哩，急着去丹江口漂尸吗？这儿多好的地方！"

　　"再好，是久待的地方？！你要死在这儿，就不叫你走了！"

　　隔壁的王来子一边小声骂着把扣子扣歪了，又嘟囔着去那家女子酒店敲门。江下又喊了：

　　"你还丢心不下那小娘儿吗？你个没皮没脸的东西！"

"我去打些酒。"

"河里的鱼再大，也没有碗里的小鱼好啊，不要脸的来子！"

他们互相骂着下到江里了。水雾中，各人解开了柴排上的葛条系绳，跳了上去，一声叫喊，十个八个柴排连成一起向江下撑去。到了渡口下的转弯地方，河水翻着白浪，两岸礁石嶙嶙，柴排开始左冲右撞起来，他们手忙脚乱，叫喊着：向左！向右！竹篙便点，柴排一会儿浮起老高，一会儿落得很低，叫喊声就轰轰地在峡谷里回响。看着那有如此力量去奋争、有力量去上路的柴排和撑排人，我突然理解了他们：他们或许不是英雄，却实实在在地不是一群无聊的酒鬼，在这条江上，风风雨雨使他们有了强硬的身骨，也同时有了一股雄壮的气魄，他们是一群生活的真正强者。那柴排的一路远去和叫喊声的沉沉传来，充满了多么生动的节奏和高雅的乐趣啊！而顿时感到了自己内心的一种若有所失的空虚。

我呆呆地趴在窗口上，一抬头，又看见那石壁上的月亮了。月亮还在那里，一个清清白白的上弦。噢，当我出发到商州来的时候，月亮是半圆的，走了这么多的日子，在这里又待了这么长的时间，它还是这个半圆，它难道是死去了吗？月有阴晴圆缺，由圆到缺由缺到圆，一天一天更新着世界的内容，难道它现在终止了时间的进速，永远给我的将不是一个满圆吗？！

吃过早饭，我走掉了。

不是沿着来路返回，而是开始了向着海一般深的山中又走我的路了。心里在说：在商州的丹江，一个有月亮的渡口，一个年轻人真正懂得了渡口——它是人在艰难困苦的旅途上的一次短暂的停歇，但短暂的停歇是为了更快地进行新的远征。

写于 1983 年 5 月 8 日静虚村

十八碌碡桥

我家门前的河上，有一座桥，桥西的路一直通到深深的大山沟去，桥东过去三里，却便是极繁华的县城。来往的人天天从桥上走，却谁也不停下来看看这桥，甚至连这么想也不曾有。

桥很不起眼，没有水泥制板，没有栏杆，虽是石的，也不是虹形月样的飞拱；仅仅十八个碌碡，砌三个桥墩，上边用木头碎石泥土铺铺垫垫罢了。河面宽宽的，流沙的河水蔓蔓延延；桥显得凝重而十分拙朴了，竟使人疏忽了它的存在，更无人知道它该是哪年哪月的物事了。

秋天里，陡然间下了几天暴雨，山皮尽都剥脱去，洪水涌下来，水痕的脚爬到了河谷上一人多高的崖壁上。桥便在冲击中没了。从此，荒寂的山沟与繁华的县城失去交通，人们远远从山沟来，站在河岸，遥遥望着县城的高楼、烟囱，顿足兴叹。突然间，都感觉到了桥的伟大！我们四处觅寻着桥的旧址，那路面、路边的杨柳、碎石，全然不见了，连那十八个碌碡，也没了踪影。后来水落下去，满河谷皆是漠漠白沙，只是那断桥的两边，有几根斜吊的木头。这情景虽然比桥在时有了些诗意，却使人不忍心将诗吟出。

桥断了十多日，我们再耐不住这种可怕的隔离，齐心合力要重新修桥。苦于物资不十分方便，发动力量沿河滩去找断桥的材料，但是，那些凿得四棱见线的小块砌石，顺河跑了十里，一无所得。木头也没有，只在八里外的下滩里，淤泥中露出一个木桩，掘出来，是当时桥头的那棵老柳。碌碡是最珍贵的了，下了功夫要找到，可在下河滩摸来挖去，不见一个。我们都泄气了。一个退休的老教师知道了，拿来一本书，说书上写着一个故事：古时候一个石狮子被水冲了，后来在上河滩发现的。我们就半信半疑地又往上河滩的泥里沙里水里去找。奇怪得很，竟然找着了，并且在一个地方，囫囵圈的十八个碌碡，一个不少。

人们都跑来看稀罕，瞧着这粗粗糙糙的、蠢蠢笨笨的碌碡，肃然起敬。谁也说不清这是为什么：这么大的洪水，一切都在顺水而去了，它竟逆流而上？！这般的愚样，却有这般的大智；有老太太就跪下磕头，说碌碡是镇河的宝。我们就说这桥一定还要用碌碡来修，只有这十八个碌碡才能撑起这座桥。于是，桥很快就又修起来了。

荒寂的山沟与繁华的县城接通了，桥上汽车也过，马车也过，本地人也过，外地人也过。外地人过了也便过了，记忆中不会有任何印象；我们本地人却每每走到桥上，就都要跑过去，看那河谷石壁上的水痕。后来新编地方志，第四本里，就记下了这十八个碌碡。

作于 1982 年 3 月 28 日静虚村

一对情人

一出列湾村就开始过丹江河，一过河也就进山了。谁也没有想到这里竟是进口；丹江河拐进这个湾后，南岸尽是齐楞楞的黑石崖，如果距离这个地方偏左，或者偏右，就永远不得发现了。本来是一面完整的石壁，突然裂出一个缝来；我总疑心这是山的暗道机关，随时会砰然一声合起来。从右边石壁人工凿出的二十三阶石级走上去，一步一个回响，到了石缝里，才看见缝中的路就是一座石拱桥面，依缝而曲，一曲之处便见下面水流得湍急，水声轰轰回荡，觉得桥也在悠悠晃动了。

向里看去，那河边的乱石窝里，有三个男人在那里烧火，柴是从身后田地里抱来的包皮谷秆吧。火燃得很旺，三个人一边围火吃烟，一边叫喊着什么，声音全听不见，只有嘴在一张一合。开始在石头上使劲磕烟锅了，磕下去，无声，抬上来了，"叭"的一下。

走出了石缝，那个轰轰的世界也就留在了身后，我慢慢恢复了知觉，看见河两边的白冰开始不断塌落，发出细微的嚓嚓声，中流并不是雪的浪花，而绿得新嫩，如几十层叠放在一起的玻璃的颜色。三个人分明是在吵嚷了，一个提出赶路，另一个就开始骂，好像这一切都是在友善的气氛中进行，只有这野蛮的辱骂、作践，甚至拧耳朵、搋拳头才是一种爱的表示。

"看把你急死了！二十八年都熬过来了，就等不及了？"一个又骂起来了。"她在她娘家好生生给你长着，你罕心的东西，发不了霉的，也不会别人抢着去吃了！馍不吃在笼里放着，你慌着哪个？"

另一个就脚踏手拍地笑，嘴里的烟袋杆子上，直往下滴流着口水。火对面的一个光头年轻的便憨呼呼地笑，说："她爹厉害哩，半年了，还不让我到他们家去。"

"你不是已经有了三百元了吗？"

"三百五十三元了。"光头说，"人家要一千二，分文不少！"

"这老狗！遇着我就得放他的黑血了！你捎了一个月的椽，才三百元，要凑够千二，那到什么时候？等那女的得你手了，你还有力气爬得上去吗？我们都是过来的人，你干脆这次进山，路过那儿，争取和她见见，先把那事干了再说！一干就牢靠了，她死了心，是一顿臭屎也得吃，等生米做了熟饭，那老狗还能不肯？"

光头直是摇头。两个男人就笑得更疯，一个说："没采，没采，没尝过甜头呢！"一个说："傻兄弟，别末了落个什么也没有！"光头一抬脸儿瞧见我了，低声说："勾子嘴儿没正经，别让人家听见了！"

我笑笑地走过去，给他们三人打了招呼，弯腰就火点烟时，那光头用手捏起一个火炭蛋，一边吸溜着口舌，一边不断在两个手中倒换，末了，极快地按在我的烟袋锅里。我抽着了，说声："祝你走运！"他们疑惑地看着我，随即便向我眨眼，却并不同我走。在等我走过河上的一段列石，往一个山嘴后去的时候，回头一看，那三个男人还在那里吃烟。

转过山嘴，这沟里的场面却豁然大了起来。两山之间，相距几乎有二里地，又一溜趄平。人家虽然不多，但每一个山嘴窝里，就有了一户庄院，门前都是一丛竹，青里泛黄，疏疏落落直往上长，长过屋顶，就四边分散开来，如撑着一柄大伞。房子不像是川道人家习惯的硬四川式的屋架，明檐特别宽，有六根柱子露出，沿明柱上下扎有三道檐簸，上边架有红薯干片、柿子、包皮谷棒子。山墙开有两个"吉"字假窗，下挂一串一串的烤烟叶子、辣椒瓣儿。门前有篱笆，路就顺着一块一块麦田石堰绕下来，到了河滩。

河水很宽，也很浅，看着倒不是水走而是沙流，毛柳梢、野芦苇，一律枯黑，变得僵硬，在风中铮泠泠颤响。我逆河而上，沙净无泥，湿漉漉的却一星半点不粘鞋。山越走越深，不知已经走了多少里，中午时分，到了一个蛋儿窝村子。

说是村子，也不过五户人家，集中在河滩中的一个高石台上。台前一家，台后一家，台上三家。台子最高处有一个大石头，上有一个小小的土地神庙，庙后一棵弯腰古柏。我进去讨了吃喝，山里人十分好客；这是一个老头，一尺多长的白胡子，正在火塘口熬茶，熬得一个时辰，倒给我喝，苦涩不能下咽。老头就皱着眉，接着哈哈大笑，给我烫自家做的柿子烧酒。一碗下肚，十分可口，连喝三碗，便脖硬腿软起来，站起身要给老者回敬，竟从椅子上溜下桌底，就再也不省人事了。

一觉醒来，已是第二天早上，老者说我酒量不大，睡手倒好，便又做了一顿面条。面条在碗里捞得老高，吃到碗底，下面竟是白花花的肥肉条子！我大发感慨，说山里人真正实在，老者就笑了："这条沟里，随便到哪家去，包你饿不了肚子！只是不会做，沟垴驼子老五家的闺女做的才真算得上滋味，可惜那女子就托生在那不死的家里！"

我问怎么啦？老者说："他吃人千千万，人吃他万不能，一辈子交不过！今年八月十五一场病只说该死了，没想又活了……甭说了，家丑不可外扬的。"我哈哈一笑，对话也便终止，吃罢饭继续往深山走。

中午赶到山垴，前日所见的那三个男人有两个正好也在河边。身边放着三根檩木，每根至少有一百五六十斤，两个男人从怀里掏出一手帕冷米饭，用两个树棍儿扒着往口里填，吃过一阵，就趴在河里喝一气水。见了我，认出来了，用树棍儿筷子指着饭让我。

"那个光头呢？"我问了一句。两个男人就嘻嘻哈哈地笑，用眼睛直瞅着左身后的山洼洼眨眼。

我坐下来和两个男人吃烟，他们才说：光头去会那女子了。他们昨日上来，三个人就趴在这里大声吹口哨，口哨声很高，学着黄鹂子叫，学着夜猫子叫。这叫声是女子和光头定的约会暗号。果然女子就从山根下的家里出来，一见面哭哭啼啼，说她爹横竖为难，一千二百元看来是不能少的，商定今日从山梁那边捎了木头回来再具体谈谈，今天下来，女子早早就在这里等着。现在他们放哨，一对情人正在山洼洼后边哩。

我觉得十分有趣，也就等着一对情人出来看看结果。这两个男人吃足喝饱了，躺在石头上歇了一气，就不耐烦了，一声声又吹起口哨，后来就学着狼嗥，如小孩哭一样。果然，那山洼洼后就跑来了光头，一脸的高兴。一个男人就骂道："你好受活！把我们就搁在这儿冷着？！"光头说："我也冷呀！"那男人就又骂道："放你娘的屁，谈恋爱还知道冷？"另一个就问："干了吧？你小子不枉活一场人了！"光头又摇头又摆手，两个男人不信，光头便指天咒地发誓，说他要真干了，上山滚坡，过河溺水。

一个男人就叫道："你哄了鬼去！我什么没经过，瞧你头发乱成鸡窝，满脸热汗，你是不是还要发誓：谁干了让谁在糖罐里甜死，在棉花堆上碰死，在头发丝上吊死？！"

光头一气之下就趴在河边喝水，叽哽叽哽喝了一通，站起来说："现在信了吧？！"

两个男人便没劲了。光头却从怀里掏出一包皮红布卷儿，打开说："女子和我一个心的，和她爹吵了三天了，她爹直骂她是'找汉子找急了！'要当着她在担子上吊肉帘子。她只好依了他，说定一千二分文不少，但她就偷了她爹一百元，又将家里一个铜香炉卖了一百元，又挖药赚了一百元，全交给我啦！"

两个男人"啊"的一声就发呆了，眼红起来，几乎又产生了嫉妒，将光头打倒在地上说："你小子丑人怪样子，倒有这份福分！那女子算是瞎了眼，给了钱，倒没得到热火，把钱撂到烂泥坑了！"

光头收拾了布包皮，在衬衣兜里装了，用别针又别了，说这别针也是那女子一块带来的。"我抱了一下，亲了一口哩。"

"好啊，你这不正经的狂小子！你怎么就敢大天白日在野地里亲了人家？那女子要是反感起来，以为你是个流氓坏子，那事情不是要吹了吗？人家亲了你吗？"

"亲了，没亲在嘴上。你们吹了口哨，我一惊，她亲在这里。"光头摸着下巴。

后来，三个男人又说闹了一通，就捎起檩木出发了。他们都穿着草鞋，鞋里边塞满了包皮谷胡子，套着粗布白袜子，三尺长的裹腿紧紧地在膝盖以下扎着人字形。天很冷，却全把棉衣脱了，斜搭在肩上，那檩木扛在右肩，左手便将一根木棒一头放在左肩，一头撬起檩木，小步溜丢地从河面一排列石上跳过。

就在这个时候，对面山梁上一个人旋风似的跑下来，那光头先停下，接着就丢下檩木跑过去。我们都站在这边远远看着。过一会儿，光头跑来了，两个男人问又是怎么啦？光头倒骂了一句："没甚事的，她在山上看着咱们走，却在那里摘了一个干木胡梨儿，这瓜女子，我哪儿倒稀罕吃了这个？！"两个男人说："你才瓜哩！你要不稀罕吃了，让我们吃！"那光头忙将木胡梨儿丢在口里就咬，噎得直伸脖子。

这天下午，我并没有立即到山梁那边去，却拐脚到山根下的那人家去。这是三间房子，两边盖有牛棚、猪圈、狗窝、鸡架，房后是一片梢林，密密麻麻长满了栲树，霜叶红得火辣辣的。院子里横七竖八堆着树干、树枝，上屋门掩着，推开了，烟熏得四堵墙黑乎乎一片。三间房一边是隔了两个小屋，一间是盘了一个大锅台，一间空荡荡的，正面安一张八仙大桌，土漆油得能照出人影，后边的一排三丈长的大板柜上，摆满了大大小小瓦盆瓦罐，各贴着"日进百斗""黄金万两"的红字条。

"有人吗？"我开始发问，大声咳嗽了一声。

西边的前小屋里一阵阵窸窸窣窣响，走出个人来，六十岁的光景，腰弓得如马虾，人干瘦，显得一副特大的鼻子，鼻翼两处都有着烟黑，右手拄着一个拐杖。让我坐下，便把那拐杖的小头擦擦，递过来，我才看清是一杆长烟袋。我突然记得蛋儿窝那老者的话，这莫非就是那个驼背老五吗？我后悔偏就到了他家，这吃喝怕就要为难了。我便故意提出买些饭吃，他果然呐呐了许久。说家里人不在，他手脚不灵活，又说山里人不卫生，饭做得少盐没调和的，但后来，还是进了小屋去，站在炕上，将楼板上吊的柿串儿摘下三个柿子端出。这柿子半干半软，下坠得如牛蛋，上边烟火熏得发黑，他用手抹抹灰土，说："这柿子好生甜哩！冬天里，我们一到晚上吃几个，就算一顿饭了呢！"

我问："家里就你一个人吗？"

"还有个女子。"

"听说面条做得最好？"

"你知道？你怎么知道了？你一定知道她的坏名声了！这丢了先人的女子，坏名声传得这么远啊！咳咳，女大不中留，实在不能留啊！"

这驼背竟莫名其妙地骂起女儿来，使我十分尴尬。正不知怎么说，门口光线一暗，进来一个女子，却比老汉高出一半，脸子白白的，眼睛大得要占了脸三分之一的面积，穿一身浅花小袄，腰卡得细细的，胸部那么高……

我从来没见过这么出脱的女子！

"爹，你又嚼我什么舌根了？！我到山上砍柴去了！"那女子说着，就拿眼睛大胆地盯我。我立即认出这女子就是和光头好的那个，刚才没有看清眉脸，但身段儿是一点不会错的。

"砍柴？不怕把你魂丢在山上？一天到黑不沾家，我让狼吃了，你也不知道哩！我在匣子里的钱怎么没有了？"

我替那女子捏了一把汗。那女子却倒动了火："你问我吗？我怎么知道？你一辈子把钱看得那么重，钱比你女子还金贵，你问我，是我偷了不成！"

老汉不言语了，又嚷道山里老鼠多，是不是老鼠拉走了？又怀疑自己记错了地方，直气得用长烟袋在门框上叩得笃笃响。那女子开始要给我做饭，出门下台阶的时候，我发现她极快地笑了一声。

饭后我要往山梁那边去，那女子一直送我到了河边。我说："冬天的山上还有木胡梨吗？"

"不多见到。"她说，立即就又盯住了我，脸色通红。我忙装出一切不理会，转别了脸儿。

在山梁后的镇上干完了我的事，转回来，已经是第五天了。我又顺脚往驼背老五家去，但屋里没有见到那女子，老汉卧在一堆柴草中，鼻涕一把泪一把地哭。好容易问清了，才知老汉后来终于想起那笔钱就是装在匣子里，老鼠是不会叼的，便质问女儿。女儿熬不过，如实说了，老汉将女儿打了一顿，关在柴火房里，又上了锁。

等到第三天，那光头又掮木头走到河边，向这里打口哨，那女子就踢断后窗跑了。老汉追到河边，将那光头臭骂了一顿，说现在就是拿出十万黄金也不肯把女儿嫁给他了。女子大哭，他又举木棍就打，那光头的两个同伴男人扑过来，一个夺棍，一个抱腰，让光头和女儿一块逃走了。

"这不要脸的女子！跟野汉子跑了！跑了！"老汉气得又在门框上磕打长杆烟袋，"叭"地便断成两截。

我走出门来，哈哈笑了一声，想这老汉也委实可怜，又想这一对情人也可爱得了得。走到河边，老汉却跑出来，伤心地给我说："你是下川道去的吗？你能不能替我找我那贱女子，让她回来，她能丢下我，我哪里敢没有她啊！你对她说，他们的事做爹的认了，那二百元钱我不要了，一千元行了，可那小子得招到我家，将来为我摔孝子盆啊！"

从棣花到西安

秦岭的南边有棣花，秦岭的北边是西安，路在秦岭上约三百里。世上的大虫是老虎，长虫是蛇，人实在是走虫。几十年里，我在棣花和西安生活着，也写作着，这条路就反复往返。

父亲告诉过我，他十多岁去西安求学，是步行的，得走七天，一路上随处都能看见破坏的草鞋。他原以为三伏天了，石头烫得要咬手，后来才知道三九天的石头也咬手，不敢摸，一摸皮就粘上了。到我去西安上学的时候，有了公路，一个县可以每天通一趟班车，买票却十分困难，要头一天从棣花赶去县城，成夜在车站排队购买。班车的窗子玻璃从来没有完整过，夏天里还能受，冬天里风刮进来，无数的刀子在空中舞，把火车头帽子的两个帽耳拉下来系好，哈出的气就变成霜，帽檐是白的，眉毛也是白的。时速至多是四十里吧，吭吭唧唧在盘山路上摇晃，头就发昏。不一会有人晕车，前边的人趴在窗口呕吐，风把脏物又吹到后边窗里，前后便开始叫骂。司机吼一声：甭出声！大家明白夫和妻是荣辱关系，乘客和司机却是生死关系，出声会影响司机的，立即全不说话。路太窄太陡了，冰又瓷溜溜的，车要数次停下来，不是需要挂防滑链，就是出了故障，司机爬到车底下，仰面躺着，露出两条腿来。到了秦岭主峰下，那个地方叫黑龙口，是解手和吃饭的固定点。穿着棉袄棉裤的乘客，一直是插萝卜一样挤在一起，要下车就都浑身麻木，必须揉腿。我才扳起一条腿来，旁边人说：那是我的腿。我就说：我那腿呢？我那腿呢？感觉我没了腿。一直挨到天黑，车才能进西安，从车顶上卸下行李了，所有人都在说：嗨，今日顺到！因为常有车在秦岭上翻了，死了的人在沟里冻硬，用不着抬，像捎椽一样捎上来。即使自己坐的车没有翻，前边的车出了事故，或者塌方了，那就得在山里没吃没喝冻一夜。

　　20世纪90年代初，这条公路改造了，不再是沙土路，铺了柏油，而且很宽，车和车相会没有减速停下，灯眨一下眼就过去了。过去车少，麦收天沿村庄的公路上，农民都把割下的麦子摊着让碾，狗也跟着撵。改造后的路不准摊麦了，车经过刷的一声，路边的废纸就扇得贴在屋墙上，半会儿落不下。狼越来越少了，连野兔也没了，车却黑日白日不停息。各个路边的村子都死过人，是望着车还远着，才穿过路一半，车却瞬间过来轧住了。棣花几年里有五个人被轧死，村人说这是祭路哩，大工程都要用人祭哩。以前棣花有两三个司机，在县运输公司开班车，体面荣耀。他们把车停在路边，提了酒和肉回家，那毛领棉大衣不穿，披上，风张着好像要上天，沿途的人见了都给笑脸，问候你回来啦？就有人猫腰跟着，偷声换气地乞求明日能不能捎一个人去省城。可现在，公路上啥车都有，连棣花也有人买了私家车。那一年，我父亲的坟地选在公路边，母亲就说离公路近，太吵吧，风水先生说：这可是好穴哇，坟前讲究要有水，你瞧，公路现在就是一条大河啊！

　　我每年十几次从西安到棣花，路经蓝关，就可怜了那个韩愈，他当年是"雪拥蓝关马不前"呀，便觉得我很幸福，坐车三个半小时就到了。

过了 2000 年，开始修铁路。棣花人听说过火车，没见过火车。通车的那天，各家在通知着外村的亲戚都来，热闹得像过会。中午时分，铁路西边人山人海，火车刚一过来，一人喊：来了——！所有人就像喊欢迎口号：来了来了！等火车开过去了，一人喊：走了——！所有人又在喊口号：走了走了！但他们不走，还在敲锣打鼓。十天后我回棣花，邻居的一个老汉神秘地给我说：你知道火车过棣花说什么话吗？我说：说什么话？他就学着火车的响声，说：棣花——！不穷！不穷！不穷不穷，不穷不穷！我大笑，他也笑，他嘴里的牙脱落了，装了假牙，假牙床子就笑了出来。

有了火车，我却没有坐火车回过棣花，因为火车开通不久，一条高速路就开始修。那可是八车道的路面呀，洁净得能晾了凉粉。村里人把这条路叫金路，传说着那是一捆子一捆子人民币铺过来的，惊叹着国家咋有这么多钱啊！每到黄昏，村后的铁路上过火车，拉着的货物像一连串的山头在移动，村人有的在唱秦腔，有的在门口咿咿呀呀拉胡琴，火车的鸣笛不是音乐，可一鸣笛把什么声响都淹没了。火车过后，总有三五一伙端着老碗一边吃一边看村前的高速路，过来的车都是白光，过去的车都是红光，两条光就那么相对地奔流。他们遗憾的是高速路不能横穿，而谁家狗好奇，钻过铁丝网进去，竟迷糊得只顺着路跑，很快就被轧死了，一摊肉泥粘在路上。我第一回走高速路回棣花，没有打盹，头还扭来转去看窗外的景色，车就突然停了，司机说：到了。我说：到了？有些不相信，但我弟就站在老家门口，他正给我笑哩。我看看表，竟然仅一个半小时。从此，我更喜欢从西安回棣花了，经常是我给我弟打电话说我回去，我弟问：吃啥呀？我说：面条吧。我弟放下电话开始擀面，擀好面，烧开锅，一碗捞面端上桌了，我正好车停在门口。

在好长时间里，我老认为西安越来越大，像一张大嘴，吞吸着方圆几百里的财富和人才，而乡下，像我的老家棣花，却越来越小。但随着312公路改造后，铁路和高速路相继修成，城与乡拉近了，它吞吸去了棣花的好多东西，又呼吐了好多东西给棣花，曾经瘦了的棣花慢慢鼓起了肚子。棣花已经成了旅游点，农家乐小饭馆到处都有。小洋楼一幢一幢盖了，有汽车的人家也多了，甚至荒废了十几年的那条老街重新翻建，一间房价由原来的几十元猛增到上万元。以前西安人来，皮鞋印子留在门口，舍不得扫；如今西安打一个喷嚏，棣花人就问：咱是不是感冒啦？他们啥事都知道，啥想法也都有。而我，更勤地从西安到棣花，从棣花到西安，我不再以出生在山里而自卑。车每每经过秦岭，看山峦苍茫，白云弥漫，就要念那首诗："啊，给我个杠杆吧，我会撬动地球；给我一棵树吧，我能把山川变成绿洲；只要你愿意嫁我，咱们就繁衍一个民族。"

就在上个月，又得到一个消息，还有一条铁路要从西安经过棣花，秋季里动工。

2009 年 5 月 7 日写

西安这座城

　　我住在西安这座城里已经二十年了，我不敢说这个城就是我的，或我给了这个城什么，但二十年前我还在陕南的乡下，确实做过一个梦的，梦见了一棵不高大的却很老的树，树上有一个洞。在现实的生活里，老家是有满山的林子，但我没有觅寻到这样的树，而在初做城里人的那年，于街头却发现了，真的，和梦境里的树丝毫不差。这棵树现在还长着，年年我总是看它一次，死去的枝柯变得僵硬，新生的梢条软和如柳。我就常常盯着还趴在树干上的裂着背已去了实质的蝉壳，发许久的迷瞪，不知道这蝉是蜕了几多回壳，生命在如此转换，真的是无生无灭，可那飞来的蝉又始于何时，又该终于何地呢？于是在近晚的夕阳中驻脚南城楼下，听岁月腐蚀得并不完整的砖块里，一群蟋蟀在唱着一部繁乐，恍惚里就觉得哪一块砖是我的吧，或者，我是蟋蟀的一只，夜夜在望着万里的长空，迎接着每一次新来的明月而欢歌了。

　　我庆幸这座城在中国的西部，在苍茫的关中平原上，其实只能在中国西部的关中平原上才会有这样的城，我忍不住就唱起关于这个地方的一段民谣：

八百里秦川黄土飞扬，

三千万人民吼叫秦腔，

调一碗粘面喜气洋洋，

没有辣子嘟嘟囔囔。

　　这样的民谣，描绘的或许缺乏现代气息，但落后并不等于愚昧，它所透出的一种气势，没有矫情和虚浮，是冷的幽默，是对旧的生存状态的自审。我唱着它的时候，唱不出声的常常是想到了夸父追日渴死在去海的路上的悲壮。正是这样，数年前南方的几个城市来人，以优越异常的生活待遇招募我去，我谢绝了，我不去，我爱陕西，我爱西安这座城。我生不在此，死却必定在此，当百年之后躯体焚烧于火葬场，我的灵魂随同黑烟爬出了高高的烟囱，我也会变成一朵云游荡在这座城市的上空的。

　　当世界上的新型城市愈来愈变成了一堆水泥，我该如何来叙说西安这座城呢？是的，没必要夸耀曾经是十三个王朝国都的历史，也不自得八水环绕的地理风水，承认中国的政治、经济、文化的中心已不在这里，对于显赫的汉唐，它只能称为"废都"。但可爱的是，时至今日，气派不倒的，风范犹存的，在全世界的范围内最具古都魅力的，也只有西安了。它的城墙赫然完整，独身站定在护城河上的吊桥板上，仰观那城楼、角楼、女墙垛口，再怯懦的人也要豪情长啸了。大街小巷方正对称，排列有序的四合院砖雕门楼下已经黝黑如铁的花石门墩，让你可以立即坠入了古昔里高头大马驾驶了木制的大车喤喤喤开过来的境界里去。如果有机会收集一下全城的数千个街巷名称：贡院门、书院门、竹笆市、琉璃市、教场门、端履门、炭市街、麦苋街、车巷、油巷……

你突然感到历史并不遥远，以至眼前飞过一只不卫生的苍蝇，也忍不住怀疑这苍蝇的身上有着汉时的模样或者有唐时的标记。现代的艺术在大型的豪华的剧院、影院、歌舞厅日夜上演着，但爬满青苔的古钱一样的城根下，总是有人在观赏着中国最古老的属于这个地方的秦腔，或者皮影木偶。这不是正规的演艺人，他们是工余后的娱乐，有人演，就有人看，演和看宣泄的都是一种自豪，生命里涌动的是一种历史的追忆，所以你也明白了街头饭馆里的餐具，碗是那么粗的瓷，大得称之为海碗。逢年过节，你见过哪里的城市的街巷表演着社戏，踩起了高跷，扛着杏黄色的幡旗放火铳，敲纯粹的鼓乐？最是那土得掉渣的土话里，如果依音笔写出来，竟然是文言文中的极典雅的词语，抱孩子不说抱，说"携"，口中没味不说没味，说"寡"，即使骂人滚开也不说滚，说"避"。你随便走进一条巷的一户人家吧，是艺术家或者是工人、小职员、个体的商贩，他们的客厅必是悬挂了装裱考究的字画，桌柜上必是摆设了几件古陶旧瓷。对于书法绘画的理解，对于文物古董的珍存，成为他们生活的基本要求。男人们崇尚的是黑与白的色调，女人们则喜欢穿大红大绿的衣裳，质朴大方，悲喜分明。他们少以言辞，多以行动；喜欢沉默，善于思考；崇拜的是智慧，鄙夷的是油滑；又整体雄浑，无琐碎甜腻。西安的科技人才云集，产生了众多的全球也著名的数学家、物理学家，但民间却大量涌现着《易经》的研究家，观天象，搞预测，作遥控。你不敢轻视了静坐于酒馆一角独饮的老翁或巷头鸡皮鹤首的老姬，他们说不定就是身怀绝技的奇人异才。清晨的菜市场上，你会见到托着豆腐，三个两个地立在那里谈论着国内的新闻。在公共厕所蹲坑，你也会听到最及时的关于联合国的一次会议的内容。关心国事，放眼全球，似乎对于他们是一种多余，但他们就是有这种古都赋予的秉性。"杞人忧天"从来不是他们讥笑的名词，甚至有人庄严地提议，在城中造一尊大的杞人雕塑，与那巍然竖立的丝绸之路的开创人张骞塑像相映成辉，成为一种城标。整个西安城，充溢着中国历史的古意，表现的是一种东方的神秘，囫囵囵是一个旧的文物，又鲜活活是一个新的象征。

所以，我数次搬家，却总乐意在靠近城墙的地方住。现在我居住在叫甜水井的方位，井已经被覆盖了，但数个四合院内还保留着古老的井台。千百年来，全城的食用水靠这一带甜水供应，老一代的邻居还说得清最后一届水井的模样，抱出匣子来让我瞧那手摸汗浸而光滑如铜的骨片水牌，耳畔里就隐约响起了驮着水桶的驴子叩击青石板街的节奏。星期日，去那器声腾浮的鸟市、虫市和狗市，或是赶那黎明开张、日出消散的露水市场，去城河沿上看那练习导引吐纳之术的汉子，去古旧书店书摊购买几本线装的古籍，去寺院里拜访参禅的老僧和高古的道长，去楼房的建筑工地的土坑里捡一堆称之为垃圾文物的碎瓷残片，分辨其字画属于汉的海风之格或属于唐的山骨之度，一切都在与历史对话，调整我的时空存在，圆满我的生命状态。所以，在我的居室里接待了全中国各地来的客人乃至海外的朋友，我送他们的常常是汉瓦当的一个拓片，秦砖自刻的一方砚台，或是陪他们听一段已无弦索的古琴的无声的韶音。我说，你信步在城里走走吧，钟楼已没钟，晨时你能听见的是天音；鼓楼已没鼓，暮时你能听见的是地声；再倘若你是搞政治的，你往城东去看秦兵马俑；你是搞艺术的，你往城西去看霍去病墓前石雕。我不知疲劳地，一定要带领了客人朋友爬土城墙，指点那城南的大雁塔和曲江池，说，看见那大雁塔吗？那就是一枚印石；看见那曲江池吗？那就是一盒印泥。记住，历史当然翻开了新的一页，现代的西安当然不仅仅是个保留着过去的城，它有着其他城市所具有的最现代的东西。但是，它区别于别的城市，是无言的上帝把中国文化的大印放置在西安，西安永远是中国文化魂魄的所在地了。

1992 年 7 月 2 日

五味巷

　　长安城内有一条巷：北边为头，南边为尾，千百米长短；五丈一棵小柳，十丈一棵大柳。那柳都长得老高，一直突出两层木楼，巷面就全阴了，如进了深谷峡底；天只剩下一带，又尽被柳条割成一道儿的，一溜儿的。路灯就藏在树中，远看隐隐约约，羞涩像云中半露的明月，近看光芒成束，乍长乍短在绿缝里激射。在巷头一抬脚起步，巷尾就有了响动，背着灯往巷里走，身影比人长，越走越长，人还在半巷，身影已到巷尾去了。巷中并无别的建筑，一堵侧墙下，孤零零站一杆铁管，安有龙头，那便是水站了；水站常常断水，家家少不了备有水瓮、水桶、水盆儿，水站来了水，一个才会说话的孩子喊一声"水来了"，全巷便被调动起来。缺水时节，地震时期，巷里是一个神经，每一个人都可以当将军。买高档商品，要去西大街、南大街，但生活日用，却极方便：巷北口就有了四间门面，一间卖醋，一间卖椒，一间卖盐，一间卖碱；巷南口又有一大铺，专售甘蔗，最受孩子喜爱，每天门口拥集很多，来了就赶，赶了又来。巷本无名，借得巷头巷尾酸辣苦甜咸，便"五味，五味"，从此命名叫开了。

　　这巷子，离大街是最远的了，车从未从这里路过，或许就最保守着古老,也因保守的成分最多,便一直未被人注意过,改造过。但居民却看重这地方,住户越来越多,门窗越安越稠。东边木楼,从北向南,一百二十户;西边木楼,从南向北,一百零三户。门上窗上,挂竹帘的,吊门帘的,搭凉棚的,遮雨布的,一入巷口,各人一眼就可以看见自己门窗的标志。楼下的房子,没有一间不阴暗,楼上的房子,没有一间不裂缝;白天人人在巷里忙活,夜里就到每一个门窗去,门窗杂乱无章,却谁也不曾走错过。房间里,布幔拉开三道,三代界线划开;一张木床,妻子,儿子,香甜了一个家庭,屋外再吵再闹,也彻夜酣眠不醒了。

城内大街是少栽柳的,这巷里柳就觉得稀奇。冬天过去,春天几时到来,城里没有山河草林,唯有这巷子最知道。忽有一日,从远远的地方向巷中一望,一巷迷迷的黄绿,忍不住叫一声"春来了",巷里的人倒觉得来得突然,近看那柳枝,却不见一片绿叶,以为是迷了眼儿。再从远处看,那黄黄的、绿绿的,又弥漫在巷中。这奇观儿曾惹得好多人来,看了就叹,叹了就折,巷中人就有了制度:君子动眼不动手。只有远道的客人难得来了,才折一枝两枝送去瓶插。瓶要瓷瓶,水要净水,在茶桌几案上置了,一夜便皮儿全绿,一天便嫩芽暴绽,三天吐出几片绿叶,一直可以长出五指长短,不肯脱落,秀娟如美人的长眉。

到了夏日,柳树上全挂了叶子,枝条柔软修长如长发,数十缕一撮,数十撮一道,在空中吊了绿帘,巷面上看不见楼上窗,楼窗里却看清巷道人。只是天愈来愈热,家家门窗对门窗,火炉对火炉,巷里热气散不出去,人就全到了巷道。天一擦黑,男的一律裤头,女的一律裙子,老人孩子无顾忌,便赤着上身,将那竹床、竹椅、竹席、竹凳,巷道两边摆严,用水哗地泼了,仄身躺着卧着上去,茶一碗一碗地喝,扇一时一刻摇,旁边还放盆凉水,一刻钟去擦一次。有月，白花花一片，无月，烟火头点点。一直到了夜阑，大酣的、低谈的、坐的、躺的，横七竖八，如到了青岛的海滩。

　　若是秋天，这里便最潮湿，砖块铺成的路面上，人脚踏出坑凹，每一个砖缝都长出野草，又长不出砖面，就嵌满了砖缝，自然分出一块一块的绿的方格儿。房基都很潮，外面的砖墙上印着泛潮后一片一片的白渍，内屋脚地，湿湿虫繁生，半夜小解一拉灯，满地湿湿虫乱跑，使人毛骨悚然，正待要捉，却霎时无影。难得的却有了鸣叫的蛐蛐儿，水泥大楼上，柏油街道上都有着蛐蛐儿，这砖缝，木隙里却是它们的家园。孩子们喜爱，大人也不去捕杀，夜里懒散地坐在家中，倒听出一种生命之歌、欢乐之歌。三天，五天，秋雨就落一场，风一起，一巷乒乒乓乓，门窗皆响，索索瑟瑟，枯叶乱飞。雨丝接着斜斜下来，和柳丝一同飘落，一会拂到东边窗下，一会拂到西边窗下。末了，雨戛然而止，太阳又出来，复照玻璃窗上，这儿一闪，那儿一亮，两边人家的动静，各自又对映在玻璃上，如演电影，自有了天然之趣。

　　孩子们是最盼着冬天的了。天上下了雪，在楼上窗口伸手一抓，便抓回几朵雪花，五角形的，七角形的，十分好看，凑近鼻子闻闻有没有香气，却倏忽就没了。等雪在柳树下积得厚厚的了，看见有相识的打下边过，动手一扯那柳枝，雪块就哗地砸下，并不生疼，却大吃一惊，楼上楼下就乐得大呼小叫。逢着一个好日头，家家就忙着打水洗衣，木盆都放在门口，女的揉，男的投，花花彩彩的衣服全在楼窗前用竹竿挑起，层层叠叠，如办展销。凡翻动处，常露出姑娘俊俏俏白脸，立即又不见了，唱几句细声细气的电影插曲，逗起过路人好多遐想。偶尔就又有顽童恶作剧，手握一小圆镜，对巷下人一照，看时，头儿早缩了，在木楼里吃吃痴笑。

这里每一个家里，都在体现着矛盾的统一：人都肥胖，而楼梯皆瘦，两个人不能并排，提水桶必须双手在前；房间都小，而立柜皆大，向高空发展，乱七八糟东西一股脑全塞进去；工资都少，而开销皆多，上养老，下育小，两个钱顶一个钱花，自由市场的鲜菜吃不起，只好跑远道去国营菜场排队；地位都低，而心性皆高，家家看重孩子学习，巷内有一位老教师，人人器重。当然没有高干、中干住在这里，小车不会来的，也就从不见交通警察，也不见一次戒严。他们在外从不管教别人，在家也不受人管教：夫妻平等，男回来早男做饭，女回来早女做饭。他们也谈论别人住水泥楼上的单元，但末了就数说那单元房住了憋气：一进房，门"砰"地关了，一座楼分成几十个世界。也谈论那些后有后院、前有篱笆花园的人家，但末了就又数说那平房住不惯：邻人相见，而不能相遇。他们害怕那种隔离，就越发维护着亲近，有生人找一家，家家都说得清楚：走哪个门，上哪个梯，拐哪个角，穿哪个廊。谁家娶媳妇，鞭炮一响，两边楼上楼下伸头去看，乐事的剪一把彩纸屑，撒下新郎新娘一头喜，夜里去看闹新房，吃一颗喜糖，说十句吉祥。谁说不出谁家大人的小名、谁家小孩的脾性呢？

他们没有两家是乡党的，汉、回、满，各种风俗。也没有说一种方言的，北京、上海、河南、陕西，南腔北调。人最杂，语言丰富，孩子从小就会说几种话，各家都会炒几种风味菜，除了外国人，哪儿的来人都能交谈，哪儿来的剧团，都要去看。坐在巷中，眼不能看四方，耳却能听八面，城内哪个商场办展销，哪个工厂办技术夜校，哪个书店卖高考复习资料，只要一家知道，家家便知道。北京开了什么会，他们要议论；某个球队出国得了冠军，他们要欢呼；哪个高干搞走私，他们要咒骂。议完了，笑完了，骂完了，就各自回家去安排各家的事情。因为房小钱少，夫妻也有吵的，孩子也有哭的，但一阵雷鸣电闪，立即风平浪静，妻子依旧是乳，丈夫依旧是水，水乳交融，谁都是谁的俘虏；一个不笑，一个不走，两个笑了，孩子就乐，出来给人说：爸叫妈是冤家，妈叫爸是对头。

早上，是这个巷子最忙的时候。男的去买菜，排了豆腐队，又排萝卜队；女的给孩子穿衣喂奶，去炉子上烧水做饭。一家人匆匆吃了，但收拾打扮却费老长时间：女的头发要油光松软，裤子要线棱不倒；男子要领齐帽端，鞋光袜净；夫妻各自是对方的镜子，一切满意了，一溜一行自行车扛下楼，一声叮铃，千声呼应，头尾相接，出巷去了。中午巷中人少，孩子可以隔巷道打羽毛球。黄昏来了，巷中就一派悠闲：老头去喂鸟儿，小伙去养鱼，女人最喜育花。鸟笼就挂满楼窗和柳丫上，鱼缸是放在走廊、台阶上，花盆却苦于没处放，就用铁丝木板在窗外凌空吊一个凉台。这里的姑娘和月季，突然被发现，立即成了长安城内之最。五年之中，姑娘被各剧团吸收了十人，月季被植物园专家参观了五次。

就是这么个巷子，开始有了声名，参观者愈来愈多了。1981年冬，我由郊外移居城内，天天上下班都要路过这巷子，总是带了油盐酱醋瓶，去那巷头四间门面捎面，吃醋椒是酸辣，尝盐碱是咸苦。进了巷口，一直往南走，短短小巷，却用去我好多时间。走一步，看一步，想一步，千缕思绪，万般感想。出了南巷口，见孩子们又拥在甘蔗铺前啃甘蔗，吃得有滋有味，小孩吃，大人也吃。我便不禁两耳下陷坑，满口生津，走去也买一根，果然水分最多，糖分最浓，且甜味最长。

记于 1982 年 7 月 2 日静虚村

大唐芙蓉记

曲江一带素来是西安的文脉之地，秦汉隋时这里便建过囿，到了唐代，更是皇家御苑和公共自然景区。但唐末以后，所有建筑、植被被毁于兵火，残山剩水，废成了一片荒野。新世纪之初，江的北岸大兴土木，再建芙蓉园，辟地九百九十九亩，水阔三百三十三亩，建筑面积近五万平方米，创意之新，做工之良，叹为观止。

园内南为山峦，北为水面。如果进西御苑门，一经芙蓉桥，日光便先来水上，山势急逼到眼前。沿波池阪道深入，愈入愈曲，两旁嘉树枝叶深深浅浅，疑有颜色重染，树下异草，风怀其间。山峦东高西低，紫云楼建于主峰之侧，阙亭拱卫，馆桥飞渡，雄伟不可一世。登楼临窗，远处的秦岭霞气蒸蔚，似乎白云招之即来。回首北边湖面，烟水浩渺，白鹭忽聚忽散。对岸有望春阁，却是另一番态度。一个如龙盘山顶，一个如凤栖水边，两相欲语，却一湖雾漫，白茫茫一片，好像又坐忘于数千年里的往事中，销形作骨，铄骨成尘，更因风散。忽听得有丝竹管弦从山后传来，循声而去，过南馆院，转廊槛，由码头驾船到凤凰池，但见笋穿石罅，荷高桥面。山后果然有戏馆，有唐集市，有曲水流觞，有御宴宫，只是游人如蚁，极尽繁华。绕过山脚，找一块僻静处，路上就有灰雀，鸡蛋般大，起落如掷石子，撵了灰雀到一片林前，看小桃开泛了，道边花分五色，忽一齐飞起，方知是蝴蝶蹁跹。从溪上小桥通过，步入峡谷，唐人诗句刻于崖上，一群小儿在下咿呀念诵，便见一鸭从溪中爬出，摇头晃尾而来。抱鸭出谷，拣一奇石歇息，盯一处妙地，思想此间可起小楼，驯鹿招鹤，指月评鱼。正得意着，天空恰好飘一朵云，倏忽细雨洒下，细雨是脸上有感觉，衣衫却不湿。跳跃着跑进一簇馆舍，却怎么也找不着出路，流水穿过这家庭院又穿过那家楼阁，墙那边的慈竹竟荫了墙这边的弄堂。蓦然回头，竟是长廊，廊则绕湖南往湖北，走走停停，还不够山巅、坡侧、临岸、水上的楼亭台阁依势而筑，隐显疏密。扶廊栏探身，湖水是掬不着的，荷叶翻卷，俯仰绿成波浪，金鲤成群，宛若红云铺底。遂坐船自划到湖心岛上，岛上有古石，藓斑大如铜钱，有老梅枝压亭檐。立于亭前听一女子弹琵琶，忽见湖面微皱，如抖丝绸，岛似乎在移动。买一杯茶来，慢慢品尝，直至天近黄昏时，再驾船到北岸。望春阁下，丽人馆外，成群结队的女子，个个衣着新鲜，或嬉戏于浅水滩，或围坐于草坪中，有花能解语，无树不生香，她们即看风景，又让人看，一直要等待夜幕降临，观看水幕电影和焰火表演。

闻名来游园，游园而忘归。芙蓉园之所以让国人震撼，世界惊奇，是因为它不再是中国传统的山水写意园林的模式，而是将盛唐最有代表性的，如帝王、诗词、歌舞、市井、佛道、饮食、妇女、杏园、茶酒、科技等主题文化让建筑园林大师们赋以景点，每一处都有说法，每一处都成了文化祖庭。古人讲："天生大唐则必有长安这样的城邑以成其都，有长安城则必有曲江这样的池园来辅助其功。"几千年来，中国从未像当今如此渴望强盛，人民从未像当今渴望生活得从容优雅。芙蓉园体现了大唐气象，传达着一种精神上的向往和需求。人无精神者颓，城无精神者废，国无精神者衰，芙蓉园建在西安，西安有了自信自强，中国何不昌盛？！

2015 年 1 月 29 日

当我路过这段石滩

　　我家住在郊外，到城里去上班，每天都要路过一条河。河是很宽了，一年里却极少有水，上上下下是一满儿的石头，大者如斗，小者如豆，全是圆溜溜的，十分光滑；有的竟垒起来，大的在上，小的在下，临风吱吱晃动，而推之不能跌落。我叫它是石滩。每每路过，我骑车便在石隙中盘来绕去，步行却总要从一块石头上跳到另一块石头上，摇摇晃晃，惊慌里有多少无穷的趣味呢。

　　可是，旁人却更多地怨恨这石滩。因为它实在是不平坦的，穿皮鞋的不喜欢，尤其那些女子，宁可到上游多绕三里路走那大桥，不愿走这里拐了高跟。它又没有花儿开放，甚至连一株小草也不曾长，绿的只有那石头上星星点点的鲜苔，但雨天过去，那鲜苔就枯干了，难看得像是污垢片儿。恋人是不来的，爱情嫌这里荒寒；小孩儿是不来的，游戏嫌这里寂寞；偶尔一些老人来坐，却又禁不住风凉，踽踽返去了。

　　多少年来，我却深深地恋着这段石滩，只有我在那里长时间坐过，长时间地作一些达不到边缘的回忆和放肆的想象。

　　八年前，我是个白面书生，背着铺盖卷儿，从那四面是山的村镇来到了城里闹嚷嚷的地方，我是个才拱出蛋壳的小鸭，一身绒毛，黄亮亮的，像一团透明的雾。我惊喜过，幻想过，做过五彩缤纷的梦。但是，几年过去了，做人的艰难，处世的艰难，我才知道我是多么的孱弱！孱弱者却不肯溺沉；留给我的，便只有那无穷无尽的忧伤了。

忧伤，谁能理解呢？对于我的父母、我的亲朋好友，我说有了饥，他们给我吃的；我说有了渴，他们给我喝的；我说有了忧伤，他们却全不信，说我是不可理解的人。理解我的，便只有这段石滩了。

在遇到丑恶东西的时候，我没了自信，那石滩容得我静静坐着，它那起起伏伏的姿态和曲线，使我想起远在千里外的爱人了。我似乎又看见了她在早晨打开窗子，临着晨光举手拢着秀发的侧身，又似乎看见了她在晚霞飞起的田野，奔跑扑蝶、扭身弯腰的背影。于是，忧伤忘去了，心窝里充满了甜蜜，呼唤着她的名字，任一天的风柔柔地拂在脸上，到处散发着她的吻的情味，任漫空的星星闪亮在云际，到处充满着她的眼的爱抚。

在失去善美的时候，一个愁字如何使我了得！这石滩，又使我来专想静观了，它那恰恰好好的布局和安排，使我想起了家乡月下街巷屋顶的无数的三角和平面了。似乎又看见了我们做孩子的在里边捉迷藏，巷口的小花花，梳两条细细的辫子，常常身藏在墙后，辫子却吊在外边，将那头像画在墙上，画得像老鼠尾巴一样难看。于是，忧伤忘去了，心窝里充满了甜蜜，呼唤着金色的童年，想那小花花长大了吗？还留着那个细辫子？如果那个头像画还在，做了大人的我们再见了，脸该怎么个红呢？

石滩就是这般地安慰我，实在是我灵魂的洗礼殿呢！但我总搞不清白，这是怎么回事呢？石滩总是无言，但一有忧伤石滩总是给我排泄，这石滩到底是什么呢？

一日复有一日，我路过这段石滩，思索着，觅寻着，我知道这其中是有答案的，是有谜底的。

终有一日，我坐在这石滩上，看这一河石头，或高，或低，或聚，或散，或急，或缓，立立卧卧，平平仄仄，蓦地看出这不是一首流动的音乐吗？它虽然无声，却似乎充满了音响，充满了节奏，充满了和谐。想象那高的该是欢乐，低的该是忧伤，奋争中有了挫败，低沉里爆出了激昂，丑随着美而繁衍，善搏着恶而存生，交交错错，起起伏伏，反反复复，如此而已！这才有了社会的运动、生活的韵律、生命的节奏吗？这段石滩，它之所以很少水流，满是石头，正是在默默地将天地自然的真谛透露吗？正是在暗暗地启示着这个社会，这个社会生了育了的我的灵魂吗？

面对着石滩，我慢慢彻悟了，社会原来有如此的妙事：它再不是个单纯的透明晶体，也不会是混沌不可清理的泥潭；单纯入世，复杂处世，终于会身在庐山，自知庐山的真面目了，它就是一首流动的音乐，看得清它的结构，听得清它的节奏！试想，我还会再被忧伤阴袭了我的灵魂吗？我还会再被烦恼锈锁了我的手足吗？啊，我愿是这石滩上的一颗小小的石头，是这首音乐中的一个小小的音符，以我有限的生命和美丽的工作，去永远和谐这天地、自然、社会、人的流动的音乐！

兴作于 1982 年 12 月 27 日静虚村

三游华山

华山是天下名山，我在西安住了十多年了，却还没有去过一次。今年4月里，筹备了好些天，终于在一个天气晴朗的日子去了。一到华阴，远远就看见华山了，矗立群山之上，半截在云里裹着，似露非露，像罩了一层神光灵气。趋着那个方向走去，越走越不见了华山，铁兽似的无名群山直铺了几里远的凉荫，树木一片一片的。偶尔从树林子里漫下一条河来，河里却全部没水，满是石头，大的如一间房的模样，小的也有瓮大的、盆大的、枕大的。颜色一律灰白，远远看去，在绿树林子之下，白花花的耀眼，像天地之间，忽然裸露了一条秘密，这便将我吸引过去。置身在那里，先觉得一河石头高高低低、密密疏疏，似乎是太杂乱了，慢慢地便看出它乱得有节奏，又表现得那么和谐。本是一片死寂的顽石，却充满了运动和生命，这使我惊奇不已，高兴得从这块石头上跳上那块石头，从那块石头上又看这块石头的阴、阳、明、暗，不停地在石隙之间奔跑出没，竟没有再往华山去，天到黄昏便返回了。

到了5月，我又去了一趟华山。直接搭车在桃枝站下来，步行了七里赶到华山入谷口，忽见谷外有一处院落，很是好看，便抬脚进去，才知道这是华山下名叫"玉泉院"的寺庙。院内空寂无人，数十棵几搂粗的大树，全部遮了天日，树下的场地上，有着深深浅浅的绿，如铺了一层茸茸的地毯。坐上去，仰头看见太阳在树梢碎纸片大的空隙激射，低眼看身下的绿，却并不是苔藓，是一种小得可怜的草，指甲盖般圆，裂五个七个瓣，伏地而生，中有数十个针尖大小的花蕊，嫩黄可爱。用手去抠，草不能抠起，手却染成浅绿。这小草一棵挨着一棵，延续到草场边的斜砖栏上，几乎又生长在树的根部，如汗毛一般。我太喜欢这种环境了，觉得到了最好的地方，盘脚坐起，静静地听自己呼吸。忽见后边的朱红方格门推开了，出现几个游客。再看时，一条曲径，直从那边花坛旁通去，不知那里又有了什么幽境，只见那路面碎石铺成，光影落下，款款如在浮动。我就这么坐着，神静身爽，竟不觉几个小时过去，起来看天色不早，就又搭车返回西安。

两次华山来，却未登山而归，友人都笑我荒唐，我只笑而不语。到了 6 月初，又邀我的一个学生再次去华山，终于进了谷口，逆一条河水深入。走了三里，本应再走十里便可上山了，河水却惹得我放慢了脚步，后来干脆就在水中列石上坐下。水很明净，河底石子清晰可见，脚伸进去，那汗毛上就显出一层银亮亮的小珠儿，在脚下形成无数漩涡，悠悠而去。青石板很多，水从上流过，腻腻地软着身子，但遇着一块仄石了，就翻出一朵雪浪花，或在下出现一个空轴儿的漩涡。河里没见到鱼，令我很遗憾，到了拐弯处，水骤起小潭，有几丈深的，依然能看到底。捡些小片石丢去，片石如树叶一样，先在水面上浮着飞，接着就没进水，左一漂，右一漂，自自在在好长时间才落水底。

这么又玩了半天，学生催我赶路，我说："回吧。"他有些疑惑了："你这是怎么啦？三次上华山，都半途而归？"我说："这就蛮够兴趣了。"学生说："好的还在山上哩！"我说："是的，山下都这么好，山上不知更是有多好了。"学生便怨我身懒。我说："不。要是身懒，我能年年想着来吗？能在今年连来三次吗？之所以几年里一直不敢动身，是听别人说得多了，觉得越好越不敢去看。如今来了三次，还未上山，便得了这许多好处，若再去山上，如何能再享用得了？如今不去山上，山上的美妙永远对我产生吸引力。好东西不可一次饱享，慢慢消化才是。花愈是好，与人越亲近；狐皮愈美，对人越有诱力。但好花折在手了，香就没有了；狐皮捕剥了，光泽就没有了。"学生说："那么，这是什么道理呢？"我说："天地大自然是知之无涯的，人的有限的知于大自然永远是无知，知之不知才欲知。比如人之所以有性格，在于人与人的差异。好朋友之间有了矛盾，往往不在大事上纠纷，而在小事上伤了和气。体育场上百米赛跑，赛的其实并不在于百米，而是一步的距离。屋内屋外，也不是仅仅只是一门之隔吗？可以说，大自然的一切奥秘，全在'微妙'二字，懂得这个道理，无事不可晓得，无时不产生乐趣和追求。"学生点头称是。两人一路返回。学生很乐道此游，要我下次上华山，一定要邀他同往，并要我将所说的道理写出送他。

1983 年夏写于静虚村

宜君记

宜君划为县以后，城便建在山上，屋舍极少，唯几所单位、几座商店，沿山梁公路的两旁排列而已。整个山梁峭而精光，凌众山之上，像是连接关中和陕北的一道天桥。这里春夏秋冬，四季分明，风花雪月，变化丰富。这几年里，此地好处传开，远近人都去游了。

1979年7月，天热的时候，我去了一趟。车一拐进山梁上的岔垭，也便进了城口；风呼地吹来，顿时清凉到了心上。遂往西看，梁垭之外，是几百里深远的峡谷，似乎都装了风，在那里憋得很久很久了，一出这梁垭，就都要喷出来。那风却十分清净，无沙无尘。因为没有树，也看不见它的踪影；人却感觉到了，如在淋浴着泉水澡。房子就静静卧在那梁背上，疑想一定如山溪中的鱼一样有着吸盘了，才在这里趴下来的吧。街上游人踵踵，其人数之众多，服装之鲜艳，和这个地方极不相配。有的捡起石子逆风而掷，三米五米，掷出又滚回，顺风去掷，石子像鸟儿一样飞去，人好像也要一起掷出去了，前跑十多步才能收住。岔垭处拥了好多人，故意任风将身子旋转取乐，再竭力扎住脚跟，身子向西倾斜，好像是弹簧牵制着，已经斜成六十度了，却不会倒下。我一近去，众人就睨着我嘻嘻窃笑。觉得纳闷，问时，才笑我穿着短衫短裤。果然走遍全城，人皆长衣长裤，每个商店从无出卖扇子、裙子、蚊帐，更无叫卖的冰棍。到了夜晚，旅社少，游客多，我们就睡在外边。月光也清凉，大家聊起来，立即熟了，一个说：难得一个夏天这么凉的月光！一个说：何不去打些酒喝？便去一家夜店灌了酒，席地而喝。夏天的燥热和燥热引起的昏沉一时退尽，什么也不去想了，只是贪杯。享受不在酒上而在这夜的清凉，夜的清凉享受在心上又寄托于酒上，不觉大醉了。醒来天已大白，却见满身一层白皮，原是夏天里出的痱子，全都尽愈而脱褪了。

从此以后，每年夏天，我到宜君城一次，最热的时期就度过了。今年冬天，冷得特别出奇。我到陕北出差回来，坐在车上，眉毛胡子都结了一层冰花，十几个小时里也不知我腿是谁腿。到了宜君，心想这个季节，再也不可能有外地人待在这里了吧？一下车，满山遍野一片银白，脚踩下去便没了腿肚。但一进城，两边屋檐却滴着水，街上倒没见几个人，家家窗口里都往外涌着笑。随便到一家私人客店，挑棉布帘进去，轰的一股热气就喷过来，立时身上就腾腾冒气，双腿恢复了知觉，十个指头却钻心地疼痛了。房子里的人都围过来，一听口音，都不是本地人，才知是外地的游客，或是从陕北下关中、从关中上陕北的旅客过往中特意留下来的。惊问：冬天里还到这里来？答曰：别的地方，或许比这里气温高一点，但室外室内一个样，这里却是室外越冷，室内越热，最暖和不过呢。主人便指点着让我看：窗下便是火口，火道却是通过屋内地下，又连着夹墙，直到土炕；整个冬天，火便烧个不停。果然见那桌上一盆月季，花开得十分鲜嫩，那以麦糠和泥涂的墙皮上，竟绿绿地出现一些麦苗了呢。夜里和旅客睡在一个大炕上，舒服得脚手大字摆开，如躺在热水盆里。夜已深，却互不能入睡，直道这地方的出奇，遂喊主人起来，切了牛肉，烫了壶酒，又喝又聊。一直到了鸡叫，渐渐听得了外檐水大起来，方知道雪下得更紧了。

离开这个地方已经好些日子了，脑海里还总是恍恍惚惚记得那一夜。想这个山梁小县城，夏天知凉，冬天知热，难得这一块宝地，一年四季里，远地人喜欢来旅游，过路的人喜欢来歇住。再想，这地方比不得北京、上海繁华，比不得青岛、桂林幽美，但繁华为了饱眼，七天八天也就烦了，幽美为了软腿，十天半月也就腻了。这个小地方，却给人以实惠，给人以慰藉。便琢磨县名：宜君。真是宜于君来啊。君是何人？天下不耐热冷人也。

作于 1982 年 12 月 2 日静虚村

延川城

再也没有比这更仄的城了：南边高，北边低，斜斜地坐落在延水河岸。县中学校是全城制高点，一出门就漫坡直下，窄窄横过来的唯一一条街道似乎要挡住，但立即路下又是个漫坡了。使人禁不住设想：如果有学生在校门跌上一跤，便会一连串跟头下去直落到深深的河水中去了。以此观察，全城极少有自行车，是不是也是为了防止这种危险呢？如果下十天八天阴雨，地皮松动，真担心整个城会一下子滑脱吧？以此再推想，由永坪镇到黄河是一百四十里，由延川县城到黄河是五十里，是不是这座城原是一只窄窄的船，急急要奔赴黄河，拐来拐去行了九十里，突然在这里搁浅，才变成了这般模样呢？

从南岸到北岸，一座桥连接了，这是一个伟大的连系，否则延水没有滩，山下就是河，河上就是山，两边说话听得见，但老死不得往来了。看北岸峭壁上，凿满窑洞，真怀疑那是怎么上去的。窑前没有空地，可想那大人是多么勇敢，那孩子在大人出门的时候，会不会是用带子拴在门槛上的？白天里，窑洞一排叠一排，如蜂巢一样；到了晚上，每一孔窑洞里都亮着灯，是每一孔窑洞里藏住了一个太阳，还是整个山是一座黑黝黝的冶铁炉，那窑洞就是一孔观火势的口？

城太小了，居民没有谁不认识谁的，整个城里的人的布置好像是一张网，各人都在各人的方位，任何人一有动静，别的人就会知晓。一个生人只要在街头上一出现，全城就立即发觉了。似乎在这里，走了一个人，城就空了许多，来了一个人，城就挤了许多，但人和人是友善的，因为谁也知道谁的祖宗三代，谁也有用得着谁的时候，或许细数起来，都是些转弯抹角的亲戚；地域的限制，生存的需要，使他们只能团结而不能分散了。

出奇的是这么个地方，偏僻而不荒落，贫困而不低俗：女人都十分俊俏，衣着显新颖，对话有音韵；男人皆精神，形秀的不懦，体壮的不野；男女相间，不疏又不戏，说、唱、笑，全然是十二分的纯净呢。物产丰富的是红枣，最肥嫩的是羊肉。于是才使外地人懂得：这个地方花朵是太少了，颜色全被女人占去；石头是太少了，坚强全被男人占去；土地是太贫瘠了，内容全被枣儿占去；树木是太枯瘦了，丰满全被羊肉占去。

可以设想：每一个生人来到这里，每一个生人都会说这是一个有趣的城，一个不易忘记的城。我也有此同感，才写下这文存念，时值 1982 年 9 月 24 日初夜。

在米脂

走头头的骡子三盏盏的灯，
挂上那铃儿哇哇的声。
白脖子的哈巴朝南咬，
赶牲灵的人儿过来了；
你是我哥哥你招一招手，
你不是我哥哥，
走你的路。

在米脂县南的杏子村里，黎明的时候，我去河里洗脸，听到有人唱这支小调……

歌唱的，是一位村姑。在上岸的柳树根下，她背向而坐，伸手去折一枝柳梢，一片柳叶落在水里，打个旋儿，悠悠地漂下去了。

这是一首古老的小调，描绘的是一个迷人的童话。可以想象到，有那么一个村子，是陕北极普通的村子。村后是山，没有一块石头，浑圆得像一个馒头，山上有一两棵柳，也是浑圆的，是一个绿绒球。山坡下是一孔一孔的窑洞，窑洞里放着油得光亮的门窗，窑窗上贴着花鸟剪纸，窑门上吊着印花布帘，羊儿在岸畔上啃草，鸡儿在场垴上觅食。从门前的小路上下去，一拐一拐，到了河里，河水很清，里边有印着丝纹的石子，有银鳞的小鱼，还有蝌蚪，黑得像眼珠子。少女们来洗衣，一块石板，是她们的一席福地。衣服艳极了，晾在草地上，于是，这条河沟就全照亮了。

那么一个姑娘，该叫什么名字呢？她是村里的佼佼者。父母守她一个，村里人爱她，见过她的人都爱她。她家在大路口开了饭店，生意兴旺，进店的，为了吃饭，也为看见她。她却是最端庄的，清高得很，对谁也不肯一笑。

姑娘有姑娘的意中人，眼波只属于清风，只属于他。他是后山的后生，十八岁或者二十岁，每天要从这里路过去县上赶脚。进得店来，看见她，粗茶淡饭也香，喝口凉水也甜，常常饥着而来，待会儿便走，不吃不喝也就饱了。她给他擀面，擀得白纸一张，切面，刀案齐响，下到锅里莲花转，捞到碗里一窝丝。她一回头，他正看她，给她一笑，她想回他个笑，但她却变了脸。他低了头，连脖子都红了，却看见桌布下她露出的两只鞋尖。她看出他的意思了，却更冷了脸儿，饭端上来，偏不拿筷子。他问，她说："在筷笼里，你没长手？"他凉了心，吃得没味，出去了。她得意地笑了，终又恨他，骂他"屠头"。

他几天竟不来了，她坐在家里等。等得久了，头也懒得梳，她说："不来了，好！"但却哭了。

天天听见门外树上的喜鹊叫，她走出来，却是他在用石打那鸟儿。她愣了，眼泪都流了出来。他瞧着她喜欢，向她走来，她却又上了气："为什么打鸟？""我恨！""恨鸟儿？""它住在这里。""那碍你什么了？""也恨我。""恨你？""恨我不是鸟儿！"她想了想，突然笑了。他一看她，她立即面壁不语；

他向她走近来，她却又走了，一直走到窑里。只想他会一挑帘儿进来，回头一看，他没有进来，走出窑看时，他却走了，边走边抹着眼泪。

她盼他再来。再盼他来。他却再也没来。每天赶脚人从门口来往：三头五头的骡子，头上缠着红绸，绸上系着铜铃，铜铃一响，她出门就看，骡子身上架着竹筐，一边是小米、南瓜、土豆，一边是土布、羊皮、麻线，他领头前边走，乜她一眼，鞭儿甩得"叭叭"地响，走过去了。

一次，两次，眼睁睁地看他过去了，她恨自己委屈了他，又更恨那个他！夜里拿被子堆一个他，指着又骂又捶又咬，末了抱住流眼泪。等着他又路过了，她看着他的身影，又急切切盼他能回过头来，向她招一招手……

小调停了，我却叹息起来，千般万般儿猜想，那后生是招了招手呢，还是在走他的路？一抬头，却见岸那边走来一个年轻人，白生生赶了一群羊，正向那唱小调的村姑摇手。村姑走了过去，双双走到了岸那边的洼地，坐在深深的茅草丛中去了。茅草在动着，羊鞭插在那里，是他们的卫兵。

我悄悄退走了，明白这边远的米脂，这贫瘠的山沟，仍然是纯朴爱情的乐土，是农家自有其乐的地方。

1981 年 10 月 8 日静虚村

延安街市

　　街市在城东关，窄窄的，那么一条南低北高的慢坡儿上；说是街市，其实就是河堤，一个极不讲究的地方。延河在这里掉头向东去了，街市也便弯成个弓样：一边临着河，几十米下，水是深极深极的；一边是货棚店舍，仄仄斜斜，买卖人搭起了，小得可怜，出进都要低头。棚舍门前，差不多设有小桌矮凳；白日摆出来，夜里收回去。小商小贩的什物摊子，地点是不可固定，谁来得早，谁便坐了好处；常常天不明就有人占地了，或是用绳在堤栏杆上绷出一个半圆，或是搬来几个石头垒成一个模样。街面不大宽阔，坡度又陡，卖醋人北头跌了跤，醋水可以一直流到南头；若是雨天，从河滩看上去，尽是人的光腿；从延河桥头看下去，一满是浮动着的草帽。在陕北的高原上，出奇的有这么个街市，便觉得活泼泼的新鲜，情思很有些撩拨人的了。

　　站在街市上，是可以看到整个延安城的轮廓。抬头就是宝塔，似乎逢着天晴好日头，端碗酒，塔影就要在碗里；向南便看得穿整个南街；往北，一直是望得见延河的头了。乍进这个街市，觉得不大协调，而环顾着四周的一切，立即觉得妥帖极了：四面山川沟岔，现代化的楼房和古老式的窑洞错落混杂，以山形而上，随地势而筑，对称里有区别，分散里见联系，各自都表现着恰到好处呢。

街市开得很早，天亮的时候，赶市的就陆陆续续来了。才下过一场雨，山川河谷有了灵气，草木绿得深，有了黑青，生出一种锃蓝的气霭。东川里河畔，原是作机场用的，如今机场迁移了，还留下条道路来，人们喜欢的是那水泥道两边的小路，草萋萋的，一尺来高，夹出的路面平而干净无尘，蚂蚱常常从脚下溅起，逗人情性，走十里八里，脚腿不会打硬了。山峁上，路瘦而白，有人下来，蹑手蹑脚地走那河边的一片泥沼地，泥起了盖儿，恰好负起脚，稀而并不沾鞋底。一头小毛驴，快活地跑着。突然一个腾跃，身子扭得像一张弓。

一入街市，人便不可细辨了，暖和和的太阳照着他们，满脸浮着油汗。他们都是匆匆的，即使闲逛的人，也要紧迫起来，似乎那是一个竞争者的世界，人的最大的乐趣和最起码的本能就是拥挤。最红火的是那些卖菜者：白菜洗得无泥，黄瓜却带着蒂把，洋芋是奇特的，大如瓷碗小，小如拳头大，一律紫色。买卖起来，价钱是不必多议，秤都翘得高高的，末了再添上一点，要么三个辣子，要么两根青葱。临走，不是买者感激，偏是卖主道声"谢谢"。叫卖声不绝的，要数那卖葵籽的、卖甜瓜的。延安的葵籽大而饱满，炒得焦脆；常言卖啥不吃啥，卖葵籽的却自个儿嗑一颗在嘴里了，喊一声叫卖出来。一般又不用称，一抓一两，那手比秤还准呢。瓜是虎皮瓜，一拳打下去，"砰"的就开了，汁液四流，粘手有胶质。

饭店是无言的，连牌子也不曾挂，门开得最早，关得最迟。店主人多是些婆姨，干净而又利落。一口小锅，既烧粉丝汤，也煮羊肉面；现吃现下。买饭的，坐在桌前，端碗就吃，吃饱了，见空碗算钱。然而，坐桌吃的多是外地人，农民是不大坐的，常常赶了毛驴，陕北的毛驴瘦筋筋的，却身负重载，被拴在堤河栏杆上，主人买得一碗米酒，靠毛驴站着，一口酒，一口黄面馍干粮。吃毕，一边牵着毛驴走，一边眼瞅着两旁货摊，一边舌头舔着嘴唇，还在说：好酒，好酒。

中午时分，街市到了洪期，这里是万千景象，时髦的和过时的共存：小摊上，有卖火镰的，也有卖气体打火机的；人群中，有穿高跟皮鞋的女子，也有头扎手巾的老汉，时常是有卖刮舌子的就倚在贴有出售洗衣机的广告牌下。人们都用鼻音颇重的腔调对话，深沉而有铜的音韵。陕北是出英雄和美人的地方，小伙子都强悍英俊，女子皆丰满又极耐看。男女的青春时期，他们是山丹丹的颜色，而到了老年，则归返于黄土高原的气质，年老人都面黄而不浮肿，鼻耸且尖，脸上皱纹纵横，俨然是一张黄土高原的平面图。

两个老人，收拾得臃臃肿肿的，蹲在街市的一角，反复推让着手里的馍馍，然后一疙瘩一疙瘩塞进口里，没牙的嘴那么嚅嚅着，脸上的皱纹，一齐向鼻尖集中，嘴边的胡子就一根根岔起来：

"新窑一满弄好了。"

"尔格儿就让娃们家订日子去。"

这是一对亲家，在街市上相遇了，拉扯着。在闹哄哄的世界，寻着一块空地，谈论着儿女的婚事。他们说得很投机，常常就仰头笑喷了唾沫溅出去，又落在脸上。拴在堤栏杆上的毛驴，便偷空在地上打个滚儿，叫了一声；整个街市差不多就麻酥酥地颤了。

傍晚，太阳慢慢西下了，延安的山，多不连贯，一个一个浑圆状的模样，山头上是被开垦了留作冬播麦子的，太阳在那里泛着红光。河川里，一行一行的也是浑圆状的河柳却都成了金黄色。街市慢慢散去了，末了，一条狗在那里走上来，叼起一根骨头，很快地跑走了。

北方的农民，从田地里走到了街市，获得了生活的物质和精神的愉快，回到了每一孔窑洞里，坐在了每一家土炕上，将葵籽皮留在街市，留下了新生活的踪迹。延河滩上，多了一层结实的脚印，安静下来了。水依然没有落，起着浪，从远远的雾里过来，一会儿开阔，一会儿窄小，弯了，直了，深沉地流去。

黄陵柏

从铜川往北数百里，全是赤裸裸的荒山秃岭，到了桥山，出奇地却长满了柏树。一棵树一个绿的波浪，层层叠叠卷上去，像一个立体的湖泊。天放晴的时候，湖泊纹丝不动，绿得隐隐透蓝；逢着刮风下雨了，满山就温柔地拂动，绿深起来，碧碧的、青青的，末了，似乎愈晶莹了，在这黄褐褐的世界里，像一颗偌大的绿宝石，灿灿地要映照出一切。

山上有一条小路，曲曲折折爬上去，山顶就有丘土堆，活脱是一个山上的山：这便是黄帝陵了。站在陵墓往下看，才知满山没有一眼流泉，也不见飞禽走兽，柏子在倏忽落地，簌簌地如洒起细雨，满鼻满口都是柏的荃香了。最有趣的，那柏全都枝叶瑟瑟缩缩，如一根一根桩的模样，肉肉的，依山而微微趋身，似乎是向陵墓肃然静默，立即使游客失去了轻狂和浮华，刹那间入了庄重、虔诚的境界，再不敢有了言辞，只提了脚步儿在厚厚的落针上悄悄起落。

我三次上过桥山，每次都在这窸窣的柏林里静观，一待半日，于是看出柏的好多妙事。回来用笔记下，归类十多种，竟成了一本柏谱。

柏谱这么记载：

山下柏：阴面少枝无叶，阳面枝叶却繁极密极，腰身弓弓的，如负重载。顶端是一丛柏朵的三角形状，似乎是拉长了脖子，向山上仰望着什么；下边的柏枝便垂垂下来，又像在做着无可奈何的手势。它奋命地向上长着，但终没有山上的一棵草高，于是，寄希望于后代，枝头累累的，都是些柏籽。

伞柏：这柏如伞一样，光光的身子上，突然顶一蓬枝叶，圆圆坨坨的。从上看不见干，从下望不着天；树下从不见雨，亦不见光，数丈之地，不长出一棵小草。一早一晚，山风拂来，伞顶嘎嘎作响，如雷电爆裂。

坡坎柏：它处在险恶之中。似乎永远没有安全感，但却正如此十分的安全。根从坎壁上横出，然后突然崛上，形成一个直角，每一条枝、每一根节，都表现着十分的努力，以致全扭歪了。柏叶却很丰腴。临风袅袅浮动，如悠悠的云，日光下泄，倩影便款款落地，如动画一般，显出如狮、如虎、如隼的万般形象。

平地柏：因为得天独厚，身一出地，便肆意横生，干少而叶多，不为高大，但求雍容。风很少刮过来，雨水却得到满足，每一弱枝，必结柏籽，籽小花大，瓣裂四片五片，但却不能发芽：大半被松鼠拉去，小半被麻雀叼走。

风头柏：分明是一座塔的形象，经营着庄严，建筑着气势。枝叶全相对展开，一朵一朵，呈蒲扇状；在四面来风之中，执着八方盾牌，步步为营地向空间进军。

屈柏：如弓一样俯在地上，背上暴露着一个接一个的疙瘩，似人的脊骨，身下却裂开来，是蚂蚁的天国。仅仅几朵枝叶，落地时却平面伸来，作求拜状。游客便以其身为椅，男者、女者，全骑上去，一压一摇，作晃板的快乐。

桩柏：枝叶于它是多余的，全然一个赤身，数十丈高，纹沟从上到下，不弯不屈。头顶三丝四丝柏朵，宣布着自己并未死去，安详得却如停驻的云。

朽柏：只剩下半个身子，其实仅仅是半圈空空的皮壳，被护林人用石头砌起，补了缺，毛老鼠便拉来了大量的柏籽，在那头的穴孔里做起一个仓库。

挤柏：它们存心是来拥挤的，目标就在天空，比试谁第一个到达，狭窄的面积，刺激着它们生存的竞争；生存的竞争，使它们一起成为山上最高最直的代表。

孤柏：太富裕了，使它养成东拐西歪的懒散习气；太自在了，左顾右盼地尽长了岔枝。

石缝柏：实在没地方了，就到石崖上去，只要有一条细根伸进去，便要石崖挤出缝来，再抱住它，把根织成个密网。用力太过度了，根如淤了血的手指，青而黑，黑如铁。虽然比别人长得慢，浑身却成了油心，摸摸粘手，敲之丁丁，投一块石子砸去，立即反弹回来，身上不留一点儿痕迹。

柏中柏：一棵小柏长在一棵老柏的空心里。老者已断上身，小者一身浅绿，风里便作媚态。

夹石柏：也许是一块石头突然从山上滚下，将它砸断了，石头就永远坐在疤坑里，宣告着它的死亡。但疤沿一愈合起来，就又从四周一起往上长，竟抽出新枝，死死将石头夹住了。从此，再不能取下，或许夹成碎末，或许就成了它身体里的一部分。

山顶柏：以为是最高的了，其实不过三尺，又都秃了顶。

芽柏：一个什么动物的骨头，用什么力量也不能使其分开，被遗弃在这里了。一颗小小的柏籽落下来，静静地躺在头骨里，一场雨后，它发芽了。那么一小点儿绿，但它迅速地从骨缝里长起来，头骨竟神奇地分裂了。它似乎是与生命开个玩笑，以短暂的生存证明了它的无比的力。

默默地从这无数的柏中走过，我总要站在黄帝陵前肃立片刻，作我的幼稚而荒唐的遐想。最后那次上山，是在夜晚，月亮就在天上，林中远影幢幢，近处迷离，陡然间，产生异样的感觉：我站在这里，也是一棵柏吗？面对着我民族的始祖，我会是一棵什么样的柏呢？

1983 年 5 月写于黄陵

紫阳城记

　　在家读过一本书，记得说："紫阳疆域，为安康锁钥，任河路径，实川陕咽喉；峰有千盘之险，路无百步之平。"便对紫阳没了好感。想：地理居势或许重要，但毕竟是太偏远、太荒僻，隔南北飞雁，过日月东西，实在不足为游览胜地了。

　　狗年二月，正是草发春浅，我们一行三人从任河坐船下行，黄昏到了任河与汉江汇合之处，但见江面渐阔，两岸冥顽之石磷磷，静锁之峰屑屑，一派灵秀浩浩之气。正不知到了什么地方，船上人说：紫阳到了。我蓦地一惊：真是山不转人转，竟莽撞撞到了紫阳！仰头看那下游北岸，一山满是屋舍，竟成了屋舍的山；此行几千里路，以其孤城压江，委实稀罕。就停桨下船，嚷着去城看个究竟呢。

　　先在河边洗了手脸，那水比上游深得更沉，碧得更蓝，清清楚楚地显出水底的石床；丢一块片石下去，犹如落叶一般，好长时间，悠悠飘飘，才能到底。沿水边往北岸走，艰难地踏过一片卵石，便是漫延上下的石板河滩。没有滚石，更不见沙砾，是地质变化的缘故吧，石层全然立栽，经水冲刷，变得高高低低，坑坑凹凹，但一道一道梁坎明显，黑青青的，如一根偌粗的绳索，又如条条电焊的鱼脊。江风骤起，猛觉是奔涌而去的石浪，又使人顿时感受到了运动的力量和气势的雄壮。我们都十分冲动，拼力儿跑近北岸，却一时寻不到上岸的通道。岸仄极陡极，屋基就沿岸壁而筑，那么高的，那么高的，似乎一扶摇冲上，顶上就有了一个小阁子木楼。木楼多是一层，更有两层、三层，一半搭在石基上，一半却悬在空中，下边用极细的木头顶着。有的竟如背兜一样，用木条和绳索系一个小小房子贴在大房身边，怕是特制的凉台了。我们都大惊失色，担心那鸟窠似的住处会突然掉下，即使不会发生，那江风吹起，木楼吱吱晃动，如何歇身安家呢？仿佛是回答我们这些北方的旱民似的，一家木楼的三层竹窗，呀地推开，便有一个俊悄悄的姑娘坐在里边，风抛着头发出来，如泼墨一般，自抱了一个满月琵琶，十指弄弦，五音齐鸣，飘飘然，悠悠然，律清韵长；眼见得半壁上一树樱花白英乱落，惊起半天绿尾水鸟，那姑娘眉眼，却终因琵琶半遮半掩，遗憾不能看清。

打问了江边的一群洗菜少妇，急急向西边湾后走去，果然一条细绳模样的石阶路垂在那里。阶是石条压成，已经不知被踏了多少年月，石条没有棱角，光滑如上蜡抹油，不易站住。这时几只小舢板泊泊从上游划来，停在那里，下来一群挑担的、背篓的，一拥而上，竟裹挟着我们到了街面。

街面窄得可怜，两边的街房，屋檐对着屋檐，天只剩下一扁担宽的白光，又被那交织的各类电线，裂成网状。路阴阴的、潮潮的，饭馆、酒铺、商店、旅社，一家挨着一家，压抑得使人喘不过气。上街的人却十二分地多，小商小贩便贴墙根站起或蹲下，出售竹织、木器、蔬菜、小吃，更有那芝麻烧饼，被一些小姑娘提着，在人群钻动，锐声叫卖。最是有趣的，在人稠处，脚步儿正踟蹰，忽有人大叫："让路，让路，油过来了！"前边人赶忙缩身闪开，回头看时，并未有油，只是那些背了龙须草的人；知道上当，待要报复，那卖草者却回头一笑，报以原谅，早走过去了。

街面窄是窄了，且弯弯扭扭，又起起伏伏，站在这头，如何不能看到那头？想赶快逃开这拥挤世界，到另一条街市上去吧，抬头往上看时，山上不见一石一草，全是屋舍，高高低低，仄仄斜斜，细端详，各个建筑，各有各的姿态：位置正表现着恰到好处。这时候，就会突然发觉，这儿的屋舍总那么单薄，注视良久了，才见屋顶没有木梁，也不曾抹上泥巴，而且椽一律横挂，上边钉了竖的木条，用一块一块石板就那么干干净净地放上去罢了。随便拣一人家进去。主人异常热情，让烟让茶。若只盯着那石板屋顶发呆，瞧那并不严密，有夕阳在孔隙里泼射，问：漏雨吗？答：不漏。这就万分令人惊异了。主人此时就得意起来，说紫阳这地方，一是石板多，二是木板多，房屋都是两头用石，中间用木，为天下少有，出门再看所有房舍，果然如此。由不得我们便作了好多想象：到了盛夏，那雨点骤落，必是如珠坠盘，大珠当当，小珠叮叮，万般妙音，可是何等乐事？！

我们兴致越发暴增，可是，要寻另一街市，却再也不能够了。巷道却极多极多的，从这第一条街面上，钻任何一条巷往里走，都是石板台阶，一会左了，一会右了，似乎是走进了人家的院落，但三米之外，一拐，又是石阶，少则三台四台，多则二十三十不等。间或两边房相峙而起，檐角相错，如过走廊；间或却一边屋的前基高如城垛，一边屋的后墙矮如座椅，可以细细看那屋顶上的石板瓦了，黑油油的，摸摸有皮肤的腻滑。走着走着，巷道纵横，不知该走哪条，竟转下山去；又复上进，好长时间了，却又返回原地，一时如入迷宫，不辨了东西南北。上上下下的行人很多，有头缠黑帕的老人，有肩披卷发的少女，有穿草鞋的在石阶上印出水渍，有蹬皮鞋的在石阶上叩出节奏。大凡汉江、任河养女不养男吧，男人皆瘦小，五官紧凑，女人却极尽娟美，说话声尾扬起，圆润如唱歌动听。拦住一女子打听机关单位都在哪儿。说是市民和单位混杂居住，问去××单位如何走。答："向左，再向右，又向左，后向右……"请直接说出巷名门号，对曰："无名无号。"我们只好噢的一声，茫然而苦笑了。

终于算摸出了一定的规律：从任何一条巷子，只要目标往上，皆可上山；每几条巷子会合了，必在那会合点上有一个商店或饭馆。这真是一座奇妙的城，有如重庆之盘旋，却比重庆更迷丽；有如天津之曲折，却比天津更饶趣。从山下到山上，高达几百米，它就是靠这一种崎岖的建筑而使人解谜一般的不觉疲倦、蛮有兴致地攀登吗？

我们毕竟肚子饥了，在一家饭店喝了米酒，吃了焦黄透亮的熏肉片，又往上走。只说自上山来，已经在城里半天了，但突然一座耸峻雄伟的城门楼挡在面前，仰脸儿看看，上有赫赫大字：东门。不禁惊骇失声：走了半天，原来并未进城？！个个面面相觑，随之就击掌叫绝，想那城中不知又有何等景象！便小跑入了城门，回头看那来路，已不见石阶，唯满山坡屋顶，石板片片，太阳下一片灿灿亮光。

城中平展多了，再无石阶，快步前行，便见四处新式高楼：一为县政府，一为招待所，一为剧院，一为县委会。站在大楼前，看江水就在眼下，越发碧蓝，平平静静，疑心那已不是流水，而是画家的一泓染料。江南山坡上，居舍点点，如晨星落落，求三家村者，则无，而山径小路，纵横交织，如绳索乱扔。人家前后，全被开垦，麦田块块，茶垄行行；有人吆牛耕空地，一半为黄，一半呈黑，飘来几声隐隐的山歌，间或被鞭响炸开。我们正陶醉着，边走边乐，突照路又折弯拐下。彷徨之际，见那巷口写着"西关"字样，方知城已完也！这便又使我们大惑不已，站在那里，长时间地发呆。忽见前边一棵树，被剥了一块皮，树上有汉隶写就一诗："上完三百六十阶，才见斗大一块城。"哦，斗城，斗城，我们一时哈哈大笑，说：有趣，有趣！

又旋转往下，又见一沟石板，不见巷道。进之，如鸟投暮林，如鱼潜藻底，又是巷道分岔，石阶逶迤，转之又转，又复上山。最后终到了北坡，方见地面平坦，公路通达，高楼幢幢，正是新扩建的地面，模样与别的县城一般。但壮观则壮观，却无味儿了！

此时天已黑严下来。先是一处灯光，随之，山上、河岸，灯火点点。疑是天上地下之分，想这天上的，是地下的映象吗？这地下的，是天上的倒影？来往行人，去看电影、戏剧，上下手电光，忽明忽灭，倏忽不定。到了此时，才醒悟入紫阳城以来，还未见过一辆自行车，这该是一大特点；而另一大特点，竟是备有手电，却是人人必不可少的随身用品了。

末了，坐进一家茶店去，买了茶水来饮。茶是驰名天下的紫阳清茶，甘醇爽口，一杯解渴，两杯提神，边品边想这次紫阳城一游，极有趣味，怨恨以前看的那书，尽是将紫阳委屈，误了多少人的游览。昔人讲：山不在高，有仙则名。紫阳并不大，却给人以离奇，并不繁华，却恰似热闹，可见偏僻并不等于荒寂，贫苦并不等于无乐。进而又想：虽人生之路曲曲折折，往前知去途，回首见来路，硬进而上，转身便下，只有登到顶上，更知来去之向、脉络形势，此景、此情、此理、此义，岂不是完完全全让紫阳城写照殆尽了吗？我把这想法告诉给同行们，大家都说极是，提议再下山去，重上一次，慢慢将人生体验。于是，我们三人便又下山重登了一回紫阳城。

游笔架山

　　岚皋县有座笔架山，山离县城远，路又难走，很少有人去过。笔架山上有一个庙，没庙名的，在山顶南坡的崖窝下，周围树罩严了，上了山的人也不易能寻得到。1994 年初夏我到那里，为的是山的名字好，没想到山上的月亮出来筐篮大的，红了一片梢林，软和软和地像要流汤水，赶紧拍摄，照片洗出来，月亮却小得可怜，是个白点，至今不明白什么原因。早晨云就堆在庙门口，用脚踢不开，你一走开，它也顺着流走，往远处看，崇山峻岭全没了，云雾平静，只剩些岛屿，知道了描写山可以用海字。崖窝的左边和右边各有一簇石林，发青色，缀满了白的苔，如梅之绽，手脚并用地爬到石林高端，石头上有许多窝儿蓄着水，才用树叶折个斗儿舀着喝干，水又蓄满，知道了水是有根的却不知道石头上怎么能有水根？庙前有一棵老树，树上生五种叶子，有松、柏、栲、皂、枸，死过三次，三次又活过来。知道了人有几重性格，树也有多种灵魂。挖了几株七叶一枝花，采到一枚灵芝，有碟子般大，听着了涧溪中的鲵叫，还遇到了一只朱鹮，长喙白羽，飞着似一片树叶飘，东一下西一下的，担心要掉下来，才一喊，如箭一样斜着射出去了。

在庙里住了一天和一夜，这需要掏钱的，因为没有和尚。一个束发的老女人能打卦，但也不是尼姑。就吃到熏肉，不腻，有松果味，吃了耐嚼的豆腐干，吃了笋丝，老女人说庙侧的泉水能去病，去舀着喝了一碗。夜真是漆黑，又寒得渗骨，得烧柴火取暖。屋角有虫鸣，崖头上有野鸽扑啦，也有什么兽叫，松鼠在咬松果，松果落下来发着绵软的响。

庙里的佛像是木刻的，没有彩绘，无灯无磬无钟，也可以不上香，不磕头，但卦却灵。卦谱是木刻的板，陈年老板，抽出签子，用淡墨水在板上刷，用黄裱纸一按，卦辞就出来。庙是小庙，像山里的人一样质朴和简单，原先那个和尚早在六七十年前就死了，谁来庙里谁就是庙上人。但是，那个和尚死了，和尚的尸体还在，完好无缺地坐在一个土瓮里，土瓮就在庙前的树下。据说"文化革命"中有信男怕毁了这金刚不坏身，把它背下山藏在家里，十多年前又背回庙来。沙漠有风无雪雨，制作木乃伊，能运到城里让千人万人瞧稀罕。笔架山上雨无序，鸟兽群聚，而和尚六七十年死而不腐，狼不吃、鸟不啄的，可没有多少游人来看，也没有一个科学家来研究。

从庙后攀藤索能上到崖顶，崖顶上树很老，却是侏儒，有一堆白骨、几片已朽的木板、几颗锈坏的钉。陪我的人说，年前有一个游医，也想自己有功德，尸首也会不腐，就做了个木箱，自己坐进去，让一个山民把箱盖钉死，结果未出一年木箱腐败，游医成了一堆白骨。那山民呢，犯杀人之罪，判了刑，现在还坐在牢里。

1994 年 10 月 1 日夜

张良庙记

　　汉中城北山高沟大，二百里深处有个留坝县，多不为人所到；出县城再往北四十里，是张良当年退隐处，更不为人所知。连绵的山峦一直排列到此，突然错落开来，向东一折，再往北甩去，窝出一个四合院式的山坳。坳边山石如蹲如卧，堆砌隆起，万般姿态像人工精心设计了似的。山石皆乳白色，凿之便为字壁；上有异竹，碧青青的透着紫色，一律出地一尺，便拐了一个弯儿，又端端向上。山石下，多有细水，在竹石之中隐伏，悄然无声。往后就是崖壁，仰视不可见顶，全被古松遮掩，半腰又卧了白云，使人不知崖的险峻，不知洞的深浅。楼、亭、台、榭，依山而筑，却尽藏在绿里，只浮出一檐半角；人进去，便不见身影，坐下静听，唯有鸟鸣数声。此山坳好在偏僻，被张良看中，但也亏在偏僻，却不被世人看中。

　　如今都说山林野外幽静清净，空气新鲜，但人又多想方设法挤向城市，一旦在城市烦嚣甚了，想见山水，修起公园，但那么一块假山假水，又都蜂拥而至，又是十分烦嚣。可见人是图热闹的动物，常要舍其本，求其末，为时髦所驱动。站在山坳怅然良久，便写下这段文字，为张良庙山坳做广告，以白天下。

附：《拐杖记》

从张良庙再往深山走，有一个镇子，说是镇子，其实十几户人家而已。镇上有一作坊，专做拐杖，运销国内好多大城市。游张良庙时，夜宿在镇上，与作坊一老者谈起，他说："这里没有什么值得稀罕的，只有这拐杖。因为山深草莽，多长有荆子木、枸子木、鸡骨头木。这些杂木荆棘，不可能成材，但它们不择地而生，风吹、雪压、缺水，都耐过了，却可怜几十年长不成一握粗。这么荒荒落落，自生自长，木质倒也十分坚硬，正好作拐杖了。又多弯根、斜枝，以木形而做，扶手把上就可雕龙、刻凤，鱼、虫、花、鸟，随意着刀就成了。拐杖做出后，无意拿进大城市里，立即被人抢购，这使我们深山人万万没有想到。我们大多数的人从未去过大城市，不知道你们大城市的人竟这么喜爱。想想，大城市的人到了一定年纪，是不是都肚皮过肥，腿骨酥软，这拐杖便是第三条腿了。你们有的是钱，担心的是寿，咱们深山里的人却总是钱少，就多亏你们这么周济了我们。你可回去后写写文章，说我们会记着你们大城市的人呢。"于是，我遵嘱将老者的话写在这里，让所有大城市里的人都记着老者的话，大腹便便的挂着拐杖悠悠散步的时候，也都记着支撑臃肿身躯行走的这第三条腿，其实是深山里的那些几十年无人知晓的杂木荆棘。

又上白云山

又上白云山，距前一次隔了二十五年。

那时是从延安到佳县的，坐大卡车，半天颠簸，土迷得没眉没眼，痔疮也犯了，知道什么是荒凉和无奈。这次从榆林去，一路经过方塌、王家砭，川道开阔，地势平坦，又不解了佳县有的是好地方，怎么县城一定要向东，东到黄河岸边的石山上？到了佳县，城貌虽有改观，但也只是多了几处高楼，楼面有了瓷贴，更觉得路基石砌得特高，街道越发逼仄，几乎所有的坎坎畔畔，没有树，都挤着屋舍，屋舍长短宽窄不等，随势赋形，却一律出门就爬磴道，窗外便是峡谷。喜的是以前城里很少见到有人骑自行车，现在竟然摩托很多，我是在弯腰辨认峭壁上斑驳不清的刻字时，一骑手呼啸而过，惊得头上的草帽扶风而去，如飞碟一样在峡谷里长时间飘浮。到底还是不晓得体育场修在哪儿，打起篮球或踢足球，一不小心，会不会球就掉进黄河里去呢？县城建在这么陡峭的山顶上，古人或许是考虑了军事防务，或许是为了悬天奇景，便把人的生活的舒适全然不顾及了。

其实，陕北，包括中国西部很多很多地方，原本就不那么适宜于人的生存的。

遗憾的是中国人多，硬是在不宜于人生存的地方生存着，这就是宿命，如同岩石缝里长就的那些野荆。在瘠贫干渴的土地上种庄稼，因为必定薄收，只能广种，人也是，越是生存艰辛，越要繁衍后代。怎样的生存环境就有怎样的生存经验，岩石缝里的野荆根须如爪，质地坚硬，枝叶稀少，在风里发出金属般的颤响。而在佳县，看着那腰身已经佝偻，没牙的嘴嚅嚅不已，仍坐在窑洞前用刀子刮着洋芋皮的老妪，看着河畔上的汉子，枯瘦而孤寂，挥动着镢头挖地的背影，你就会为他们的处境而叹吁，又不能不为他们生命的坚韧而感动。

为什么活着，怎样去活，大多数人并不知道，也不去理会，但日子就是这样有秩或无秩地过着，如草一样，逢春生绿，冬来变黄。

确实在一直关注着陕北。曾倏忽间，好消息从黄土高原像风一样吹来：陕北富了，不是渐富，是暴富，因为那里开发了储存量巨大的油田和气田。于是，这些年来，关于陕北富人的故事很多，说他们已经没有人在黄土窝里蹦着敲腰鼓了，也没有人凿那些在土炕上拴娃娃的小石狮子和剪窗花。那虽然是艺术，但那是穷人的艺术。现在的他们，背着钱在西安大肆购房，有一次就买下整个单元或一整座楼，有亲朋好友联合买断了某些药厂，经营了什么豪华酒店，他们口大气粗，出手阔绰，浓重的鼻音成了一种中国科威特人的标志。就在我来陕北前，朋友就特别提醒路上要注意安全，因为高速公路上拉油拉气的车多，他们从不让道，也不减速。果然是这样，一路上油气车十分疯狂。就发生了一起事故，在收费站的通道里，一辆小车紧随着一辆油车，可能是随得太紧，又按了几声喇叭，油车司机就不耐烦了，猛地把车往后一倒，小车的车前盖立即就张开了来。

二十五年后再次来到陕北，沿途看了三个县城四个镇子，同行的朋友惊讶着陕北财富暴涨，却也抱怨着淳朴的世风已经逝去。我虽有同感，却也警惕着：是不是我们心中已有了各种情绪，这就像我们厌倦了某个导演，而在电影院里看到的就不再是别人拍的电影，而是自己的偏见？

这也就是我之所以急切地来陕北，决定最后一站到佳县的原因。

但是我没有想到在佳县，再也没有见到坡峁上或沟畔里有磕头机，也再没遇到拉油拉气的车，佳县依然是往昔的佳县。原来陕北一部分地下有石油和天然气，一部分地方，包括佳县，他们没有。除了方塌和王家砭那个川道，今年雨水好，草木还旺盛外，在漫长的黄河西岸，山乱石残，沟壑干焦，你看不到多少庄稼，而是枣树。佳县的枣数百年来就有名，现在依然是枣，门前屋后，沟沟岔岔都是枣树，并没有多少羊，错落的窑洞口有几只鸡，砭道上默默地走动着毛驴。

生存的艰辛，生命必然产生恐惧，而庙宇就是人类恐惧的产物，于是佳县就有了白云观。

白云观在白云山上，距城十里，同样在黄河边，同样结构山巅，与佳县县城耸峙。是佳县县城先于白云观修建，还是修建县城的时候同时修建了白云观，我没有查阅资料，不敢妄说，但我相信白云观是一直在保护和安慰着佳县县城，佳县县城之所以一直没有搬迁，恐怕也缘于白云观。

上一次来白云观，在佳县县城的一家饭馆里喝了两碗豆钱稀饭，饭稀得照着我满是胡楂的脸，漂着的几片豆钱，也就是在黄豆还嫩的时候压扁了的那种，嚼起来倒是很香。那时所有的路还是土路，我徒步沿黄河滩往下走，滩上就是大片的枣树，枣树碗粗盆粗的，是我从未见过。透过枣林，黄河就在不远处咆哮，声如滚雷。我曾经到过禹门口下的黄河，那里厚云积岸，大水走泥，而这处在秦晋大峡谷中的黄河，你只觉得它性情暴戾，河水翻卷的是滚沸的铜汁。行走了一半，一群毛驴走来，毛驴没人鞭赶，却列队齐整，全是背上有木架，木架上缚着两块凿得方正的石块。后来才知道这是往白云山上运送修葺庙宇的石料了。佳县的山水原本使人性情刚硬，使强用狠，但佳县人敬畏神明，怀柔化软，连毛驴也成了信徒，规矩地无人鞭赶往山上运石，我当下感慨不已。我们就跟着毛驴走，走过一个时辰，忽峡风骤起，草木皆伏，却见天上白云纷乱，一起往山头聚集，聚集成偌大的一堆白棉花状，便再不动弹。在佳县县城就听说白云山上有非常之景色和非常之灵异，而峡谷风起，山开白云，确实使我叹为观止。沿途右面都是悬崖峭壁，藤萝侧挂，危石历历，但到一处，山弯环拱左右，而正中突出一崖，就在那孤峻如削的崖头上垂下一条磴道。我初以为那是流水渠或是从黄河里往上抽水的水泥管道，而毛驴们一字儿排着从磴道上爬了上去，我才知道白云山到了，这条磴道就是白云观的神路。

天下好山上多有庙宇，而道教从来最神秘玄妙。中国传统文化里，比如中医、风水、占卜，其确实有精华灿烂，却也包裹了许多夸大其词故弄玄虚的东西，道家更不例外，往往山门分别，华山上的崆峒山上的观前磴道就已经十分险峻，但全然没这条神路窄而陡。入观先登神路，是神爱走奇特之道，还是拜神需极力攀登，这让我想到佳县县城的建筑正是受了道教的启迪吧。

这次重上神路，神路上还有十多人，以衣着和气质而看，有官员有商人有农夫和船工，都拿着香烛纸裱，他们都是要去观里祈祷升官发财保重身家。这天并没有云雾，神路的台阶干净明显，但上到一半，只觉路在移动，人也头晕目眩起来。终于上到神路顶的石碑坊下坐歇，正如碑文上所写：足下青石铺地，头上白云连天，红日出没异常，黄河奔流不息，四望之，而秦峦晋峰为禅者坐蒲团，虽万千年不而重位也。一块走上神路的官员，那位眉宇间透着一股精明气的中年人，他异常兴奋，冲着我说：这神路应该叫青云！我回应着他：好！我知道他在抒发着青云直上的得意，但他继续往头天门爬去，我却觉得叫青云德路为好。

山脊依然在凸着，白云观的建筑开始递进而上，头天门、二天门、三天门、四天门，天门重重开启，倒疑惑怎么没建九天门呢，九天门多好，九重天，上到天顶，任何人都可以做神仙了。记得上次来时，正逢庙会，秦晋蒙宁香客云集，满山人群塞道，诸庙香火腾空。我第一次听说佳县的旅游局、文物局就都设在观里，每年观里的收入竟占了全县财政收入的一半。这话当不当真，我未落实，但站在石阶上乞讨的人很多，虽上山的人每次只掏出二分五分的零钱，我询问一个乞者一天能收入多少，回答竟然是三十元，在当时真是个惊人的数目。这次上山，并不逢庙会，香客仍然不少，各天门前的石级上时不时人多得裹足不前。石级处就是松树，树下花草灿然，有人从石级上挤了下去，凑近那些花朵闻闻，不敢动手，因为几十米处就有一个牌子，上书：花木睡觉，切勿打扰。有趣是有趣，可大白天里花木睡什么觉呀。民间有传说：今生长得漂亮，前世给神灵献过花。而这些花木沿道两旁开放，那也是为神灵而灿烂，怎么是睡觉了呢？

大概数了一下，白云观里有庙宇五十余座，各类建筑近百处，这与上次来时恢复了不少，且又大多重新修葺。纵目看去，景随山转，山赋庙形。跟着香客穿庙群之中，回环萦绕，关圣庙、东岳殿、五祖、七真、药王、痘神、玉皇阁、真武殿、三官、马王、河神、山神、五龙宫、真人洞，各路神灵，各得其位。到处有石碑，驻足咏读，差不多是历代历朝、世世代代翻修维护的记载。神灵是人类创造出米的，神灵又产生了无比的奇异，人便一辈一辈敬奉和供养，给了人生生不息的隐忍和坚强。

庙里神威赫赫，凡进去的人都敛声静气，焚香磕头，我当然在叩拜之列，敬畏地看着那些石雕泥胎。佛教道教是崇拜偶像的，这些石头泥巴一旦塑成神像它就有了其魂其灵，也就是神气，这如同官做久了身上就有了威一样。白云观自明朱翊钧皇帝亲赐《道藏》四千七百二十六卷，毛泽东主席又两次登临后，声名大震，观里神奇的故事就广为流布。在陕北，我们常常惊叹那些窑洞不但宜于人的居住，其一面山放眼而去，尽是排排层层的窑洞，震撼力绝不亚于一片楼群的水泥森林。人的饮食、居住、语言、服饰都是与生存的自然环境有关，陕北的窑洞其实也是没有木头所致的创造，但白云观如此浩大的建筑群，这些木头又是从哪儿来的呢？观里的道士提起这事就津津乐道，说当年玉风真人到此，露坐石上，寒暑不侵，每夜山头放光，士人便想筑建坛宇，偏就这一夜黄河里有大木漂浮而至。这样的传说在别的地方也有，河西的嘉峪关城堞修建时便也是一夜风刮砖至，待修好城堞，而仅仅剩下一页砖。面对着众多殿宇，我无法弄清最早的建筑是哪一座，而这建筑数百年复修，原来的木头还剩下几根？我遗憾在藏经阁里没有看见西南梁栋上的灵芝，那是佳县人宣传白云观最有名的故事。说是《道藏》存入藏经阁后，有州牧卢君登阁眺望，忽见西南梁栋上挺生灵芝九茎，五色鲜明，光艳夺目。想起甘肃的崆峒山上有悬天洞，历史上凡是有大贵人去，洞里必有水出。据说有一年肖华将军去了山上，和尚道士都跑到洞下看出水的奇观，结果滴水未见。我笑着说：九茎灵芝或许大贵人能见，我不能见；或许有慧根的人能见，我不能见。自嘲着出了阁，去那真人一指顾间顿令清泉涌出而今称神水池舀水喝，果然是水与石槽相齐，多取之不见少，寡取亦未尝溢出。离开神水池，我便去真武大殿焚香，又抽了一签。白云观的签灵验，早已是天下皆知，最有名的例子就是毛泽东主席在 1947 年农历九月初九抽出一签，结果不久就离开陕北去西柏坡，又不久进京，中国的历史从此翻开了新的一页。开心的是，我把签抽出，道士问："哪一签？"我说："四十三签。"道士愣了一下，喜欢叫道："日出扶桑，和毛主席抽的同一个签。"签每日被无数人抽过，和毛主席抽同一个签的人肯定多多，但这一签对于我毕竟是一个庆祝。出了大殿，装好签谱，想今日的陕北，要穷就穷得要命，要富却富得流油，穷人和富人都来这里焚香敬神，于是神灵就以此大而化之，平衡协和。富人有的是钱，听说早些年里，内蒙古和宁夏的香客骑马而来，朝拜之后钱袋捐空，马匹留下，只身返回。而今更有吴旗、志丹、府谷、神木一带贩油暴富的人或者山西太原一带的煤大王，动辄来这里捐献巨资，或修一座桥，立一个石碑楼。他们有的是钱，但他们需要平安，需要好的身体和快乐。这就像害胃病的人来求医，医生完全可以一次看好他，却看了多年，花去了许多钱，医生说：他很有钱，需要一个胃病，而我一直在帮助他。那些贫穷苦愁的人来这里，他们的人生积累了太多的痛苦，需要带着明日的希望来生活，烧一炷高香，抽一个好签，其生命的干瘪的种子就又发芽了。一直在殿前院子里帮香客点燃香烛的那个老头，衣衫破旧，形容槁枯，但总是笑笑的，一脸天真，他见我出来，恭喜我抽好签，说："你要信哩！"我们就交谈起来。他说他是佳县城北山沟里的人，五年前害病了，病得很重，又没钱去看医生，家里把棺材都做好了。就这么等着死的时候，有人建议他来观里敬神，他就来了，以后每隔一天来一趟，结果病有了起色，越来越好。现在，病虽然没了，他却还来，帮着香客点燃香烛，清洁观里的垃圾。我没有问他到底患了什么病，也没有揭穿有些病只要把思想从病上移开，心系一处抱着希望，又不停地上山活动，时间一长病也就消除了，但我说："要信哩，人活在世上一定要信点什么的。"

　　天色向晚，我是得离开白云观了，离开前登上了魁星阁。魁星阁在山之巅，可以拍摄山的俯瞰图，却遗憾这次未能目睹云漫宇宙的景观。但是，连我也没想到，就在出了魁星阁，山巅之后的空中竟有一片云飘来，先是带状，后呈方形，中间空虚，而同时在整个山脊两侧的沟壑里也有薄雾如潮涨起，花木牌楼顿时缥缈，数分钟后，山头上空聚起一堆白云，白得清洁而炫目。

　　我永远记住了，白云是白云山的一个开花。

写于 2007 年 7 月 25 日

清涧的石板

车在陕北高原上颠簸，旅人已经十分地懒意了。从车窗里乜眼儿看去，两边尽是黄褐色的土峁，扑沓一堆的样子，又一个不连贯一个；顶上被开垦了，中腰修了梯田：活脱脱的秃头皱额老人呢。先还觉得有趣，慢慢便十分无聊，车上人差不多都闭上眼睛，昏昏欲睡去了。

但是，突然睁开眼来，却发现有了异样：山峁不再是重重暮气的老人了，它已经站起来，峭峭地有了崖，草木极盛；再往远看，山势一时生动，合时主峰兀现，开时脉络分明；随之便也听见了哗哗声，似流水，又不见水。车再往前开，便发现路正在石川里，石是青峥峥的，却并不浑然，分明看得见是一层一层叠压起来的；石川几米来宽，中间裂一窄缝，哗哗声便显得更大了。司机停下车来，说要给机器加水，提了桶下去，往那石缝里一跃一跳，立即就不见了。旅人都好奇起来，下车近去，原来河就在石缝里边，水流颇大，竟在里边拐来拐去，淘出四五尺宽的穴窟、渊潭；石岸更有了层次，越发杂乱；水是清极亮极的，看得见有一种鱼样的东西就趴在水下的石上，静静的，如何不曾冲去。

有人叫道：这便到了清涧县了。

陕北高原上，黄褐色的土里，突然有了青的石层，这便使人耳目一新，又有这么一道清水，立即就活泼泼地叫人爱怜了。

车继续往前走，石川越发幽深，常常转弯抹角，便闪出一个开阔地来。村庄也多起来了，全簇在山根，身后的石层，一道一道脉络，舒长而起伏，像是海的曲线，沉浮着山村人家。人家都是窑洞，却不是凿的土窑，也不是拱的石窑，全然用着石板，那窑墙满是碎片立砌，一层斜左，一层斜右，像针织着的花纹，窑檐一摆儿用石板压起，如帽檐一般好看。间或就有了房子，房瓦是石板相接，有一人家正在修筑屋顶，房上站满了人，旁边的斜梯架上，匠人赤膀子背着石板，一步一挪，一步一挪；太阳在膀子上闪着油光，在石板上泛着青光，终于站在房上了，弓着腰，石板朝上，云幕的衬托下，像是背着一块青天。

河岸上，有人在叮叮当当凿着，然后是举着钢钎，弯着了身子，努力地撬动，咯咯噜噜的脆响，是分木裂帛的声音，一页页石板揭了起来，小的桌面大，大的席片小。装在毛驴车上被拉走了，老头仰八叉睡在石板上吸烟，小儿却坐在车辕杆上赶驴。驴是不消赶的，他只是在车帮上吊一串小石板，用木棍敲着，叮叮当当，音亮而韵远。

旅人们再也不觉寂寞了，眉飞色舞，感叹起这天地造物的奇妙了：如果整个陕北是个秃头皱额的老人，这里该就是个灵光秀气的女子了；如果黄土高原是件光面羊皮大袄，清涧该是大袄上的一枚晶亮的玉扣了。清涧，是黄水的沉淀，是黄土的结晶，它是为着旅人的情性而形成的，还是为着改变黄土高原的概念而存在呢？

傍晚到了县城。县城不大，却依半山而筑，黑黝黝的一圈城墙，一色石板堆成，使人沉重而隐隐逼迫着一股寒气。走进城街，街巷极窄，两边建筑皆是石板所造，虽然这里一天前才下过雨，路却无尘无泥。有人从小巷深处走来，满巷一片响声，放开喉咙唱一阵，音嗡嗡而有韵，久久不散。市民衣着华丽，习俗却还古旧，家家老小在门前石板桌前坐了喝茶，或是在石板棋盘上对弈。虽有自来水，女子们却不愿在家洗涤，全抱了衣服到城边的河里，赤脚下水，在那青石板上擂着棒槌。

天黑下来了，旅人并没有睡意，依然在街上溜达，去量量城墙上石板的尺寸，去摸摸街面上石板的光滑。末了，长久地看着夜空，作一个遐想：夜空青蓝蓝的，那也是一张大石板吗？那星星就是石板上的银钉吗？

天明起来，旅人们兴趣毫不减退，打问着石板的趣闻。旁人建议到城外乡村里走走吧。到了乡村，几乎就都要惊呼不已了，觉得到了一个神话的世界。那一切建筑，似乎从来没有了砖和瓦的概念：墙是石板的，顶是石板盖的，门框是石板拱的，窗台是石板压的，那厕所、那台阶、那院地、那篱笆，全是石板的。走进任何一家去，炕面是石板的，灶台是石板的，桌子是石板的，凳子是石板的，柜子是石板的，锅盖是石板的，炕围是石板的。色也多彩，青、黄、绿、蓝、紫。主人都极诚恳，忙招呼在门前的树下，那树下就有一张支起的石板，用一桶凉水泼了，坐上去，透心的凉快。主妇就又抱出西瓜来，刀在石板磨石上磨了，嚓地切开，籽是黑籽，瓤是沙瓤。正吃着，便见孩子们从学校回来了，个个背一个书包，书包上系一片小薄石板，那是他们写字的黑板。一见有了生人，忽就跑开，兀自去一边玩起乒乓球。球案纯是一张石板，抽、杀、推、挡，球起球落，声声如球落入玉盘。

终于在一所石板房里，遇见了一个石匠。老人已经六十二岁了，留半头白发，向后梳着，戴一副硬脚圆片镜，正眯了眼在那里刻一面石碑。碑面光腻，字迹凝重，每刻一刀，眉眼一凑，皱纹就爬满了鼻梁。我们攀谈起来，老人话短而气硬。他说，天下的石板，要数清涧，早年这个村里，地土缺贵，十家养不起一头牛，一家却出几个好石匠，打石板为生，卖石板吃饭，亏得这石板一层一层揭不尽，养活了一代一代清涧人。为了纪念这石板的功劳，他们祖传下来的待客的油旋，也就仿制成石板的模样，那么一层一层的，好吃耐看。他说，当年陕北闹红，这个村的石匠都当了红军，出没在石板沟，用石板做石雷，用石板烙面饼，硬是没被敌人消灭，却沉重地打击了敌人。他说，他的叔父，一个游击队的政委，不幸被敌人抓去，受尽了酷刑，不肯屈服，被敌人杀了头，挂在县城的石板城门上。但他们又连夜攻城，取下头颅，以石匠最体面的葬礼，做了一副石板棺材掩埋了。结果，游击队并没有垮掉，反倒又一批石匠参加了游击队……

老人说着，慷慨而激奋，末了就又低头刻起碑文了，那一笔一画，入石三分。旅人都哑然了，觉得老人的话，像碑文一样刻在心上，他们不再是一种入了异境的好奇，而是如走进佛殿一般的虔诚，读哲学大典一般的庄重，静静地作各人的思索了，问起这里的生活，问起这里的风俗，末了，最感兴趣的是这里的人。

"到山上走走吧，你们会得到答案的。"老人指着河对面的山上说。

走到山上，什么也没有，却是一片墓地，每一个墓前不论大小新旧，出奇地都立着一块石板——一面刻字的石碑，形成一片石板林。近前看看，有死于战争时期的，有死于建设岁月的，每一块碑上，都有着生平。旅人们面对着这一面面碑的石板，慢慢领悟了老人的话：是的，清涧的人，民性就是强硬，他们活着的时候，是一面朴实无华的石板，锤錾下去，会冒出一串火花；他们死去了，石板却又要在墓前竖起来。他们或许是个将领，或许是个士兵，或许是个农民，或许是个村儒，但他们的碑子却冲地而起，直指天空，那是性格的象征、力量的象征、不屈的象征。

走三边

　　往陕北远行，三千里路，云升云降，月圆月缺，旅途是辛苦的，过了金锁关，山便显得愈小，羊便见得更多，风头一日比似一日强硬，一日比似一日的思亲情绪全然涌上心头了。当黄昏里，一个人独独地走在沟壑梁上，东来西往的风扯锯般的吹，当月在中天，只身卧在小店的床上，听柴扉外蛐蛐忽鸣忽噤，便要翻那本塞外古诗，以为知音，是体会得最深最深的了。但我仍继续北上；三边，这是个多么逗人神思的神秘的地方啊。我知道，愈是好地方，愈是不容易去得；愈是去的人少了，愈是值得去一趟呢。

　　穿过延安，车子进入榆林地区，两天里，车在沟底里钻，七拐八拐的，光看见那黄天冷漠，黄山发呆，车像是一只小爬虫儿，似乎永远也无法钻出这黄的颜色了。第三天，偶尔看见山头上有了树，是绿的或者是黄的，或者是红的，高高地衬在云天，像天地间突然涌出了一轮太阳，像战地上蓦地打起了一发信号弹，猜想水土异样，三边该是到了？但车又走了半天，还不肯停。杨树倒是多起来，陕南的杨树长在河边，这里的杨树却高高在上，这便称奇。九月天里，树叶全都泛黄，黄得又不纯，透了红的，属黄红，透了绿的，属黄绿，天生的颜色，天工的浓淡，这又是奇了。且那山的伏度明显大起来，沟却深极深极，三两步的宽窄，一直二十丈三十丈地下去，底里就是一指宽的水条子，亮亮的。路边偶尔就有人家了，独户一院，三户一簇，前墙单薄，山墙单薄，顶上微斜，不砖不瓦，用泥抹了，活脱脱一个个放大的火柴匣子呢。路边的土壁，用镢头一下下挖成，表面再凿成鱼鳞状的纹、人字形的纹，全然发黑，纹里生苔，千年万年而不倒了。有村子就有饭店，除了羊肉还是羊肉，常瞧见有人捧了一个煮熟的羊头啃得嘴上是油，脸上是油。老头子的，披了羊皮袄袄，摇摇晃晃，提一副羊肠子，沿沟畔下到河边去洗，三四丈长的下水玩意儿，在胳膊上像框线一样打着结。五只六只的肥狗竟无聊得围了车子撒欢，汪汪叫，四山一片空音。

三边还没到吗？山头变得更小了，也更矮了，末了就缓缓平伏了，像瘫了软了下去。几天几夜的山的压抑，使人几乎缩小了很多，猛一出山，车在路上快得蹦跶，人在车上也乐得蹦跶，但很快风大起来，沾身就起一层鸡皮疙瘩。这是个什么地方呢？这么开阔，天看不到边，地看不到沿，一满黄沙；这儿，那儿，起落着无数的小洼小包，可以说是哗啦铺下的一张大毯，并未确实，似乎往包上踩踩，包就下去，洼就起来了。草很少，树更没有，天和地是一个颜色，并行向前延伸着是两张黏合的胶布，车的行驶才将它们分开。路端端的，却软得厉害，风一过，就蹿一条尘烟，远远看去，如燃起了一条长长的导火索。只是风沙旋转着往车上打，关了车窗，仍听见沙石在玻璃上叮叮光光价响。

到了定边，天已擦黑，城外三里，便进了绿的世界，要不是赶驴人提醒，谁能想到这不是树林子而是一座县城呢？于是得知，在这三边，有一丛树，便有一户人家，有一片树，便是一个村庄，有一座树林，就该是镇子或是县城了：原来天和地平行，树和人同长，这便是三边的特点了。林子里的路已铺了柏油，无风无沙，落叶满地，在路边的沙窝子里积着堆儿，扫柴人一抓一把，动作犹如舞蹈。两边渐渐有了屋舍，虽也是火柴匣子的形状，但毕竟清洁可爱，门窗直对屋顶，更为讲究，格棂漆蓝，贴纸黄、红、绿、白，上有窗花，飞禽走兽，花鸟鱼虫，千姿百态；窗子是房的眼，透眼一看，主人的家境、主人的心境便楚楚了然了。街道出奇地宽，家家院落大能作球场，这使善于拥挤的大城市的人如何不能想象，假设有盲人来到这里，用不着探路棍儿，也不会撞了壁的。从街面向每一条巷道望去，青瓦瓦一色，再一留神，才发现全县城每一块地面，沙土全不裸露，一律被青砖铺了：正是这些有根系之树，这些有重量之砖，才在沙原上镇守住了这个县城吗？街上路灯已亮，人走动得极多，几天来很少见到人影，原来人都集中到这儿来了吧。男人差不多都戴了卫生帽，脸是黑的，帽子是白的，黑白反衬；女人却全束着长发，瘦脸光洁，发是黑的，脸是白的，也是黑白反衬。似乎这里一切都十分安逸、平静，外地人一来，立刻就被所有人发觉了，她们全要妩媚而大胆地瞅着，在灯影下指指点点地议论，你刚一注意，便噤了口舌，才一掉头，就又戛然大笑。茫茫边塞，漠漠沙原，竟有这么个城，城里有城墙，有门洞，有钟楼，有鼓楼，城里的人又水色，又风雅，爽而不野，媚而不俗，一时使外人如进了天上仙地、温柔之乡，竟忘了去投宿，也不卸行囊，便沿街乐而漫游了。

　　走到十字街心，人头攒涌，路塞而不能前行，原来一家戏院正散了戏，问声："什么戏？"答曰："秦腔。"一句秦腔，倍感亲切，一时大梦初醒，才知这里并非异地，走来走去，还在陕西。我有一癖性，大凡到了一地，总喜欢听听本地戏文，因为地

方戏剧最易于表现当地的风土人情。但听听别的戏文，仅仅是了
解罢了，秦腔却使我立即缩短了陌地陌人的距离。便当街立着，
与他人攀谈，三边人竟男音雄而有韵，女音秀而有骨，三言两语，
熟若知己。说话间，见无数只狗在街里窜钻，吓得不敢走动，旁
有解释说：这里家家养狗，体肥性凶，但一般却不伤人；晚上主
人看戏，狗尾随而来，故街上到处可见了。

　　我先到西南角的白于山区去，河流下切的河槽上、陡崖上，
砂岩露出，这便是整个三边出石头的地方了。除此以外，到处是
黄土、黄土，除了黄土，还是黄土。站在沟壑处，便见山峰连续，
站在坡上，却原来一切都被洪水切裂了，一眼望去，浑圆的丘峰，
混混的、沌沌的，重叠交错。千沟万壑又显得支离破碎，分割成
一小块一小块的地面，这便是有了涧、川、塬、梁、峁、岔、坪、
台吗？正是这残存的塬、梁、台上，高粱火红，糜子金黄。此时
正逢收获，可惜这里不比关中平原，庄稼茂密如森林，农民而是
跑着收割，收一把，夹在肘下，跑一垄，肘下夹一捆，广种薄收，
偌大一块地，末了在地中只堆起五堆六堆，这便是好年景了呢。
再往南走，那山更有了特点，多是土山戴沙，其气脉从沙迹而来，
势颇平缓，亦有负石而出的，其势则峻急了。但那石头已不是坚
硬的青色，而是赤褐，脚踢便松散，像未烧熟的砖坯。那人家就
沿沟而居，陶室穴处，或在石崖、河底凿出石板架屋代瓦。衣裤
穿那羊皮，烧些山上砍蒿，饮水却到崖畔上去。那里是一个一个
小窟，小如灯盏一般，水自盏出，渊渊声如鼓，水虽不大，聚潭
清澈可见底，味甘纯如露，最宜于烹茶，冬饮能暖肚，夏喝而祛
暑。更有趣的是山壁上多有打儿窝：窝小小的，高高在上，立崖
下往上丢石，石进之求子辄应。我在那里住了一夜，主人十分好
客，做了荞面疙瘩，熬了羊肉腥汤，彻夜一家老少盘脚坐炕，喝

酒儿，唱曲儿。天明要走，特去那打儿窝丢石，可连丢五次未中，主人倒很难堪，不住替我安慰，我虽求儿不至，但以此而乐，已是十二分地满足了。告别主人回返，行至十里，正是腹饥口渴，忽听哪儿有唢呐，声声远韵。循声寻去，沟洼有了人家娶亲，新人正拜堂，院中十二支唢呐吹天吹地。见我路过，一哇声顺心喊着，邀到上席，说是省城客人，正好添喜，于是主人敬酒，新郎敬酒，新娘敬酒，每敬必三杯，杯杯见底。

走了丘壑地，又上牧草滩。这里比不得前日的艰辛，一马平川，便租得自行车，终日走乡串村落得自在。早上，草原日出，比海上日出更为可观，直奔红日驶去，偶一侧头，便见蜿蜒长城，长城那边，沙丘连绵，免不了感叹：难得一道长城，昔日挡敌寇，今日拒风沙。间或还会遇到一些河流的，但都可怜见的，流程短，又愈流愈小，末了就积水于洼穴，不涸者为湖，涸了的为坑。车上稍走个神，就骑进草里，车倒了，人也倒了，软软的不疼。站起来，草没了膝盖，远远看着有了羊群，白云似的飘，却忽然不见了，等着风起，草木倒伏，那羊群又复出现。羊是百十头，头羊领着，时而散开，时而集中。我觉得好玩，便去捉弄那长角头羊耍玩，只说羊是世上最温顺的动物，没想竟发起怒来，直向我抵。牧童叫我就地睡倒，我照办了，那头羊见我倒地，以为我死了，便昂首得意而去。问牧童：这里的羊这么凶恶？他冲我一笑，只是领我又走了一段，遇见另一群羊，一声吆喝，两群羊就肃然对阵，头羊出场，怒目而视，良久，几乎同时各自向后退十多米远，猛地冲去，嘭，两头相撞，角也折了，皮也破了，仍争斗不已。我不禁胆战心惊，庆幸刚才装死，要不哪是羊的对手呢？这么得了教训，再遇见羊，不敢妄动。但有一日，又看到好大两群羊在那里啃草，却不见牧羊人，正要呼叫，远远飘来嘻嘻笑声，左右看时，前边的一丛沙柳，无风而摇得厉害，便见有了两个人影，一个蓝衣，一个红衣，相依相偎。我知道这是一对恋人了，爱情最忌外人，就悄然退走，走出二里地，终于忍不住回头一望，那少男少女已经分开，各站在白云似的羊群中，招手对笑，接着就对唱起来了：

> 大红果果剥皮皮，
> 大家都说我和你；
> 其实咱们没有那回事，
> 好人担了个赖名誉。

道是无情却有情，爱情是这么热烈，又是这么纯朴。遥想那大城市的公园，一张石凳紧坐三对恋人，话不敢高说，笑不敢放纵，那情，那景，如何有这里的浪漫情趣呢？我一时激动，使劲蹬动车子，驶到了莽草中的一个平坝子上，坝子上草是浅了，但绿却来得嫩，花也开得艳，实在是一个天然的大足球场，又想起大城市为了办足球场，移土填面，松地植草，原来是那么的可怜而可笑了。越想越乐，车如奔马，似乎觉得自行车前轮如日，后轮如月，威威乎，当当乎，该是世上见识最广、气派最大的人物了。

但是乐极生悲，天近黄昏，竟迷了方向，又一时风声大作，草木皆伏，我大声呼喊，嘴一张，风便灌满，喊声连自己也听不到。惊恐之际，蓦地远处有了灯光，落魂失魄地赶去，果然有了人家。进去讨了吃喝，一打问，这里竟是盐场。盐场？我反复问了几句，主人讲，这里的盐场可大了，年产几十万吨，况且类似这么大的盐场，三边共有十多处；他们这一带人，人人会捞盐，每年2、3月开捞，至8、9月止，如今捞盐时令已过，他们就放牧或是采甘草。说着，就送我一捆甘草，其茎粗，其根长，为我从未见过。嚼之，甜赛甘蔗。其中有一种叫铁心甘草的，全株竟是朱红，折之，质坚如木；也还有一种叫"大郎头"的，直径甚至达一寸五，一株便一斤二两。这一夜真可谓乐极生悲，又否极泰来，虽然未能去看看那盐场，但得了甘草又得了知识，美哉乐哉。天明要走，主人又杀了羔羊，这羔羊十四五斤，浑身雪白，顺着将毛儿用手一撮，四指不见头，吹吹，其毛根根九道曲弯。这就是中外有名的"二毛皮"了，此等皮毛，以往只听说过，至今见到，爱不释手。实想买得一张，又难为开口，但却开了口福，羔羊肉鲜美异常，大海碗的羊肉泡馍馍，一连吃过三碗，生日忘了，命儿忘了，心想神仙日子，也莫过如此了。

在定边待了几日，就新结识了几位伙伴，他们视我如兄弟，主动提出做我的向导，要往北边的沙漠里去走走。"一定要去看看，那又是另一个世界呢。"兴趣撩拨，就三人越过了长城，徒步往北行。沙地上，行走委实更艰难了，太阳暴晒，阳光反射在地上，白花花的，直刺得眼睛发疼。脚下越走越沉，正应了走一步退半步之说，立时浑身就汗水淋淋。沙丘皆是东西坐向，带状排列，望之如海中浪涛，其波峰波谷，起起伏伏，似有了节奏。每一沙碛，低者三米，高者十米八米不限，沙细如面，掬之便从指缝流漏。沙丘过去，又是成片的盐碱地，树木是不长的，只可怜巴巴生些盐蒿。一把蒿守住一抔土，渐渐便成了一个小包，均匀得像种的菜蔬。再往后却又是沙丘，但已经植了树：沙柳、红柳、小叶杨、沙枣。生态竟是这么平衡：沙盖了盐碱，树又守住了流沙。

再往沙地深处去，已不知走了多少里，树林子便越发密了。叶子全金黄了，透过金黄色过去，便看见里边又是白亮亮的沙丘。谁知刚刚走了二十分钟，前边竟是一个不大不小的湖！伙伴们才哄地笑了，笑得诡谲，也笑得得意，便去捡柴舀水，做起野餐来。

我兀自到湖边去看，湖水没源无口，我不知道这沙地里的水是从哪里来的，又怎么没在沙中漏掉？！掬一口尝尝，甘甜清凉，立时肘下津津生风。静观水面，就有了唼唼鱼声，但湖水绿得沉重，终未看见那鱼的模样。倏忽又有了啾啾鸟鸣，才醒悟这一整天来，还未见过鸟影，原来沙地的鸟全快活在水边树丛中了。突然，那鸟惊起，满天撒了黑点，瞬间无影无踪，才是四只五只鹞子飞来，黑色影子一般的到处出击。我不禁恨起这些鹞子来，怎么到什么地方，有善良，就必然要有了凶恶呢？！一个人再往湖后的沙丘上爬去，那里有几株沙枣，枣子成熟，用脚一蹬树，枣子就哗哗落下，并不红的，有沙一样的颜色，吃之，没汁，质如栗子，嚼嚼方酸味隐隐显有了。大多的沙丘已经被固定，圆墩墩的，压了道道沙柳，那沙纹便像妇人头上的发罩，均匀地网着。

三天过后，我们又信步走到一个镇落里，这个镇落显得很大，有回民，有汉民，分两片屋舍：一处汉民，建筑分散中但有联络；一处回民，建筑对仗里却见变化。伙伴讲，再往北去不远，还有蒙民哩。汉回见得多了，蒙民还未见过，我便想改日往北边去。夜里在镇中学借宿，和一老教师说起蒙民。那老教师原来在那北边干过事，给我一个手抄本，上有关于蒙俗的描述，那上边记载多极，现在依稀记得这么一段：

> 三边地区蒙民，性刚强而心巧，专恃畜牧，羊只尚少，马牛最多。当地亦产盐，每三两人驱牛数头，驮其盐，载布帐锅碗往来。昼意于糇，晚就道旁，有水草处卸鞍驮，撑帐支锅，取野薪自炊，其牛纵食原野，人披裘轮卧起，以犬护之，不花一钱。汉民亦有效之。

　　读此书，方知三边地域竟是这么广大，民族竟是这么亲善，在远离省城，更远离京都的边塞，保持了这般宝地，令人有多少的感慨啊！但是，就在我们动身去蒙民居住的区域的时候，意外又得到消息：这个镇子在两日之后，便是汉、回、蒙一年一度的盛大交易会，便只好暂时取消北上的计划，只好将把蒙区访问作成千般儿万般儿美好想象罢了。

　　交易会，其场面可谓热闹，有北京王府井的拥挤，却比王府井更气势；有上海南京路的嘈杂，却比南京路更疯野。那一排一摆小吃，荞面拉条、豆面揪片、黄米干饭、羊肉粉汤，酸、辣、煎，五味俱全；那菜市上一筐一车，两尺长的白菜、淡黄的萝卜、乌紫的土豆、半人高的青葱，六色尽有；那农具市上的铜的挂铃、铁的镢、钢的锨，叮、咣、铿、锵，七音齐响。还有那骡马市上，千头万头高脚牲口，黄乎乎、黑压压偌大一片，蒙民在这里最为荣耀，骡马全头戴红缨，脖系铃铛，背披红毡，人声喧嚣，骡马鸣叫，气浪浮动得几里外便可听见。在羊肉市上，近乎一里长的木架上，羊肉整条挂着。更有买卖活羊的，卖主用两只腿夹住羊头，大声与买主议价。汉、回、蒙民似乎都极富有，买肉就买整条，买果就买整筐。末了就都涌进那菜馆酒馆，大块吃肉，大碗喝酒，直要闹到月上中天方散。在酒馆里，几句攀谈，我们便成了极熟的人，兴致高涨，开怀大饮，他们竟有几个人当下醉了。第二天坐车要离开，车已开动，有几个蒙民却拦住了车头，要我下来，我不知何事，倒吓了一跳。他们竟是从怀中掏出一瓶"西凤"，他们不服，特赶来要我喝。我哈哈一笑，感其豪爽，当场喝下两口，他们叫好，称我"朋友"，几番握手，互留地址，方放车通行。

　　半个月匆匆过去了，临走前两天，正好是阴历八月十五，夜里在长城根下一个村子吃了月饼、香梨，喝了花茶、葡萄酒，看了一阵房东大娘剪的窗花，兴致还未尽，便同房东小儿登长城望高。月光下，沙海泛亮，草原迷离，高高低低的长城，从脚下一头伸向天的东头，一头伸向天的西头，这伟大的建筑，从远古时候，一坐落在这里，沙再没有埋住，风再没有刮走，它给了沙漠之骨，沙漠也给了它的雄壮。如今烽火台没有了狼烟传递，但每一座台下，都住了人家，牛羊互往，亲戚走动。生着，在这沙漠上添着活气；死了，隆起沙堆，又生起一堆绿色。一道长城，是连接千家万户的一条线，流动着不屈不挠的生命和新型的人与人关系的情感。玩到天明，晨曦里看见天地相接的地方，柳树林子长得好茂，那树都是桩干粗壮，一人多高，就截了顶，聚出密密的嫩枝，枝形呈圆，叶子全红了，像无数偌大的灯笼高高举着，似乎这天之光明，完全是这些灯笼照耀的。树林子前面，端端一柱白烟长上来了，走近去，是放蜂人燃的。这里还能放蜂，犹如春天里的一个童话！相坐攀谈，放蜂人来自江南，年年都来，来数月方去。他说外人以为三边无色无香，其实那是错了。"你瞧，绿的沙柳、红的盐蒿、粉的牛儿草、白的盐、黄的沙，这三边的土地是最有五颜六色，是最有香有甜的。"尝尝那蜜，果然上品，荔枝蜜没有它香醇，槐花蜜没有它味长。

告辞了放蜂人，突然之间，几天来混混沌沌的思想，沉淀的沉淀了，清亮的清亮了，一时觉得有角度来做我的文章了。往回边走边构思，眼光偏又盯住了一片一片不知名的荆棘，开着丸子一般大的白绒花团，顺枝而上的，如挂纸钱串，就地而生的，又如围起的花环。哦，我明白了，这类花的开放是对三边荒凉的送葬吗？是对三边的富有和美丽的礼赞吗？天黑回到村子，房东已为我准备好了送别酒菜，菜饱酒足，席上拉起了二胡。二胡的清韵又勾起了我思亲的幽情，仰望天上明月，不知今夜亲人们如何思念着我，可他们哪会知道今夕我在这里是这么欢乐啊！一时情起，书下一信，告诉说：明日我又要继续往北而去，只盼望什么时候了，我要和我的亲人、更多的朋友能一块再走走三边，那该又是何等美事呢。

作于 1982 年 10 月 23 日三边—西安

黄土高原

　　沟是不深的，也不会有着水流；缓缓地涌上来了，缓缓地又伏了下去；群山像无数偌大的蒙古包，呆呆地在排列。8月天里，秋收过了种麦，每一座山都被犁过了，犁沟随着山势往上旋转，愈旋愈小，愈旋愈圆。天上是指纹形的云，地上是指纹形的田，它们平行着，中间是一轮太阳；光芒把任何地方也照得见了，一切都亮亮堂堂。缓缓地向那圆底走去，心就重重地往下沉；山洼里便有了人家。并没有几棵树的，窑门开着，是一个半圆形的窟窿，它正好是山形的缩小，似乎从这里进去，山的内部世界就都在里边。山便不再是圆圈的叠合了，无数的抛物线突然间地凝固，天的弧线囊括了山的弧线，山的弧线囊括了门窗的弧线。一地都是那么寂静了，驴没有叫，狗是三个四个地躺在窑背，太阳独独地在空中照着。

　　路如绳一般的缠起来了：山垴上，热热闹闹的人群曾走去赶过庙会。路却永远不能踏出一条大道来，凌乱的一堆细绳突然地扔了过来，立即就分散开去，在洼底的草皮地上纵纵横横了。这似乎是一张巨大的网，由山垴哗地撒落下去，从此就老想要打捞起什么了。但是，草皮地里能有什么呢？树木是没有的，花朵是没有的，除了荆棘、蒿草，几乎连一块石头也不易见到。人走在上边，脚用不着高抬，身用不着深弯，双手直棍一般的相反叉在背后，千次万次地看那羊群漫过，粪蛋儿如急雨落下，嘭嘭地飞溅着黑点儿。起风了，每一条路上都在冒着土的尘烟，簌簌地，一时如燃起了无数的导火索，竟使人很有了几分害怕呢。一座山和一座山，一个村和一个村，就是这么被无数的网罩起来了。走到任何地方，每一块都被开垦着，每处被开垦的坡下，都会突然地住着人家，几十里内，甚至几百里内，谁不会知道那条沟里住着哪户人家呢？一听口音，就攀谈开来，说不定又是转弯抹角的亲戚。他们一生在这个地方，就一刻也不愿离开这个地方，有的一辈子也没有去过县城，甚至连一条山沟也不曾走了出去；他们用自己的脚踏出了这无数的网，他们却永远走不出这无数的网。但是，他们最乐趣的是在2、3月，山沟里的山鸡成群在崖畔晒日头，几十人集合起来，分站在两个山头，大声叫喊，山鸡子从这边山上飞到那边山上，又从那边山上飞到这边山上，人们的呐喊，使它们不能安宁，它们没有鹰的翅膀可以飞过更多的山沟，三四个来回，就立即在空中方向不定地旋转，猛地石子一样垂直跌下，气绝而死了。

土是沙质的，奇怪的是靠崖凿一个洞去，竟百年千年不会倒塌，或许筑一堵墙吧，用不着去苦瓦，东来的雨打，西去的风吹，那墙再也不会垮掉，反倒生出一层厚厚的绿苔：春天里发绿，绿嫩得可爱；夏天里发黑，黑得浓郁；秋天里生出茸绒；冬天里却都消失了，印出梅花一般的白斑。日月东西，四季交替，它们在希冀着什么，这么更换着苔衣？！默默的信念全然塑造成那枣树了，河滩上，沟畔里，在窗前的石磙子碾盘前，在山与山弧形的接壤处，突然间就发现它了。它似乎长得毫无目的，太随便了，太缓慢了，春天里开一层淡淡的花，秋天里就生一身红果。这是最懂得了贫困，才表现着极大的丰富吗？是因为最懂得了干旱，那糖汁一样的水分才凝固在枝头吗？

冬天里，逢个好日头，吃早饭的时候，村里人就都圪蹴在窗前石碾盘上，呼呼噜噜吃饭了。饭是荞麦面，汤是羊肉汤，海碗端起来，颤悠悠的，比脑袋还要大呢。半尺长的线线辣椒，就交在二拇指中，如山东人夹大葱一样，蘸了盐，一口一截，鼻尖上，嘴唇上，汗就咕咕噜噜地流下来了。他们蹲着，竭力把一切都往里收，身子几乎要成个球形了，随时便要弹跳而起，爆炸开去。但随之，就都沉默了，一言不发，像一疙瘩一疙瘩苔石，和那碾盘上的石磙子一样，凝重而粗笨了。窗内，窗眼里有一束阳光在浮射，婆姨们正磨着黄豆，磨的上扇压着磨的下扇，两块凿着花纹的石头顿挫着，黄豆成了白浆在浸流。整个冬天，婆姨们要待在窑里干这种工作。如果这磨盘是生活的时钟，这婆姨的左胳膊和右胳膊，就该是搅动白天和黑夜的时针和分针了。

山峁下的小路上，一月半月里，就会起了唢呐声的。唢呐的声音使这里的人们精神最激动，他们会立即放下一切活计，站在那里张望。唢呐队悠悠地上来了，是一支小小的迎亲队，前边四支唢呐，吹鼓手全是粗壮汉子，眼球凸鼓，腮帮满圆，三尺长的唢呐吹天吹地，满山沟沟都是一种带韵的吼声了。农人不会作诗，但他们都有唢呐，红白喜事，哭哭笑笑，唢呐扩大了他们的嘴。后边，是一头肥嘟嘟的毛驴，耸着耳朵，喷着响鼻，额头上，脖子上，红红绿绿系满彩绸。套杆后就是一辆架子车，车头坐着一位新娘，花一样娟美，小白菜一样鲜嫩。她盯着车下的土路，脸上似笑，又未笑，欲哭，却未哭，失去知觉了一般的麻麻木木。

但人们最喜欢看这一张脸了，这一张脸，使整个高原以此明亮起来。后边的那辆车，是两个花枝招展的陪娘坐着，咧着嘴憨笑，狼狼狈狈地紧抱着陪箱、陪被、枕头、镜子。再后边便是骑着毛驴的新郎，一脸的得意，抬胳膊动腿的常要忘形。每过一个村庄，认识的、不认识的，都要在怀里兜了枣儿祝贺，吃一颗枣儿，道一声谢谢，道一声谢谢，说一番吉祥，唢呐就越发热闹，声浪似乎要把人们全部抛上天空，轰然粉碎了去呢。

最逗人情思的是那村头小店：几乎每一个村庄，路畔里就有了那么一家人，老汉是肉肉的模样，婆姨是瘦瘦的精干，人到老年，弯腰驼背的，却出养个万般水灵的女儿来。女儿一天天长大，使整个村庄自豪，也使这个村庄从此不能安宁。父母懂得人生的美好，也懂得女儿的价值，他们开起店来，果然生意兴隆。就有了那么个后生，他到远远的黄河东岸去驮铁锅去了，一去三天三夜，这女子老听见驴子哇儿哇儿地响，站在窗前的枣树下，往东看得脖子都硬了。她恨死了后生，恨得揉面，捏了他的小面人儿，捏了便揉，揉了又捏。就在她去后注注拔萝卜的时候，那后生却赶回来，坐在窑里吃饭，说一声："这面怎么没味？"回道："我们胳膊没劲，巧巧不在。""啊哒去了？"人家不理睬，他便脸通红，末了出了门，一步三回头。老人家送客送到窑背背，女子正赶回藏在山峁峁，瞧见爹娘在，想下去说句话，又怕老人嫌，待在那里，灰不沓沓。只待得爹娘转脚回去了，一阵风从峁上卷下来："等一等！"踉踉跄跄跑近了，羞羞答答，扭扭捏捏，却从怀里掏出个青杏儿来。

可怜这地面老是干旱，半年半年不曾落下一滴雨。但是，一落雨就没完没了，沟也满了，河也满了。住在几屹崂洼里的人家，一下雨人人都在关心着门前那条公路了。公路是新开的，路一开，外面的人就都来过，大卡车也有，小卧车也有，国家干部来家说一席漂亮的京腔，录一段他们的歌谣，他们会轻狂地把什么好东西都翻出来让人家吃。客人走过，窑背上的皮鞋印就不许被扫了去，娃娃们却从此学得要刷牙，要剪发……如今，雨地里路垮了，全村人心都揪起来，一个人背了镢头去修，全村人都跟了去干。小卧车嘟嘟地开过来，停在那边，他们急得骂天骂地骂自己，眼泪都要掉下来。公家的事看得重，他们的力气瞧得轻。路修通了，车开过了，车一响，哗的人们都向两边靠，脸是笑笑的，十一二分的虔诚和得宠，肥大的狗汪汪地叫着要去撵，几个人拉住绳儿不敢丢手。

走遍了十八县，一样的地形，一样的颜色，见屋有人让歇，遇饭有人让吃。饭是除了羊肉、荞面，就是黄澄澄的小米；小米稀作米汤，稠作干饭，吃罢饭，坐下来，大人小孩立即就熟了。女人都白脸子，细腰身，穿窄窄的小袄，蓄长长的辫，多情多意，给你纯净的笑；男的却边塞将士一般的强悍，大块吃肉，大碗喝酒，上了酒席，又有人醉倒方止。但是，广漠的团块状的高原，花朵在山洼里悄悄地开了，悄悄地败了，只是在地下土中肿着块茎；牛一般的力气呢，也硬是在一把老镢头下慢慢地消耗了，只是加厚着活土层的尺寸。春到夏，秋到冬，或许有过五彩斑斓，但黄却在这里统一。人愈走完他的一生，愈归复于黄土的颜色。每到初春里，大批大批的城里画家都来写生了，站在山洼随便一望，四面的山峁上，弧线的起伏处，犁地的人和牛就衬在天幕。顺路走近去，或许正在用力，牛向前倾着，人向前倾着，角度似乎要和土地平行了，无形的力变成了有形的套绳。深深的犁沟，像绳索一般，一圈一圈地往紧里套，他们似乎要冲出这个愈来愈小的圈，但留给他们活动的地方愈来愈小，末了，就停驻在山峁顶上。

他们该休息了。只有小儿们，停止了在地边玩耍，一步步爬过来，扑进娘的怀里，眨着眼，吃着奶……

1982 年 9 月写于延川县

崆峒山笔记

路记

崆峒是一座极雄伟豪华的建筑，进入它，前山有路，后山也有路。前山路是砭道，近，细瘦如绳，所有的平民在这里攀缘。后山是车路，远而弯曲迂回不能通行大车，只有坐小车的人走。山对于人都是自然，路于人却有层次，这是佛道也管不了的。

但不论前路后路，路面都不平坦。美好的境界是不可轻易而得的，所以一满石头，花白滚圆，思想得出这又是雨天的水道。到了八月，萧萧落叶，又一起集中在路上，深余四指，埋没一切凹凸，灿灿辉煌，如进圣殿的地毯。到了山中，看四个井字形峰头，路更不可捉摸，几乎是随脚而生，拐弯，便以树根环绕，到崖嘴就有楼阁，路又穿过楼阁下门洞，青石铺成，起津津清凉。直到悬崖陡壁前了，路一变而成石凿台级，直端端如梯，梯甚至向外凸，弓一样的惊险。有一"黄帝问道处"，黄帝且不知路该何处走了，游客更觉前途不测。回首路又不复再见，一层群木波涌，满世界的杂色。一步一景，步步深入，每每百步之处，其景则异变，令人不知身在何处，惊奇良久，才醒悟到人间、仙境果有不同啊！

行至最高峰，谁也不知是从哪里来，又要从哪里归去，路全然消失，唯见山下泾河长流乃及远，身旁古塔直上而成高。这个时候崆峒的自然同一了人的自然；佛道若真有神灵，神灵视人是一类的：人从不同的路来，路将人引到共同的高点，是人皆享到了极乐。

树记

以松为主，兼生杂木。

皆不主张直立，肆意横行。不需要修剪，用不着矫饰。八月是深秋之季，枝条僵硬，预示着冬临里的一年一度的干枯。叶子都变色了，为红、为黄、为灰，色彩鲜艳原来并不是好事，而是脱落前的变态的得意和显耀。愈是这般鲜艳，近看却感觉晕起的色团很轻很淡，树桩、树杈，甚至指粗的枝条就愈黑得浓重，这浓重的黑才似乎使这些色晕不至于是雾而飘然离去。

每一棵树上都生苔藓，有的如裹了绿栽绒，有的生了白斑，白中透青，如贴了无数的生锈古铜钱。有的则丛生木耳，其实并不是木耳，是一种极薄极薄的菌片，如骤然飞落的黑蝴蝶。更有一种白色苔藓，恰似海边贝壳，齐齐地立嵌树身，几乎要化作冲天的玉鳞巨龙扶摇而去，使人叹为观止。

有老松，其松塔与叶同等，那是年年不曾脱落的，年年又新生而死的积累，记录着它们的传种接代而未能及的遗憾，或是行将暮年，对往事所作的历历在目般的回忆。

俯视远处那一面上下贯通的石壁前，有一树，叶子全然早落了，只有由粗及细而为杈的枝，初看是铁的铸造，久看就疑心那已不是树了，是石壁的裂缝。而仰观面前的石崖上，无坎无草，却突兀兀生就一树，凝黑的根为了寻找吸趴的方位，在石崖上来回上下盘绕，形如肿瘤，最后斜长而去，实在是一面绝妙的腾飞的龙的浮雕。

谁也想象不到，在山顶之上的高塔之巅，竟有两树，高数丈，粗几握。扎根的土在哪里，吸收的水又自何处，是哲人也百思不得一解。

间或就有一种枫，已经十分之老，不图高长，一味粗壮，样子幼稚笨拙，但枝条却分散得万般柔细，如女子秀发。叶子未落，密不密的，疏不疏的，有五角，色赤黄，风里摇曳，简直是一片闪灼的金星。

一个树是一个构造。

除了庙堂前的两棵四棵象征神威的蛇皮松，高大无比，端直成栋梁材，别的任何地位的松、柏、栲、檞、楝及杂荆杂木，皆根咬石崖，身凌空而去。崆峒的树是以丑为美的，不苦为应用，一任自由自在，这就是这个世界丰富的原因，也正是崆峒之所以是崆峒的所在。

急草于 1985 年 10 月 10 日早

柳湖

  柳湖在陇东的平凉，是有柳有湖、一片柳林之中一个湖的公园，我却在那里看到了两个湖的柳和柳的两个湖。

  当时正落细雨，从南门而进；南门开在城边，城是坐的高坡上；一到城沿，也就走到了湖边。这是一个柳的湖。柳在别处是婀娜形象，在此却刚健，它不是女儿的，是伟岸的丈夫，皆高达数十丈，这是因为它们生存的地势低下，所以就竭力往上长，在通往天空的激烈竞争的进程中，它们需要自强，需要自尊，故每一棵出地一人高便生横枝，几乎又由大而小，层层递进，形成塔的建筑。从坡沿的台阶往下看，到处是绿的堆，堆谷处深绿，堆巅处浅绿，有的凝重似乎里边沉淀了铁的东西，有的清嫩，波闪着一种袅袅的不可收揽的霞色，尤其风里绿堆涌动，偶尔显出的附长着一层苔毛的树身，新鲜可爱，疑心那是被光透射的灯柱一般的灵物。雨时下时歇，雾就忽聚忽散，此湖就感觉到特别的深，水有扑上来的可能，令人在那里不敢久站。

  顺着台阶往下走，想象作潜水，下一个台阶，湖就往上升一个台阶；愈走，湖就愈不感觉存在了。有雨滴下，不再是霏霏的，凝聚了大颗，于柳枝上滑行了很长时间，在地面上摔响了金属碎裂的脆音。但却又走进一个湖。这是水的湖，圆形，并不大的；水的颜色是发绿，绿中又有白粉，粉里又掺着灰黄，软软的腻腻的，什么色都不似了，这水只能就是这里的水。从湖边走过，想步量出湖的围长，步子却老走不准，记不住始于何处，终于何处，只是兜着一个圆。恐怕圆是满的象征吧，这湖给人的情感也是满的。湖边的柳，密密地围了一匝，根如龙爪一般抓在地里，这根和湖沿就铁质似的洁滑，幽幽生光。但湖不识多深，柳的倒影全在湖里，湖就感觉不是水了，是柳；以岸沿为界，同时有两片柳，一片往上，一片往下，上边的织一个密密的网，下边的也织一个密密的网。到这时我才有所理解了这些低贱的柳树，正因为低贱，才在空中生出一个湖，在地下延长一个湖，将它们美丽的绿的情思和理想充满这天地宇宙，供这块北方的黄色太阳之下黄色土壤之上的烦嚣的城镇得以安宁，供天下来这里的燥热的人得以"平凉"。

这是甲子年八月十四日的游事，第二天就是中秋，好雨知时节，故雨也停了。夜里赏月，那月总感觉是我所游过的湖，便疑心那月中的影子不再是桂树，是柳。

红石峡

　　这是沙漠中唯一的石峡，石峡是红的。如果认定沙漠上的沙是塞外大火后的火烬，那么它就是火烬里烧焦的凝锈。亏得一条玉溪河，坦坦地，又是成心地冲刷，使它裸露了形骸。沙漠上不可能建筑五脊六兽的神的殿堂，人就在石峡的壁上凿洞，不用泥塑，依石雕出许多栩栩如生的神像。洞如蜂巢一般，一层一层，被峡壁风蚀后的流水似的石线联系网络，有一种黑色的硬壳的爬虫在默然移动。道士已经没有了，于是也没有了布施的香客。空空的洞穴里，泥涂的墙皮剥脱无余，看不见任何壁画，但石壁天然的纹路却自成了无数绝妙的线条，如沙漠起伏，如云，如流水，如现代抽象派的艺术。清晰的是那一个一个洞顶上刻饰的阴阳太极八卦图，在静静地推算着黑白交替的昼夜，如流沙在风里懒懒地移动，河水在峡底的沙层上相吞相啮出一种微妙的律音。

　　水可以将石子运动为沙，风也可以将石子运动为沙。这里的沙就细腻为土，但绝对是沙，干净无泥。漫过的水退了，沙依然保持水流的模样，像打皱的卫生纸，像兽的足迹，或许是远古的一种象形的文字。赤了脚涉在浅水里，脚的感觉如踩在玻璃上，看粉一样的沙流从脚面流过，抽出脚，随风又干了，是一层霜白。若双脚使劲在一处踏踏，又会不自觉地陷下去，越陷越快，似乎一直会没了顶去。立定看河边的柳树，皆粗大，桩敦实强壮，枝叶隆起如蘑菇状，翠绿得十分新鲜。绿之间，露出一节一节红石堤岩，水在下边淘空了，上边却依旧坚硬，突出如板，上游引渡的流水钻进了峡壁中的空隙。又分流出来，从板石上流下，扯得匀匀的，看去如滚珠一样，一颗一颗洒落下来。

峡壁除了神洞，就是历代官人的题字，小者如碟，大者如席。大自然成全了人，人塑造了神，神又昭著了官人。这就是胜地，今日，大凡到榆林塞上的人都来这里游览，人人不见神塑，对神茫然，人人对做官人的好处模糊不清，对官人的题字却看得清清楚楚。他们差不多一直游览到天黑，燃一堆篝火，在还原的大自然中一直要游玩到天亮。

河西三题

柳园

如果没有铁路，人不会来，黄羊兔子也不会来，但现在谁能不来？恰如一座美好的院落，总要进门道，跨门槛。从四面八方到敦煌，必此下车，然后搭汽车一漫儿斜下五六个钟头，从敦煌返回，又搭汽车一漫儿斜上到柳园。敦煌要和上海比，或许高度已在上海几百层楼顶，但往柳园，却成了煤井里的坑道，两条公路犹如坑道里的两条铁轨。

说准确些，柳园是在一座山上。山看起来并不高，沙把它埋了，所以沿路只是些高高低低的山岇顶尖，你能想象得出雾里在庐山，在峨眉的境界。据说悬空寺修建时，大雾弥漫时才可动工，那么走这一路，之所以安全，心地踏实，那也是亏了云雾，云雾已经凝固了，云雾就是沙。

正因为如此安全，游人就忘形得意，表现出人的蒙懂和可笑，反说：沿途的山太小了，又不集中，这儿一个石的三角，那儿一个石的三角。但他们又出奇地只感觉冷，冷得直哆嗦。看那些石三角却像是大火燎过，呈焦黑色，寸草不长，怀疑是冶炼后的炭渣堆。偶尔一群石三角与一群石三角中间有了绿，远远就大呼小叫：有水了！近去却是一溜骆驼草。路还并没有修好，常常前边放炮扩建，车要停下来，发现民工用钎用锤一下一下凿打黑石，才明白了身下的路并不是在沙上，而一尺厚的沙下就是坚硬岩石，硬得如铁，铁镐碰得石，嘣！一撞一跳，全是金属音响。

到了柳园，就到了山顶，看四面一溜一带的群山，如摇头摇尾的细浪，似趋势而来，又似奔脉而去。镇子很小，但车站很大，其实车站就是镇子，有商店，有饭店，有旅店，职工就是居民，居民不多，是游客的十分之一。游客是四面八方黑白棕黄之人种，南腔北调日法英德之言语。本地居民服装也可粗细，语言也解中西，但一眼却能看出住籍，他们颧上都有大小不等深浅不一的两块红肉，那是日之所致，风之所致。靠山吃山，靠水吃水，他们靠的是车站，游客却视他们是大海中的一支桨板，是黑暗中的一颗星星，是上帝是观音是阿弥陀佛。一整天的塞外风沙，是他们给了吃喝，给了热炕，给了一颗稳妥妥的心。

但是，整个镇上，没有一棵树，搂粗的没有，筷子粗的也没有，石头上是没有长树的，没有树也就没有鸟了。只有一园花，那只能是车站单位养的，土是集中起来的好土，灌溉的水是特意从外地运来的，特意从人的食水中强行分配出来的。

没有青林鸟语，这是多么可怕的地方。但柳园却是一座大殿的石雕，具体点，是卧在敦煌艺术之宫门口的石狮子、铁狮子，还可以说，是一位战士。地知道它，将最高点的位置给它，天知道它，把太阳多来照耀，五点这里就明天，夜八点半了，太阳还不会全落。

河西

　　天很高，没有云，没有雾，连一丝儿浮尘也没有，晴晴朗朗的是一个巨大的空白呢。无遮无掩的太阳，笨重地、迟缓地，从东天滚向西天，任何的存在，飞在空中的，爬在地上的，甚至一棵骆驼草、一个卵石，想要看它，它什么却也不让看清。看清的只是自己的阴暗，那脚下乍长乍短的影子。几千年了，上万年了，沙砾漫延，似乎在这里验证着一个命题：一粒沙粒的生存，只能归宿于沙的丰富，沙的丰富却使其归于一统，单纯得完全荒漠了。于是，风最百无聊赖，它日日夜夜地走过来，走过去，再走过来；这里到底是多大的幅员和面积，它丈量着；它不说，鸟儿不知道，人更不知道。

　　一条无名河，在匆匆忙忙地流。它从雪山上下来，它将在沙漠上消失。它是一个悲壮的灵魂，走不到大海，就被渴死了。但它从这里流过，寻着它的出路。身后，一个大西北的走廊便形成了，祁连山、贺兰山，走廊的南北二壁，颜色竟是银灰，没有石头、树木，几乎连一根草也不长，白花花的，像横野的尸骨。越往深处，深处越是神秘，沙的颜色白得像烧过的灰，山岭便变形变态：峁、梁、崖、岫、墼洼、沟岔，没有完整的形象，像是消融的雪堆，却是红的，又从上至下呈现出错综复杂的棱角，犹如冲天的火焰，突然的一个力的凝固，永远保留在那里了。而子夜里升起了月亮，冷冷的上弦，一个残留半边的括号，使你百思不解这里曾出现过什么巨大事的变，而又计算过一种什么样的古老的算术？

　　当太阳把一个大圆停在天边，欲去却还未去，那整个沙原、寂山就被腐蚀了一层锈红。一切都是无言的，骆驼默默行去，沙蒿、红沙菜、金刚草，那裹在一片尖刺中一颗一颗沙粒般的叶子，是戈壁沙漠的绿，更是一切草食动物的生命的追逐。一群羊从远远的地方涌过来，散着一个扇形。牧羊人就在扇后，威严得像驾驶着一辆大车，而紧紧牵拉着数十条缰绳。其实，最孤独的是牧羊人了，他已经坐在一个沙包上，沉寂得像一尊雕塑了。这里是离太阳最近的地方，他的肤色赤黑得像发着油腻的石头。眼睛却老睁不大，深深地陷进去，正看着一只马蛇子翘着长长的尾巴，影子一般的在卵石和蓬草里窜行。

倏忽风就起身了，先是温温柔柔地托一根羽毛，忽上忽下的袅袅，再就吹一片云来，才一出现，大颗大颗的冰雹夹杂在雨点里就下来了。冰雹砸在沙里是一个坑儿，雨点落下去，沙并不湿，却蹿起一股烟尘来。流沙在瞬息中或聚或散，骆驼草却巩固了地盘，碗大的一个丘包，像一个一个偌大的蘑菇，又像是一些分布均匀的铆钉，因为是有了它们，这荒漠的地表才没有被揭去了吗？生命的坚强，启示了电线杆的忠诚；它们说尽了人的话语，却没有一句是它们的，一年，两年，十年，二十年，始终在列队站着。

再往西去，再往西去，蜃市偶尔就要出现：楼、台、亭、阁、花坛、鱼塘，还有驼群马队、万千人物……眨眼却没有了。这里曾经是唐朝花雨丝绸之通道吗？这里曾经是刀光血影杀声吞天的古战场吗？眼前只是白沙，还是白沙。沙的形成真的是卵石成千上万年在风沙里碰撞的结果，这该是多么伟大的艺术，似乎宇宙的变迁、生命的进化，在这里是一幕放慢的镜头。那一个世纪如果缩短为一个生命的单元，石头的碰撞为细沙，这是一首何等雄壮的七音俱发的音乐啊！

这时候，一辆列车从地平线上开来。沙原之大，其迅行疾驰，看上去只能算是蠕蠕爬动。通过道班站，一个小小的三间房子；五个站上的人、一条样子像狼的狗，都站出来。一天一趟的火车，带来了运动，也将生命的活力同时注射在他们的身上了吗？脸上都是笑笑的。列车走过了，轰轰的钢铁的震响慢慢消失，留下的又是那万籁的一个静，又是那屋后一排七棵用食水浇灌起来的白杨。还有一柱直直的孤烟，他们该吃晚饭了。列车继续往前走，车上坐满了西行的旅客，他们兴致特别高，一边吃着从沿途车站买来的西瓜，一边谈论戈壁滩沙漠这么缺水，却出奇地能长这种仙物，并脆极、甜极，那西瓜长在戈壁沙漠，是这白沙卵石中不枯不溢的立体的泉吗？他们谈论着远处奔跑的一只黄羊，羡慕那是多么的得意的精灵，它奔跑着，时不时就要将身子往空中跃，作一个弓的形状，它是在为自己的自由而激动得发狂吗？他们有的在作起诗："啊，到了这儿，才知道乃祖国之大！"有的则油画写生了，感叹着这里该是产生东山魁夷风景画风格的妙地。但是，一个奇异的神秘的景象就出现了：铁路北边，一片几十亩地的乱坟墓，一个坟墓，一个卵石的堆积；几千个卵石堆积的坟墓，横横竖竖，竖竖横横。睡眠在这里是些什么人呢？什么人又是什么时候睡眠在这里？他们不知道。他们没有看见一块墓碑，没有看见一丘砖砌起的坟台，更没有松柏，更没有花圈。他们猜想着，是当年长征路经这里的江西红军？是曾经进军新疆、沙漠剿匪的战士？或者是修筑这条铁路的民工？或者是那开发金川镍矿的工人？他们一起趴在车窗口，互相看着，一句话却不能出唇，一下子感到了在这个地方是来不得半点矫饰和轻浮的：这里曾经历过同别的地方一样的人为浩劫、灾难、贫困，又比别的地方更多了一种大自然的凶狠和狠毒，生命在这里得到了价值的真正体验。戈壁沙漠的干旱使这些坟墓完整无缺地保存下来，戈壁沙漠的荒寂却使这些坟墓的一切消息都封闭了。多亏了这条铁路通到这里，而使所有路过的老少男女发现了这一片无名无姓的人的坟墓！坟

墓是坟墓的纪念碑吗？活着的人是死去的人的墓志铭吗？列车在
戈壁沙漠的深处一步一步推进，车上的人都在默默地说：

永远要记着那些为了征服戈壁沙漠而牺牲的和仍然可能牺牲
的人！

戈壁滩

这里应该是云，云却总是不虚，这里应该是海，海却永无水流；
或许，这是上万年亿万年以前的事了，留给现在的，是沙的世界、
卵石的世界，风在行走，看得见的是沙的柱的移动，这是独特的
孤烟，是天地自然宇宙的意志的巨脚。

十几世纪，它一步步走向了成熟，先荒寂，后繁荣，再单纯，
宇宙的进化演变在这里作了试点。因为它已经鄙夷了轻浮，娇容
媚花在这里注销了户口；它已经反感起自大，空间之树在这里失
却了位置。是真正的强者，极致，无技巧的艺术，是一块难得糊涂、
大智若愚的地方。

金刚草，一种内地长得能弹出水的娇物儿，在这里却长出一
身硬尖刺，抱成一团，像一只刺猬，做内向的力的球状形体。红
沙菜，米粒般的叶子，动之便脱，颗颗酷似碎沙的铁屑。野葱，
古书上是作为形容美人手指的妙品，竟细如线，韧如丝，中无隙
而断之无汁。那骆驼，或许前身曾是驴子，却未嘶叫，存质朴，
忍劳负重。而蛇，却不能炫耀其色了，缩小长度而添四足，更名
马蛇子，翘起尾巴爬动迅如风行。这是一幅上帝的现代艺术的画，
画中一切生的和动物都做了变异，而折射出这个世界的静穆，和
静穆中生命的灿烂。

最孤独的是那一个过了花甲的牧羊人。

八月天里，太阳悬在地平线上，大得像个铜锣。有两个最时髦的从上海来写生的姑娘，一个十分洋气，一个十分秀气。她们拉住牧羊人的手，认作是同类的知己。然后让牧羊人站在中间，三突出，自拍了一张照片。

1983 年 12 月 1、2、3 日

敦煌沙山记

　　河西走廊，是沙的世界，少石岩，少飞鸟，罕见树木，也罕见花草；荒荒寂寂的戈壁大漠，地是深深的阔，天是高高的空，出奇的却是敦煌城南，三百里地方圆内，沙不平铺，堆积而起伏，低者十米八米不等，高则二百米三百米直指蓝天，垄条纵横，游峰回旋，天造地设地竟成为山了。沙成山自然不能凝固，山有沙因此就有生有动：一人登之，沙随足坠落；十人登之，半山就会软软泄流；千人万人登过了，那高耸的骤然挫低，肥臌的骤然减瘦。这是沙山之形啊。其变形之时，又出奇轰隆鸣响，有闷雷滚过之势，有铁骑奔驰之感。这是沙山之声啊。沙鸣过后，万山平平，一夜风吹，却更出奇的是平堆竟为丘，小丘竟为峰，辄复还如。这是沙山之力啊。进入十里，有一泉水，周回千数百步，其水澄澈，深不可测，弯环形如半月，千百年来不溢，不涸，沙漏不掉，沙掩不住，明明净净在沙中长居。这是沙山之神秘啊。《汉书》载："元鼎四年，有神马（从泉中）出，武帝得之，作天马歌。"现天马虽已远走，泉中却有铁背游鱼，七星水草，相传食之甘美，亦强身益寿。这是沙山之精灵啊。

敦煌久为文化古都。敦者，大也；煌者，盛也。旧时为丝绸之路咽喉，今日是西北高原公路交通枢纽。自莫高窟惊世骇俗以来，这沙山也天下称奇，多少年来，多少游客，大凡观了人工的壁画，莫不再来赏这天地造化的绝妙的。放眼而去，一座沙山，又一座沙山，偌大的蘑菇的模样，排列中错错落落，纷乱里有联有系；竖着的、顺着的，脉络分明，走势清楚，梁梁相接，全都向一边斜弯，呈弓的形状；横着的、岔着的，则半圆交叠，弧线套叉，传一唱三叹之情韵。这是沙山之远景啊。沿沙沟而走，慢坡缓上，徐下慢坡，看山顶不高，朦朦并不清晰，万道热气顺阳光下注，浮阳光上腾，忽聚忽散，散则丝丝缕缕，聚则一带一片，晕染梦幻，走近却一切皆无，偶尔见三米五米之处有彩光耀眼，前去细辨，沙竟分五色：红、黄、蓝、白、黑，不觉大惊小怪，脚踹之，手掬之，口袋是装满了，手帕是包饱了，满载欲归，却一时不知了东在哪里，西在何方。茫然失却方向了。这是沙山之近景啊。登至山巅，始知沙山之背如刀如刃，赤足不能稳站，而山下泉水，中间的深绿，四边浅绿，深绿绿得庄重的好，浅绿绿得鲜活的好。四周群山倒影又看得十分明白，疑心山有多高，水有多深，那水面就是分界线，似乎山是有根在水，山有多高，根也便有多长；人在山巅抬脚动手，水中人就豆粒般的倒立，如在瞳仁里，成千上万倍地缩小了。这是沙山之俯景啊。站在泉边，借西山爽气豁人心神，迎北牖凉风荡涤胸次，解怀不卧，仄眼上眺，四面山坡无崖、无穴、无坎、无坑，漠漠上下，光洁细腻如丰腴肌肤。这是沙山之仰景啊。阴风之日，山山外表一尺左右团团一层迷离，不即不离，如生烟生雾，如长毛长绒，悲鸣齐响，半晌不歇，月牙泉内却水波不兴，日变黄色，下澈水底，一动不动，犹如泉之洞眼。盛夏晴朗天气，四山空洞，如在瓮底，太阳伸万条光脚，缓缓走过，沙不流不泻，却丝竹管弦之音奏起，看泉中有鱼跃起，亦是无声，却涟漪扩散，不了解这泉是一泓乐泉，还是这山是一架乐山？这是沙山动中静、静中动之景啊。

天上的月有阴晴圆缺之变化，沙月却有明净和碧清，时令节气有春夏秋冬之交替，沙山却只有漫下、耸起和自鸣。这里封塞而开放，这里荒僻而繁华，有整晌整晌趴在沙里按动照相机的，有女的在前边跑，男的在后边追，从山巅呼叫飞奔，身后烟尘腾起，作男女飞天姿势的，是外国游人之狂欢啊。有一边走，一边回顾，身后的脚印那么深，那么直，惊叹在城里的水泥街道上从未留过自己脚印，而在这里才真正体会到人的存在和价值的，是北京、上海、广州的旅人之得意啊。有鲜衣盛装，列队而上，横坐一排，以脚蹬沙，奋力下滑，听取钟鼓雷鸣之声空谷回响，至夕尽欢才散的，是当地汉人、藏人端阳节之兴会啊。有三伏炎炎之期，这儿一个，那儿一个，将双腿深深埋入灼极热极的细沙之中，头身覆以伞帽，长久静坐，饥则食乌鸡肉，渴则饮蝎蛇酒，至极痛而不取出的，是天南海北腰痛腿疼症人疗治疾苦啊。九月九日秋高气爽，有斯斯文文长脸白面之人，或居沙巅望远观近，或卧泉边舀水烹茶，诗之语之，尽述情怀的，是一群从内地而至的文学作者啊。有一学子，却与众不同，壮怀激烈，议论哲理，说：自古流沙不容清泉，清泉避之流沙，在此渊含止水相斗相生，矛盾得以一统，一统包容运动；接着便吟出古诗一首："四面风沙飞野马，一潭云影幻游龙。"此人姓甚名谁，不可得知，但黑发浓眉，明眸皓齿，风华正茂，是一赳赳少男啊。

通渭人家

通渭是甘肃的一个县，我去的时候正是 5 月，途经关中平原，到处是麦浪滚滚，成批成批的麦客蝗虫一般从东往西撵场子，他们背着铺盖、拿着镰刀，涌聚在车站、镇街的屋檐下和地头，与雇主谈条件、讲价钱、争吵、咒骂，甚或就大打出手。环境的污染，交通的混乱，让人急迫而烦躁，却也感到收获的紧张和兴奋。一进入陇东高原，渐渐就清寂了，尤其过了会宁，车沿着苦丁河在千万个峁塬沟岭间弯来拐去，路上没有麦客，田里也没有麦子，甚至连一点绿的颜色都没有。看来，这个地区又是一个大旱年，颗粒无收了。太阳还是红膛膛地照着，风也像刚从火炉里喷出来，透过车窗玻璃，满世界里摇曳的是丝丝缕缕的白雾，搞不清是太阳下注的光线，还是从地上蒸腾的气焰。一切都变形了，开始是山，是路，是路边卷了叶子的树，再后是蹴在路边崖塄上发痴的人和人正看着不远处铁道上疾驶而过的火车。火车一吼长笛，然后是轰然的哐哐声。司机说：你听你听，火车都在说，甘肃穷、穷、穷、穷……

我就是这样到了通渭。

通渭缺水，这在我来之前就听说的，来到通渭，其严重的缺水程度令我瞠目结舌。我住的宾馆里没有水，服务员关照了，提了一桶水放在房间供我洗脸和冲马桶，而别的住客则跑下楼去上旱厕。小小的县城正改造着一条老街，干燥的浮土像面粉一样，脚踩下去噗噗地就钻一鞋壳。小巷里一群人拥挤着在一个水龙头下接水，似乎是有人插队，引起众怒，铝盆被踢出来咣啷啷在路道上滚。一间私人诊所里，一老头趴在桌沿上接受肌肉注射，擦了一个棉球，又擦一个棉球，大夫训道：五个棉球都擦不净？！老头说：河里没水了嘛。城外河里是没水了，衣服洗不成，擦澡也不能，一只鸭子从已是一片糨糊的滩上往过走，看见了盆子大的一个水潭，潭里还聚着一团蝌蚪，中间的尾巴在极快地摆动，四边的却越摆越慢，最后就不动了，鸭子伸脖子去啄，泥粘得跌倒，白鸭子变成了黄鸭子。城里城外溜达了一圈，我走近街房屋檐下的货摊上买矿泉水喝，摊边卧着的一条狗吐了舌头呼哧呼哧不停地喘，摊主骂道：你呼哧得烦不烦！然后就望着天问我那一疙瘩云能不能落下雨来？天上是有一疙瘩乌云，但飘着飘着，还没有飘过街的上空就散了。

我懦懦地回宾馆去，后悔着不该接受朋友的邀请，在这个时候来到了通渭，但是，我又一次驻脚在那个丁字路口了，因为斜对面的院门里，一个老太太正在为一个姑娘用线绞拔额上的汗毛，我知道这是在"开脸"，出嫁前必须做的工作。在这么热的天气里，她即将要做新娘了吗？姑娘开罢了脸，就站在那里梳头，那是多么长的一头黑发呀，她立在那里无法梳，便站在了凳子上，梳着梳着，一扭头，望见了我正在看她，赶忙过来把院门关了。院门的门环在晃荡着。"往这儿看！"一个声音在说，我脸唰地红起来，扭过脖子，才发现这声音并不是在说我，而一个剃着光头的男人

脖子上架了小儿就在我前面走。光头是一边走一边让小儿认街两
边店铺门上的字，认得一个了，小儿用指头就在光头顶上写，写
了一个又一个。大人问怎么不写了？小儿说：后边有人看着我哩。
我是笑着，一直跟他们走过了西街。

这天晚上，我见到了通渭县的县长，他的后脖是酱红颜色，
有着几道摺纹，脖子伸长了，摺纹就成白的。县长是天黑才从乡
下检查蓄水节溉工程回来，听说我来了就又赶到宾馆。我们一见
如故。自然就聊起今年的旱情，聊起通渭的状况，他几乎一直在
说通渭的好话，比如通渭人的生存史就是抗旱的历史，为了保住
一瓢水，他们可以花万千力气，而一旦有了一瓢水，却又能干出
万千的事来。比如，干旱和交通的不便使通渭成为整个甘肃最贫
困的县，但通渭民风却质朴淳厚，使你能想到陶潜的《桃花源记》。

"是吗？"我有些不以为然地冲着他笑，"孟子可是说过：
衣食足，知礼仪。"

"孟子是不知道通渭的！"

"我也是到过许多农村，如果哪个地方民风淳厚，那个地方
往往是和愚昧落后连在一起的……"

"可通渭恰恰是甘肃文化普及程度最高的县！"县长几乎有
些生气了，他说明日他还要去乡下的，让我跟着他去亲眼看看，
就不会说这样的话了。

我真的跟着县长去乡下了，转了一天，又转了一天。在走过
的沟沟岔岔里，没有一块不是梯田的，且都是外高内低、挖着蓄
水的塘，进入大的小的村庄，场畔有引水渠，巷道里有引水渠，
分别通往人家门口的水窖。可以想象，天上如果下雨，雨水是不
能浪费的，全然会流进地里和窖里。农民的一生，最大的业绩是
在自己的手里盖一院房子，而盖房子很重要的一项工程就是修水

窖，于是便产生了窖工的职业。小的水窖可以盛几十立方水，大的则容量达到数千立方，能管待一村的人与畜的全年饮用。一户人家富裕不富裕，不仅看其家里有着多少大缸装着苞谷和麦子，有多少羊和农具衣物，还要看蓄有多少水。当然，他们的生活是非常简单的，待客最豪华的仪式是杀鸡，有公鸡杀公鸡，没公鸡就杀还在下蛋的母鸡，然后烙油饼。但是，无论什么人到了门口，首先会问道：你喝了没？不管你回答是渴着或是不渴，主人已经在为你熬茶了。通渭不产茶叶，窖水也不甘甜，虽然熬茶的火盆和茶具极其精致，但熬出的茶都是黑红色，糊状的，能吊出线，而且就那么半杯。这种茶立即能止渴和提起神来，既节约了水又维系了人与人之间的亲情。

我出身于乡下，这几十年里也不知走过了多少村庄，但我从未见过像通渭人的农舍收拾得这么整洁，他们的房子有砖墙瓦顶的，更多的还是泥抹的土屋，但农具放的是地方，柴草放的是地方，连楔在墙上的木橛也似乎经过了精心的设计。厨房里大都有三个瓮按程序地沉淀着水，所有的碗碟涮洗干净了，碗口朝下错落地垒起来，灶火口也扫得干干净净。越是缺水，越是喜欢着花草树木，广大的山上即便无能力植被，自家的院子里却一定要种几棵树，栽几朵花，天天省着水去浇，一枝一叶精心得像照看自己的儿女。我经过一个卧在半山窝的小村庄时，一抬头，一堵土院墙内高高地长着一株牡丹，虽不是花开的季节，枝叶隆起却如一个笸篮那么大。山沟人家能栽牡丹，牡丹竟长得这般高大，我惊得大呼小叫，说：这家肯定生养了漂亮女人！敲门进去，果然女主人长得明眸皓齿，正翻来覆去在一些盆里倒换着水，我不明白这是干啥，她笑着说穷折腾哩。指着这个盆里是洗过脸洗过手的水，那个盆里是涮过锅净过碗的水，这么过滤着，把清亮的水喂牲口和洗衣服，洗过衣服了再浇牡丹的。水要这么合理利用，使我感慨不已，对着县长说：瞧呀，鞋都摆得这么整齐！台阶上是有着七八双鞋，差不多都破得有了补丁，却大小分开摆成一溜儿。女主人倒有些不好意思了，说：图个心里干净嘛！

正是心里干净，通渭人处处表现着他们精神的高贵。你可以顿顿吃野菜喝稀汤，但家里不能没有一张饭桌；你可以出门了穿的衣裳破旧，但不能不洗不浆；你可以一个大字不识，但中堂上不能不挂字画。有好几次饭时我经过村庄的巷道，两边门口蹲着吃饭的老老少少全站起来招呼，我当然是要吃那么一个蒸熟的洋芋的，蘸着盐巴和他们说几句天气和收成，总能听到说谁家的门风好，出了孝子。我先是不解这话的意思，后来才弄清他们把能考上大学的孩子称作孝子，是说一个孩子若能考上大学，就为父母省去好多熬煎，若是这孩子考不上学，父母就遭罪了。重视教育这在中国许多贫困地区是共同的特点，往往最贫穷的地方升学率最高，这可以看作是人们把极力摆脱贫困的希望放在了升学上。通渭也是这样，它的高考升学率一直在甘肃是名列前茅，但通渭除了重视教育外，已经扩而大之到尊重文字，以至于对书法的收藏发展到了一种难以想象的疯狂地步。在过去，各地都有焚纸炉，除了官府衙门焚化作废的公文档案外，民间有专门捡拾废纸的人，捡了废纸就集中焚烧，许多村镇还贴有"敬惜字纸"的警示标语，以为不珍惜字与纸的，便会沦为文盲，即使已经是文人学子也将退化学识。现在全县九万户人家，不敢说百分之百家里收藏书法作品，却可以肯定百分之九十五的人家墙上挂有中堂和条幅。我到过一些家境富裕的农民家，芷房里、厦屋里每面墙上悬挂了装裱得极好的书法作品；也去过那些日子苦焦的人家，什么家当都没有，墙上仍挂着字。仔细看了，有些是明清时一些国内大家的作品，相当有价值，而更多的则是通渭县现当代书家所写。县长说，通渭人爱字成风，写字也成风，仅现在成为全国书法家协会会员的人数，通渭是全省第一，而成为省书协会员的人数，在省内各县中通渭又是第一。书法有市场，书法家就多，书法家多，装饰店就多，小小县城里就有十多家，而且生意都好。我在一个只有十几户人家的小山村里，见到了其中三家挂有于右任和左宗棠的字，而一家的主人并不认字，墙上的对联竟是："玉楼宴罢醉和春；干杯饮后娇伺夜。"在另一家，一幅巨大的中堂，几乎占了半面墙壁，而且纸张发黄变脆，烟熏火燎的字已经模糊不清。我问这是谁的作品，主人说不知道，他爷爷在世时就挂在老宅里，他父亲手里重新裱糊过一次，待他重盖了新屋，又拿来挂的。我仔细地辨了落款是"靖仁"，去讨教村中老者，问靖仁是谁，老者说：靖仁呀，是前沟栓子他爷爷，老汉活着的时候是小学的教书先生！把一个小学教师的字几代人挂在墙上，这令我吃惊。县长说，通渭有许多大的收藏家，那确实是不得了的宝贝，而一般人家贴挂字是不讲究什么名家不名家的，但一定得要求写字人的德性和长相，德性不高的人家写得再好，那不能挂在正堂，长相丑恶者也只能挂在偏屋，因为正堂的字前常年要摆香火的。

从乡下回到县城，许多人已经知道我来通渭了，便缠着要我为他们写字，可我怎么也想不到，来的有县上领导，也有摆杂货摊的小贩，连宾馆看守院门的老头也三番五次地来。我越写来的人越多，邀我来的朋友见我不得安宁，就宣布谁再让写字就得掏钱，便真的有人拿了钱来买，也有人揣一个瓷碗，提一个陶罐，说是文物来换字，还有掏不出钱的，给我说好话，说着甚至要下跪，不给一个两个字就抱住门框不走。我已经写烦了，再不敢待在宾馆，去朋友家玩到半夜回来，房间门口还是站着五六个人，我说我不写字了，他们说他们坚决不向我索字，只是想看看我怎么写字。

在西安城里，书画的市场是很大的，书画却往往作为了贿品，去办升迁、调动、打官司或者贷款，我的情况就是如此，我也曾戏谑自己的字画推波助澜了腐败现象。但是在通渭，字画更多的是普通老百姓自己收藏，他们的喜爱成了风俗，甚至是一种教化和信仰。

在一个村里，县长领我去见一位老者，说老者虽不是村长，但威望很高。6月的天是晒丝绸的，村人没有丝绸，晒的却是字画，这位老者院子里晒的字画最多，惹得好多大人都去看，他家老少出来脸面犹如盆子大。我对老者说，你在村里能主持公道，是不是因为藏字画最多？他说：连字画都没有，谁还听你说话呀？县长就来劲了，叫嚷着他也为村人写几幅字，立即笔墨纸砚就摆开了，县长的字写得还真好，他写的是："一等人忠臣孝子，两件事读书耕田。"写毕了，问道：怎么样？我说：好！他说：是字好还是内容好？我说字好内容好通渭好，在别的地方，维系社会或许靠法律和金钱，而通渭崇尚的是耕读道德。县长就让我也写写，讲明是不能收钱的，我提笔写了几张，写得高兴了，竟写了我曾在华山上见到的吉祥联："太华顶上玉井莲；花开十丈藕如船。"这天下午，一场雨就哗哗地降临了。村人欢乐得如过年节，我却躺在一面土炕上睡着了，醒来，县长还在旁边鼾声如雷。

几天后，我离开了通渭，临走时县长拉着我，一边搓着我胳膊上晒得脱下的皮屑，一边说：你来的不是好季节，又拉着你到处跑，让你受热受渴了。我告诉他：我来通渭正是时候！我要来通渭，带上我那些文朋书友。他们厌恶着城市的颓废和堕落，却又下得不置身于城市里那些充满铜臭与权柄操作的艺术事业中而浮躁痛苦着，我要让他们都来一回通渭！

夏河的早晨

　　这是 1995 年 7 月 24 日早上七点或者八点，从未有过的巨大的安静，使我醒来感到了一种恐慌，我想制造些声音，但她还在睡着，不该惊扰，悄然地去淋室洗脸，水凉得淋不到脸上去，裹了毛毡便立在了窗口的玻璃这边。想，夏河这么个县城，真活该有拉卜楞寺，是佛教密宗圣地之一，空旷的峡谷里人的孤单的灵魂必须有一个可以交谈的神啊！

　　昨晚竟然下了小雨，什么时候下的，什么时候又住的，一概不知道。玻璃上还未生出白雾，看得见那水泥街石上斑斑驳驳的白色和黑色，如日光下飘过的云影。街店板门都还未开，但已经有稀稀落落的人走过，那是一只脚，大概是右脚，我注意着的时候，鞋尖已走出玻璃，鞋后跟磨损得一边高一边低。

　　知道是个丁字路口，但现在只是个三角处，路灯杆下蹲着一个妇女。她的衣裤鞋袜一个颜色的黑，却是白帽，身边放着一个矮凳，矮凳上的筐里没有覆盖，是白的蒸馍。已经蹲得很久了，没有买主，她也不吆喝，甚至动也不动。

　　一辆三轮车从左往右骑，往左可以下坡到河边，这三轮车就蹬得十分费劲。骑车人是拉卜楞寺的喇嘛，或者是拉卜楞寺里的佛学院的学生，光了头，穿着红袍。昨日中午在集市上见到许多这样装束的年轻人，但都是双手藏在肩上披裹着的红衣里。这一个双手持了车把，精赤赤的半个胳膊露出来，胳膊上没毛，也不粗壮。他的胸前始终有一团热气，白乳色的，像一个不即不离的球。

终于对面的杂货铺开门了，铺主蓬头垢面地往台阶上搬瓷罐，搬扫帚，搬一筐红枣，搬卫生纸，搬草绳，草绳捆上有一个用各色玉石装饰了脸面的盘角羊头，挂在了墙上，又进屋去搬……一个长身女人，是铺主的老婆吧，头上插着一柄红塑料梳子，领袖未扣，一边用牙刷在口里搓洗，一边扭了头看搬出的价格牌，想说什么，没有说，过去用脚揩掉了"红糖每斤四元"的"四"字。铺主发了一会呆，结果还是进屋取了粉笔，补写下"五"，写得太细，又改写了一遍。

从上往下走来的是三个洋人。洋人短袖短裤，肉色赤红，有醉酒的颜色，蓝眼睛四处张望。一张软不奔奔白塑料袋儿在路沟沿上潮着，那个女洋人弯下腰看袋儿上的什么字，样子很像一匹马。三个洋人站在了杂货铺前往里看，铺主在微笑着，拿一个依然镶着玉石的人头骨做成的碗比画，洋人摆着手。

一个妇女匆匆从卖蒸馍人后边的胡同闪出来，转过三角，走到了洋人身后。妇女是藏民，穿一件厚墩墩袍，戴银灰呢绒帽，身子很粗，前袍一角撩起，露出红的里子，袍的下摆压有绿布边儿，半个肩头露出来，里边是白衬衣，袍子似乎随时要溜下去。紧跟着是她的孩子，孩子老撵不上，踩了母亲穿着的运动鞋带儿，母子节奏就不协调了。孩子看了母亲一下，继续走，又踩了带儿，步伐又乱了，母亲咕哝着什么，弯腰系带儿，这时身子就出了玻璃，后腰处系着红腰带结就拖拉在地上。

没有更高的楼，屋顶有烟囱，不冒烟，烟囱过去就目光一直到城外的山上。山上长着一棵树，冠呈圆状，看不出叶子。有三块田，一块是麦田，一块是菜花园，一块土才翻了，呈铁红色。在铁红色的田边支着两个帐篷：一个帐篷大而白，印有黑色花饰；一个帐篷小，白里透灰。到夏河来的峡谷里和拉卜楞寺过去的草地上，昨天见到这样的帐篷很多，都是成双成对的鸳鸯状，后来进去过一家，大的帐篷是住处，小的帐篷是厨房。这么高的山梁上，撑了帐篷，是游牧民的住家吗？还是供旅游者享用的？可那里太冷，谁去睡的？

"你在看什么？"

"我在看这里的人间。"

"看人间？你是上帝啊？！"

我回答着，自然而然地张了嘴说话，说完了，却终于听到了这个夏河的早晨的声音。我回过头来，她已经醒，是她支着身与我制造了声音。我离开了窗口的玻璃，对她说：这里没有上帝，这里是甘南藏区，信奉的是佛教。

1995 年 10 月 31 日夜记

地下动物园

　　陇南有一去处：山有灵气，水有精光，百十亩地面，沟沟岔岔长满了竹；天晴，绿得深沉；遇风，则满世界泠泠音韵。自然就大兴土木，筑楼建亭，幽然然地办起了一个疗养所。于是，各界俊才名人，每年就度夏避暑而来，很是热热闹闹的了。

　　在竹林深处，却有了一条不大不小的浅沟，没有竹子，也没有一棵端端的树；杂乱无章的是些野荆，枸子居多，棠梨次之，更有那些酸枣、鸡骨头木。这些野荆，都长得极慢，叶子稀稀落落的没有颜色，一人来高便显出枯老，疙疙瘩瘩的难看。美丽的竹林地竟有这条沟，实在是太煞风景了。

　　疗养所的人就动手改造了。先放火烧了那沟，然后用镢开挖，想方设法植些竹子，或者种些花草。但是这野荆根系却意想不到地发达，在地上错综复杂纠缠在一起，整整好多天过去了，还没有清理出多少地方来，只好作罢；封了沟口，从此绝了外人参观。

　　挖出的那些树根就堆放在沟口，一时却无法处理：因为山地烧柴到处都是，没人肯费体力用斧子去劈它；也曾用火再烧，但又都燃不起来。只有盼望发一次洪水，将这些树根冲去吧。

但是，几年之间，并没有发生洪水，那些树根依然堆在那里，奇怪的竟没有腐朽。那沟自烧后，一片黑秃，鸟儿再不飞来，兔儿再不窜来，虽后来又有了叶生，又有了果结，但叶生叶枯，果结果落，被人遗弃，越发荒寂不堪了。

这年夏月，疗养所来了一位画家，很老很老的年纪。一天到山岔里去写生，已经是黄昏了，转到那条沟，突然就吓倒了：远远的地方，爬着、卧着、立着、仄着一堆飞禽走兽！但那些动物并未走散，甚至动也不动，他定睛看时，不禁哑然失笑了，原来这竟是那堆树根。但他立即惊喜若狂，背了好多树根回到宿舍，用锯子截截，用凿子刻刻，那些树根顿时真的就成了一只咆哮的虎、一头酣睡的牛，或者是一只栖枝的鸟，或者是一只望月羊。

这事轰动了陇南地面，说这位老画家具有化腐朽为神奇之巧功。老画家从此也没有走，随后又来了相当多的人，开始开挖这条浅沟了。挖得十分仔细，大凡树根，一律视为珍宝，果然几经雕琢便成动物。于是，很快这里修了厅房，办起了工艺美术厂，那些飞禽走兽摆满了大厅，列为珍品，供人保护了起来。一时消息传开，声名大震，大批大批的人来参观，疗养所从此没了荣誉，远远近近却都知晓这个"地下动物园"了。这地下动物园办了一个很可观的展览，那展室前言里，详细记载了这个地方的发现与开发，末了写道：

　　杂木野荆，它们不像绿竹那样争荣地面；它们正是
　无争于地上色彩，却用功于地下形体。它们久久地被人
　遗弃了，但是荒寂而不自弃，冷落而不无用，它们是一

群凝固的生命，它们是天然的艺术。可怜它们却被深深
地埋在了地下，只是一天天、一年年在期待着人去开发、
去挖掘呢。

作于 1982 年 10 月 18 日兰州

定西笔记

哎哗啦啦，祥——云起呃，呼雷儿——电——闪。

一——霎时呃，我——过——了呃——万水——千山。

这是我在唱秦腔。陕西人把"起"念作"且"，把"响雷"叫"呼雷"儿，把"万水"又发音成"万费"，同车的小吴也跟着我唱。秦腔是陕西人的戏，却广泛流行于甘肃、宁夏、青海、新疆，小吴是甘肃定西的，他竟然唱得比我还蛮实。

亏了有这个小吴当向导，我们已经在定西地区的县镇上行走十多天了。看见过山中一座小寺门口有个牌子，写着："天亮开门，天黑关门。"我们这次行走也是这般老实和自在，白天了，就驾车出发，哪儿有路，便跟着路走，风去哪儿，便去哪儿；晚上了就回城镇歇下，一切都没有目的，一切都随心所欲。当我们在车上尽情热闹的时候，车子也极度兴奋，它在西安城里跟随了我六年，一直哑巴着，我担心着它已经不会说话了，谁知这一路喇叭不断，像是疯了似的喊叫。

在我的认识里，中国是有三块地方很值得行走的，一是山西的运城和临汾一带，二是陕西的韩城、合阳、朝邑一带，再就是甘肃陇右了。这三块地方历史悠久，文化纯厚，都是国家的大德之域，其德刚健而文明，却同样的命运是它们都长期以来被国人忽略甚至遗忘。现代的经济发展遮蔽了它们曾经的光荣，人们无限向往着东南沿海地区的繁华，追逐那些新兴的旅游胜地的奇异，很少有人再肯光顾这三块地方，去了解别一样的地理环境和别一样的人的生存状态。

我是从农村走出来的，生命里或许有着贫贱的基因吧，我喜欢着这几块地方，陕西韩城、合阳、朝邑一带曾无数次去过，运城、临汾走过了三次，陇右也是去过的，遗憾的只是在天水附近，而天水再往北，仅仅为别的事专程到过一县。已经是很久很久了，我再没有离开西安，每天都似乎忙忙碌碌，忙碌完了却觉得毫无意义。杂事如同手机，烦死了它，又离不开它，被它控制，日子就这么在无聊和不满无聊的苦闷中一天天过去。2010 年 10 月的一天，我去一个朋友家做客，那是个大家庭，四世同堂，他们都在说着笑着观看电视里的娱乐节目，我瞅见朋友的奶奶却一个人坐在玻璃窗下晒太阳。老奶奶鹤首鸡皮，嘴里并没有吃东西，但一直嗫嚅地动着。她可能看不懂了电视里的内容，孩子们也没有话要和她说。她看着窗台上的猫打盹了，她也开始打盹，一个上午就都在打盹。老太太在打盹里等待着开饭吗？或许在打盹里等待着死亡慢慢到来？那一刻中，我突然便萌生了这次行走的计划。

我对朋友说：咱驾车去陇右吧！

朋友说：你不是去过吗？

我说：咱从天水往北走，到定西去！

朋友说：定西？那是苦焦的地方，你说去定西？！

我说：去不去？

朋友说：那就陪你吧。

说走就走，当天晚上我们便收拾行囊。一切都收拾停当了，我为"行走"二字笑了。过去有"上书房行走"之说，那不是个官衔，是一种资格和权力，可也仅仅能到皇帝的书房走动罢了，而我真好，竟可以愿意到哪儿就到哪儿了。

但是，我并不知道这次到定西地区大面积地行走要干什么。以前去了天水和定西的某个县，任务很明确，也曾经豪情满怀，给人夸耀：一座秦岭，西起定西岷县，东到陕西商州，我是沿山走的，走过了横分中国南北的最大的龙脊；一条渭河，源头在定西渭源，入黄河处是陕西潼关，我是溯河走的，走的是最能代表中国文明的血脉啊！可这次，却和以前不一样了，它是偶然就决定的，决定得连我也有些惊讶：秦先人是从这里东进到陕建立了大秦帝国，我是要来寻根，领略先人的那一份荣耀吗？好像不是。是收集素材，为下一部长篇做准备吗？好像也不是。我在一本古书上读过这样的一句话，"纯粹而不杂，静一而不变，淡然无为，动而以天行，谓之养神"，那么，我是该养养神了，以行走来养神，换句话说，或者是来换换脑子，或者是来接接地气啊。

后半夜里进的定西城，定西城里差不多熄了灯火，空空的街道上有人喝醉了酒，拿脚在踢路灯杆。他是一个路灯杆接着一个路灯杆地踢，最后可能是踢疼了脚，坐在地上，任凭我们的车怎样按喇叭他也不起。打问哪儿有旅馆？他哇里哇啦，舌头在嘴里乱搅着，拿手指天。天上是一弯细月，细得像古时妇女头上的银簪。

天明出城，原来城是从山窝子里长出来的么，当然也同任何地方的城一样，是水泥城，但定西城的颜色和周围的环境反差并不大，只显得有些突然。

哎呀，到处都是山呀，已经开车走了几个小时了还在山上。这里的山怎么这般的模样呢，像是全俯着身子趴下去，没有了山头。每一道梁，大梁和小梁，都是黄褐色，又都是由上而下开裂着沟渠壑缝，开裂得又那么有秩序，高塬地皮原来有着一张褶皱的脸啊，这脸还一直在笑着。

看不到树，也没有石头，坡坎上时不时开着一种花，是野棉花，白得这儿一簇，那儿几点，感觉是从天上稀里哗啦掉下来了云疙瘩。

其实天上的云很少。

再走，再走，梁下多起来了带状的塬地，塬地却往往残缺，偶尔在那残缺处终于看到一片子树了，猥琐的槐树或榆树的，那就是村庄。村庄里有狗咬，一条狗咬了，全村庄所有的狗都在咬，轰轰隆隆，如雷滚过。村庄后是一台台梯田，一直铺延到梁畔来。田里已经秋收，掰掉了苞谷穗子，只剩下一片苞谷秆子。早晨的霜太厚，秆子上的叶都蔫着，风吹着也不发出响来。

后来，太阳出来了，定西的太阳和别的地方的太阳不一样，特别有光，光得远处的山、沟、岇和村庄，短时间里都处在了一片恍惚之中。下车拍一张照片吧，立在太阳没照到的地方，冷得那空气里满是刀子，要割下鼻子和耳朵，但只要一站在太阳底下，立即又暖和了。对面圪梁梁上好像站着了一个人，光在身后晕出一片红，身子似乎都要透明了。喊一声过去，声在沟的上空就散了节奏，没了节奏话便成了风。他也喊一声过来，过来的也是风。相互摇摇手，小吴说他要唱呀，小吴学会了我教的那几句秦腔，他却唱开了花儿：

　　　　叫——你把我——想倒了哈，骨头哈——想成——

干草了哈，走呢——走——呢，越远了。不来哈——是
由不得——我了哈。

车不能停，猛地一停，车后边追我们的尘土就扑到车前，立
即生出一堆蘑菇云。蘑菇云好容易散了，路边突然有着三间瓦房。
前不着村后不靠店的，怎么就有了三间瓦房？一垒六个旧轮胎放
在那里，提示着这是为过往车辆补胎充气的。但没有人，屋门敞开，
敞开的屋门是一洼黑的洞。一只白狗见了我们不理睬，往门洞里
走，走进去也成了黑狗，黑得不见了。瓦房顶上好像扔着些绳子，
那不是绳咯，是干枯了的葫芦蔓，檐角上还吊着一个葫芦。瓦房
的左边有着一堆土，土堆上插了个木牌，上面写着一个字：男。
路对面的土崖下，土块子垒起一截墙，二尺高的，上面放着一页瓦，
瓦上也写了一个字：女。想了想，这是给补胎充气人提供的厕所么。

从山梁上往沟道去，左一拐，右一拐，路就考司机了，车倒
没事，人却摇得要散架，好的是路边有了柳。从没见过这么粗的
柳呀，路东边三棵，路西边四棵，都是瓮壮的桩，桩上聚一簇细
腰条子。小吴说，这是左公柳，当年左宗棠征西，沿途就栽这样
的柳，可惜见过这七棵，再也没眼福了。但路边却有了一个村子，
村口站着一个老者。

老者的相貌高古，让我们疑惑，是不是古人？在定西常能见
到这种高古的人，但他们多不愿和生人说话，只是一笑，而且无声，
立即就走掉了。这老者也是，明明看见我们要来村子，他就进了
巷道，再也没有踪影了。

巷道很窄，还坑坑洼洼不平整，巷道怎么能是这样呢？不要
说架子车拉不过去，黑来走路也得把人绊倒。两边的房子也都是

土坯墙，是缺少木料的缘故吧，盖得又低又小。想进一些人家里去，看看是不是一进屋门就是大炕，可差不多的院门都挂了锁，即便没锁的，又全关着，怎么拍门环也不见开。

忽地一群麻雀落下来，在巷道里碎声乱吵，忽地再飞起了，像一大片的麻布在空中飘。

当拐进另一条巷道，终于发现了一户院门掩着，门口左右摆着两块石头，这石头算作是守门狮吗？推门进去，院子里却好大呀，坐着一个老婆子给一个小女娃梳头，捏住了一个什么东西，正骂着让小女娃看，见我们突然进来，忙说：啊哒的？我说：定西城里的。她说：噢，怪冷的，晒哈。忙把手里的东西扔了，起来进屋给我们搬凳子。我的朋友问小女娃：你婆在你头上捏了个啥？我还以为是虱哩！司机作怪，偏在地上瞅，瞅着了，说：咦，我还以为不是虱哩！小女娃一直噘着嘴，蛮俊的，颧骨上有两团红。

我们并没有坐在那里晒太阳，院里屋里都转着看了，没话找话地和老婆子说。老婆子的脸非常小，慢慢话就多起来，说她家的房子三十年了，打前年就想修，但椽瓦钱不够，儿子儿媳便到西安打工去了，家里剩下她和死老汉带着孙女。说孙女啥都好，让她疼爱得就像从地里刨出了颗胖土豆，只是病多，三天两头不是咳嗽就是肚子疼，所以死老汉一早去西沟岔行门户，没带这碎仔仔，碎仔仔和她致气哈。她说着的时候，小女娃还是噘着嘴，她就在怀里掏，掏了半天掏出一颗糖，往小女娃嘴里一塞，说：笑一哈。小女娃没有笑，我们倒笑了，问这村里怎么没人呀？她说：是人少了，年轻的都到城里讨生活了，还有老人娃娃们呀！我说：院门都锁着或关着，叫着也没人开。她说：没事么？我说：没事，去看看。她说：那有啥看的？我说：照照相么。老婆子立马让我给她和孙女照，然后领着我们在村里敲那些关着院门的人家，嚷嚷：开门，开门哈菊娃！院门拉开了一个缝，里边的说：阿婆，啥事？老婆子说：你囚呀，城里人给你照相呀不开门？门却哐地又关严了，里边说：呀呀，让我先洗洗脸哈！

我们先后进了七户人家，家家的院子都大，院墙上全架着苞谷棒子，太阳一照，黄灿灿的。我们说一句：日子好么。主人家的男人在的，男人都会说：好么，好么。他们言语短，手脚无措，总是过去再摸摸苞谷棒子，还抠下一颗在嘴里嚼，然后憨厚地笑。院子里有猪圈，白猪黑猪的，不是哼哼着讨吃，就是吃饱了躺着不动。有鸡，鸡不是散养的，都在鸡舍，鸡舍却是铁丝编的笼，前边只开一个口儿装了食槽，十几个鸡头就伸出来，它们永远在吃，一俯一仰，俯俯仰仰，像是弹着钢琴上的键，又像是不停点地叩拜。狗和猫是自由的，因为它们能在固定的地方拉屎尿尿，但狗并不忠于职守，我们去后，刚叫一下，主人说：嗨！就不吭声了，蹲在那里专注起猫，猫在厨房顶上来回地走，悠闲而威严。就在男人领着我们到堂屋和厨房去转着看的时候，女人总是在那里不停地收拾，其实院子已经很干净了，而屋里的柜盖呀、桌面呀、窗台呀，擦得起了光亮。尤其是厨房，剩下的一棵葱，切成段儿放在盘子里，油瓶在木橱子上挂着，洗了的碗一个一个反扣着在桌板上，还苫了白布。到了柴棚门口，女人说：候一会儿，乱得很！我们说：柴棚里就是乱的地方么！进去后，竟然墙上挂的、地上放的，是各种各样的农具，锄呀、锨呀、镰呀，镢是板镢和牙子镢，犁是犁杖，套绳和铧，还有耧子、耙子、连枷、筛子、笼头、暗眼、草帘子、磨杠子、木墩子，切草料的礤子，打胡基（土坯）的杵子，用布条缠了沿的背篓、笸篮、簸箕、圆笼。女人用筐子装了些料要往柴棚后的那个草庵去，草庵里竟然有毛驴，毛驴总想和我们说话，可说了半天，也就是昂哇昂哇一句话。

我们和老婆子走出了第七户院子，老婆子家的狗就在院门口候着，老婆子喜欢地说：接我啦？抱起了狗，狗的尾巴就摇摆得像风中的旗。

出了村子，我的情绪依然很高，对朋友说：这才是农村的味啊！

朋友觉得莫名其妙，说：咹？

我说：什么东西就应该是什么味呀，就像羊肉没了膻味那还算羊肉吗？

朋友说：你这人就怪了，刚进村嫌巷道太窄，嫌房盖得太矮，转了一圈又说这好那好，农村就该是这个味，这不自相矛盾吗？

朋友的话一下子把我噎住了。

我是上个世纪70年代从农村到西安的，几十年里，每当看到那些粗笨的农具，那些怪脾气的牲口，那些呛人的炕灶烟味，甚至见到巷道里的瓦砾、柴草和散落的牛粪狗屎，就产生出一种兴奋来，也以此来认同我的故乡，希望着农村永远就是这样子。但是，我去过江浙的农村，那里已经没一点农村的影子了，即使在陕西，经过十村九庄再也看不到一头牛了，而在这里，农具还这么多，牲畜还这么多，农事保持得如此的完整和有秩序！但我也明白我所认同的这种状态代表了落后和贫穷，只能改变它，甚至消亡它，才是中国农村走向富强的出路啊。

我半天再没有说话，天上那一大片麻布又出现了，突然间成百只山麻雀就落在村口到车的那段路面上，它们仍是碎声乱吵，吵得人头痛。

还是黄土梁，还是黄土梁上的路，但今天的路比昨天的窄，窄得一有会车一方就得先停下来。好的是已经半天了，只有我们这辆车，嚷嚷：这是咱们的专道么！可刚转过一道弯，前边就走着了一个牛车。

不会吧，怎么会有牛车？就是牛车。

车是四个轮子上一面大的木板，没帮没栏，前边横着一根长杠，两头牛，牛都老了，头大身子短。牛车上坐着一个人，光着头，耳朵却戴了个毛烘烘的耳套，猜想是招风耳。

吆车人当然知道一辆小汽车在后边，便把牛车往路边赶。牛似乎不配合，扯一回缰绳挪一步，再扯一回缰绳再挪一步。旁边村庄有拾粪的过来了，吆车人骂了一句：妈的 × ！一个轮子终于碾到路边的水渠沟，牛车便四十度地斜了。

我不让司机按喇叭，也不让超，小心牛车翻了。小吴说：没事，二牛抬杠翻不了。

车超过去了，听到牛响响地打了个喷嚏，还听到拾粪的说：汽车能屙粪就好了。

公路经过一个镇子，镇子上正逢集，公路也就是了街道，两旁摆满了五颜六色的日常百货，还有苞谷土豆、瓜果蔬菜，还有牲畜和农具，也还有了油条摊子、醪糟锅子。人就在中间拥成了疙瘩。这场面在任何农村都见过，却这时我想着了：常常有蚂蚁莫名其妙地聚了堆，那一定是蚂蚁集。集上的人大多都是平脸黑棉袄，也有耸鼻深目高颧骨的，戴着白帽。黑与白的颜色里偶尔又有了红，是那些年轻女子的羽绒服，她们爱并排横着走，不停地有东西吃，嘎嘎嘎笑。

我们的车在人窝里挪不动，喇叭响着，有人让路，有人就是不让。小吴头从车窗伸出去喊：耳朵聋啦？县长的车！我看见有人撅着屁股在那里挑选笊篱，回过头看了看，又在挑选笊篱，还把一把鼻涕顺手抹在了车上，忙按住了小吴，把车窗摇起，说那么多人走着，咱坐在车上，已经特殊了，不敢提自己是领导或警察，这人稠广众中领导和警察是另一类的弱势群体。于是，我们都下了车也去逛集，让司机慢慢把车开到镇东头，然后在那里会合。

我们去问人家的苞谷价小麦价，价钱比陕西的要高，陕西的蒜和生姜涨价了，这里的倒便宜。感兴趣的是那些荞面，竟然都是苦荞面，一袋一袋摆了那么多，问为什么叫苦荞面，是因为荞麦产量少，收获起来辛苦，就如要在农民二字前边加个苦字的意思吗？他们七嘴八舌地就讲苦荞面不同于荞面，苦荞面味苦，保健作用却强，吃了能防癌，能降血糖，能软化血管，但血脂高的人不能久吃，吃多了血就成清水了。他们说着就动手称了一袋，而且开始算账。我们忙说：不要称不要称，只是问问。他们就生气了：不买你让我们说这么多？脸色难看，似乎还骂了一句。骂的是土话，幸亏我们听不懂，就权当他们没骂，赶紧走开，去给那个吃羊杂汤的人照相了。吃羊杂汤的是个老汉，就蹴在卖羊杂汤的锅旁边，他吃得响声很大，帽子都摘了，头上冒热气，对于我们拍照不在意，还摆了个姿势。可把镜头对准了另一个人，那人说：不要拍！我们就不拍了。那人是提了个饭盒买羊杂汤的。饭盒提走了，摊主说：那是镇政府的。

去卖牲口的那儿给牲口拍照吧，牲口有牛有驴有羊和猪，牲口的表情各种各样，有高兴的，有不高兴的，高兴的可能是早已不满意了主人，巴不得另择新家，不高兴的是知道主人要卖掉它呀，尤其是那些猪，额颅上皱出一盘绳的纹，气得在那里又屙又尿。买卖牲口，当然和陕西关中的风俗一样，买者和卖者撩起衣襟，两只手在下面捏码子。这些没啥稀罕的，就去了萝卜和白菜的摊位上。那个卖胡萝卜的，手指头也冻得像胡萝卜，见了我们，小眼睛一眨一眨，殷勤起来，说：买了土鸡蛋了吗？我们说：没买。他说：不要买，要买到村里去买，前边那几笼鸡蛋说是土鸡蛋，其实不是土鸡蛋。想要买土鸡吗？买土布吗？我们说：你咋老说土东西？他说：你们这穿着一看就是城里人么，城里人怪呀，找老婆要洋气的，穿衣服要洋气的，啥都要洋气哩，吃东西却要土的！我们哈哈大笑，旁边卖豆腐的小伙子一直看我们，后来就蹭了过来，小声说：收彩陶吗？我有马家窑的，绝对保真！我说：好好卖你的豆腐！就去了一个卖鞋垫的地摊上挑拣鞋垫。鞋垫都是手工纳的，上边纳着有人的头像和各类花的图案，小吴建议我买那有人头像的，说：这是小人，把小人踩在脚下，就没人害扰你！我选了双有牡丹花的，因为花中还纳有字，一个写着"爱你终生"，一个写着"伴你一世"。

集市靠北的一个巷口，人围了一堆在唱歌，以为是县剧团的下乡演出，或是谁家过红白事请了龟兹班，近去看了，原来是唱花儿，一个能唱花儿的歌手被人怂恿着：亮一段吧，亮一段吧。歌手也是唱花儿有瘾，也是歌手生来是人来疯，人多一起哄，就唱起来了。一个人一唱，人窝里又有人喉咙痒，三个五个就跳出来一伙唱了。这集上的人说话我听得懂，一唱花儿就不知道唱的什么词了。让小吴翻译，小吴说：唱的是《太平年》，一个鸟儿一个头，两只眼睛明炯炯，两只麻黄爪儿，就墙头站哦太平年，一撮撮尾巴，落后头哦就年太平。

两个小时后，我们和司机在镇东头的柳树下会合。柳树后的土塄坎上，一头牛在那里啃吃着野酸枣刺。我的朋友奇怪牛吃那刺不嫌扎呀？我说你城里人不懂，我故乡有顺口溜，就是：人吃辣子图辣哩，牛吃刺子图扎哩。这时候，手机来了信息，竟是：

对联，爱你终生，伴你一世。我说：啊，这和我买的鞋垫上的话一样么！司机却在远处说：往下看！我再把这信息往下翻，竟是：横批，发错人了。

据说鸠摩罗什去中原时在天水和定西住过一段时间，所以这里的寺庙就多。去漳县的路上，看到一座孤零零的又高又陡的土崖，土崖上有一个古庙。

感到不解的是：黄土高原上水土容易流失，这土崖怎么几百年不曾坍塌？那么险峻的，路细得像甩上去的绳，咋能就在上边造了庙？

朋友说他去过陕北佳县的白云观，也是造在山顶上，当地人讲，建造的时候砖瓦人运不上去，让羊运，把各村的羊都吆来，一只羊身上捆两块砖或四叶瓦，羊就轻而易举地把砖瓦驮上山了。这土崖上的古庙也是羊驮上去的砖瓦吗？不晓得，可这土崖立楞楞的，是羊也站不住啊！

土崖不远处有个几十户的小村，村里却有一个戏楼。戏楼上有四个大字，从左到右念是：响过行云。从右到左念是：云行过响。从左从右念过三遍，到底没弄明白怎么念着正确。后来反应过来，是"响遏行云"吧，把"遏"写成了"过"。

进村去吃午饭，村民很好客，竟有三四个人都让到他们家去，后来一个人就对一个老汉说：我家是兰州的，他家是北京的，你家是西安的，西安来的客人就到你家吧。我们觉得奇怪，怎么是兰州的北京的西安的？到了老汉家，老汉才说了缘故，原来这村里大学生多，有在兰州上大学的，有在北京上大学的，他家的儿子在西安上过大学。我们就感叹这么偏僻的小村里竟然还出了这么多大学生。老汉说：娃娃都刻苦，庙里神也灵。我问：是前边土崖上庙里的神吗？他说：每年高考，去庙里的人多得很，神知道我们这儿苦焦，给娃娃剥农民皮哩。我夸他比喻得好，老汉便哧哧地笑，他少了一颗门牙，笑着就漏气。可是，当我问起他儿子毕业后分配在西安的什么单位，他的脸苦愁了，说在西安上学的先后有五个娃，有一个考上了公务员，四个还没单位，在晃荡哩，他儿子就是其中一个。县上已经答应这些娃娃一回来就安排工作，但娃娃就是不回来。供养了二十年，只说要享娃娃的福了，至今没用过娃娃一分钱，也不指望花娃娃的钱，可年龄一天天大了，这么晃荡着咋能娶上媳妇呢？老汉的话使我们都哑巴了，不知道该给他说什么好，就尴尬地立在那里。还是老汉说了话：不说了，不说了，或许咱们说话这阵，我娃寻下工作了，吃饭，吃饭！

离开老汉家的时候，巷道里有五个孩子背着书包跑了过去，这是去上学的，学校离这个村可能还远。小吴说：这五个学生里说不定也出几个大学生哩！而我却想到另一件事：越是贫困的农村，越是拼死拼活地供养着孩子们上大学，终于有了大学生，它耗尽了一个家，也耗尽了一个地方，而大学生百分之九十再不回到当地，一年一年，一批一批，农村的人才、财物就这样被掏空着，再掏空着……

又经过了戏楼，戏楼下的一排碌碡上坐着几个人在晒太阳，一杆旱烟锅，你吃完一锅子了，装了烟来轮到我吃，我吃完一锅子了，装了烟来再轮给他吃，烟锅嘴子水淋淋的。听见他们在说马，说马是世上最倒霉最没出息的动物，它和驴交配，生下孩子却不像它，也不叫它的姓氏。

朋友悄声问我：那马和驴的孩子是啥？

我说：是骡子！

第五天的那个中午，本来可以在一个有桥的镇子上吃饭，司机说到下一个村子吃饭吧，但再没遇到村子，大家就饥肠辘辘，看太阳像一摊蛋饼贴在天上，蛋饼掉下来多好，而蛋饼似乎一直在对面那条梁的上空，即便能掉下来，也掉不到我们这边来。车继续往前开，转过一个斜弯子，一个人便在那一片掰了苞谷棒的秆子里，突然发现那个人是俩脑袋。车是一闪而过的，朋友和小吴坐在后座并没在意，我在副驾驶座上却听见了风里的说话：把舌头给我！舌头给我！司机说：咦，人吃人哩！扭头要看，我说：看你的路！司机笑了，却说他肚子寡了，想吃羊。

司机得知要来定西，他就说过：这下可以放开肚皮吃羊肉了。在他的意识里，黄土高原上是走到哪儿都会有羊肉吃的，可十多天里，我们没有吃到羊肉，甚至所到之处也没见到放羊的，难道这里就压根儿没羊？

同车的还有一个当地抱养娃娃的妇女，她是半路上搭的我们的车，她说：黄土梁上不爱惦羊咯。

羊谁不爱惦呀，人爱惦着，豹子和狼也爱惦着，怎么是黄土山梁就不爱惦呢？

妇女说：羊是山梁上的虱咯。

我一时没醒开她的话，问是政府禁止放羊了？她说是不让放了，都圈养的。我终于明白了，羊在山梁上吃草总是掘根，容易破坏植被，水土流失，人身上如果有一两个虱子，人就变形，浑身的不舒服，山梁上有了吃草的羊，羊也就是山梁上的虱子了。这妇女比喻得这么好，我就感叹起来，但我不能夸她，便夸她怀里的孩子精灵！妇女说：是精灵，别的娃娃出生七天才睁眼，这娃娃一落下草就瞅灯！

在定安、陇西、通渭，甚或渭源，经过了多少村庄，村庄里走进多少人家，说得最多的就是太阳和水。太阳高挂在天上，水在地上流动，这里的人想着办法要把它们捉到家来，这就是太阳灶和水窖。

地处高原，冬天里那个冷真是冷得酷，酷冷，尤其一有风，半空里就像飞着无数的刀子。竟然石头也能咬手，你只要摸一下石头，手能脱一层皮。人就盼着太阳出来，太阳一出来，老的少的，甚或猫呀狗呀都不在屋里待，全要晒暖暖。青藏高原的上空云是美丽的，赠你一朵云吧，藏人就制作出了哈达。而定西的冬天里太阳是最好的东西，怎样能把太阳留在自家呢？太阳灶就在家家的院子里安装了。太阳灶其实很简单，只是一个像笸篮大的铁盘，里面嵌满了玻璃镜片，它就热烘烘起来。如果想要热水，只需在盘上伸出一个铁棍，棍头上绕出一个圈儿，放上一壶水，不大一会儿水就咕咕嘟嘟滚开了。夏日里，定西高原上多种有向日葵，向日葵一整天都是仰脸扭脖跟着太阳转。冬季里的太阳灶边，差不多都坐着人，男人们或喝茶说话，女人们或是做针线，常常是大人都去干别的活了，孩子们仍在那里的小木桌上做作业，脚下就是卧着的眼睛成了一条线的小猫小狗。

而水窖呢？

这里是极度缺水的，年降水量仅在四十毫米，而且集中在6月至9月，也就是下两三次雨。地方志讲，历史上的定西仍是富饶的，当年的伯夷叔齐不愿做皇，又耻食周粟，就是沿着渭河岸边的泽水密林到首阳山隐居的。天气的变化，使定西逐渐缺水而改变了地理环境。我曾写过一篇天气的文章，认为天气就是天意，天意要兴盛一个国家就风调雨顺五谷丰登，天意要灭亡一个王朝就连年干旱或洪水滔天，而天意要成就中国的黄土高原，定西便只有缺雨。黄土高原，蔓延到陕西的北部，那里也是严重缺雨。

我曾在铜川一些村子待过，眼见着村里人洗脸都是一瓢水在瓦盆里，瓦盆必须斜靠着墙根才能把水掬起来抹到脸上，一家大小排着洗，洗着洗着水就没了，最后的人只能用湿毛巾擦擦眼。如果瓦盆里还有水，那就积攒到大瓦盆里，积攒三四天，用来洗衣服，洗完了衣服沉淀了，清的喂鸡喂猪，浊的浇地里的蒜和葱。而三里五里，甚或十里的某一个沟底有了一眼泉，泉边都修个龙王庙，水细得像小孩在尿，来接水的桶、盆、缸、壶每天排十几米长的队。铜川缺水，铜川沟底里还偶尔有泉，定西的沟里绝对没有泉，在3月到9月的日子里，天上突然有了乌云，乌云从山梁那边来，所有的人都举头向天上望，那真正是渴望，望见乌云变成各种形状，是山川模样，是动物模样，飘浮到头顶上了，却常常只掉下来几颗雨点就又什么都没有了。他们说：掉了一颗雨星子。这话没夸张，确实是一颗雨星子，这颗雨星子最好能砸着自己的脑袋，或者，能让自己眼瞧着砸在地上，哧地冒出一股土烟。

于是，定西人就创造了水窖。

在地头上，我们随时都能看到水窖，那是在下雨天将沟沟岔岔流下来的水引导储入的，这些水可以用来灌溉。定西的土地其实很老实，也乖，只要给灌溉一点儿水，苞谷棒子也就长得像牛犄角。而每户人家的吃呀喝呀洗呀涮呀的生活用水，则是在房前屋后建有水窖。水窖的大小和多少，是家庭富裕日子滋润的象征，这如城里人的住房和汽车一样。我打开过一户人家的水窖帮着汲水，那像打开了一个金银库，阳光从水房的窗子射进来，正好射在水面上，水呈放着光亮，光亮又返照在水房墙上，竟有了七彩的晕辉。我用瓢舀了一下，惊讶着水是那样清洁。主人说下雨时收了水到窖后，水是灰的浊的，要沉淀了，捞去水面上的树叶草末、鸡屎羊粪，这水就可以常年饮用了。我说：窖里的水是固定的死水，杂质即便沉淀后不是仍会生成一种臭味吗？他们说：黄土窖没味道。我说：黄土窖没味道？这就怪了！他们说：哈，就这么怪！

上天造物，它就要给物生存的理由和条件，在水边的吃水里的东西，在山上的吃山里的东西，如果定西缺水，做了水窖水又容易腐败，哪里还会有人去居住呢？

现在我已经完全知道怎样建水窖了。那是选好了平台，选平台当然要讲究风水，要选黄道吉日，要祭奠神灵，然后垂直往下挖，挖出一米宽五米深了，洞口便向外延伸，形成窖脖。再向下挖，挖八米，就是窖身。窖底一定得呈凸形。挖成的窖整个形状呈口小底大，就像是热水瓶的瓶胆。下来，技术含量就高了，得在窖身的四壁上钻孔，一排一排均匀地钻，钻出五十厘米深，这工作叫布麻眼。一个窖差不多要布三千个麻眼。接着，用和好的胶泥做成泥角或者泥饼，泥角钉进麻眼，泥饼贴在麻眼外露出的泥角端，泥饼一个挨着一个地镶嵌，就像是铠甲一样把窖身包裹起来。对了，胶泥特讲究，先把泥泡好、窝好，用锨搅好，用脚反复踩好，用镲刀背用力摔打好，直到将胶泥调和得如揉出的面团一样有了筋丝，能拉开又拽不断，才能使用。糊好了窖身，还得用木锤子捶打，一寸不留空地捶打，连续捶打上一个月，最后最后了，再用斧头脑儿又捶打一遍，这才是一个窖完工了。完工了的水窖都要在窖上盖个小水房，安置龙王神龛。窖有窖盖，盖上有锁，水房的也上锁，那是任何外人都不能随便去的地方。

别的地方的农民一生得完成三件大事，一是给儿女结婚，二是盖一院房子，三是为老人送终。定西的农民除了这三件大事，还多了一件，就是打水窖。

从山梁下来到了河川道，河川道也就是渭河川道，立马就有了树。如夏天的白雨不过犁沟一样，一道渭河，北岸黄土塬梁上光秃秃的，南岸就有树了，就这么决然。树当然还只是榆树、槐树、桐树、小叶子杨树，但只要有树，河南的人就瞧不起了河北的人，河北的女子能嫁到河南，那就是寻到好人家了。

一个叫半阴的村子，是在从塬上刚刚下来就遇到的村子，可以说，这算我见到树最多的村子了。树都不大，出地就分权，枝干好像有着亲情或是恋情与偷情，相互纠缠着往上长。从树中间钻不过去的，就蹾下来，看到的是黄宾虹的画，纷乱的模糊的一片黑色线条哈。再往远处看，更多的树，树中忽隐忽现着屋舍，全是些石灰搪抹过的墙，长的、方的、三角的，又是吴冠中的画了，白和黑的色块。村口有一条水渠，渠可能年久未修，废成小溪，里边竟然还有鱼，柳叶子细的鱼，如飘在空中，是柳宗元《小石潭记》中描写的那种。被水渠领着走过去，又一丛杂树中有一间木屋，还是个水磨坊呀。多少年里都没见到过这种水磨坊了，水磨坊里的一切陈设使我回忆起了我少年时在故乡当磨倌的情景。啊这吊起的石磨，上扇不动，下扇动，如有些人咬嚼和说话的模样，啊这笸篮，啊这落得灰尘变粗的电线，啊这圆木做成的窗子，窗上的蜘蛛网，啊这低低的随时可能碰着头的支梁。出了磨坊去看水轮，水轮静静地竖在那里，两边石壁上绿苔重重，而旁边则又是一片乱树，有一棵横卧过来，开满了白花，以为是野棉花，可野棉花怎么会长成树呢？近去看了，原来是毛柳，毛柳的絮竟有这么大这么白呀。

从水磨坊出来，走了几家，家家依然是养了驴、猪、狗、猫、鸡，这些动物都在门前土场上，见了我们就微笑，表情亲近，只有狗多话，汪汪了两句，见没人回应，也卧下来不动了。

首阳山，就是伯夷叔齐待过的那座山，山的名字多好，首先见到阳光的山呀。我们去看伯夷叔齐，伯夷叔齐就睡在两个墓堆里，这两个墓堆相距不远，墓堆上都有树。据说树上的鸟半夜里常说话，而从对面的山上往这边看，看到的是人形的首阳山怀抱了两个婴儿。

两个墓堆前有一个庙，庙右是一片黑松树林子，太阳还红着，它那儿就黑乎乎的；庙左的林子树杂，10月里树已落叶，一尽的苍灰线条里不时地有白道，白道往出跳，那是桦木。庙不大，塑着二位先贤的泥像，皆瘦骨嶙峋，还有一个更瘦的，是个看庙人，蓬头垢面，衣衫破旧，就住在庙右前的一间小屋里。小屋三年前着了火，屋顶坍了，现在上面苫了柴草还继续住。进去看看，黑得似夜，划了火柴才看清四壁被大火烧熏得如涂了漆，一床破被，一口铁锅，再无别的。问他这怎么生活呀，他好像不爱听，竟然领我又到庙里，我才发现庙后墙角还有一个小柜，他打开了，取出六包商店里常见的那种挂面，还有半口袋核桃，他说：这生活不好吗？

从庙里出来，顺着庙前的斜坡走下。斜坡是修了路，还铺着砖，但生满苔，苔虽发黑，仍湿滑得难以开步。

首阳山是当地政府做了旅游景点的，可能是来的人太少，我们一去，不远处的村人也就来看稀罕。问起那个看庙人怎么是那般形状，他们说那是个流浪汉，私自来这里要看庙的。并且说，村里人都在说这看庙人原是有家有舍的，为了什么冤枉事上访了几十年，家破人亡还解决不了，就脑子出了毛病，也从此不上访了才来这里的。上访的事全国各地都有，已经有一种职业叫上访专业户，也还有了一种机构叫上访办，上访是现在基层政府最头痛的事啊。因此，大家就说起产生上访和上访难、难解决的各种原因，说着说着激愤了，就都在激愤，激愤世风日下。

　　我突然想，我们现在说起孔子的时代，认为孔子的时代不错吧，百花齐放、百家争鸣的，可孔子在当时也哀叹世风日下，要复周礼；而且，伯夷叔齐就是商末周初人，伯夷叔齐竟然也在说：今天下暗，周德衰。那么，最理想的世风是什么呢？人类是不是都不满意自己所处的社会呢？

　　以前真不知道定西地区还是中国西部中药材集中产地，更没有想到它还产盐，井盐的历史竟然比四川的自贡还要早。

　　在各县行走，但凡进到农户人家，差不多的屋子里、院子里都能看到在晒着药材。先是并没在意，后来到了岷县，城街上随处可见中药材货栈，问起是怎么回事，一位长着白胡子的老者说：你请我喝酒，我告诉你。我们那个下午就在酒馆里喝酒，老者就说起了岷县的历史，岷县之所以在这里设县城，是这里为中药材的集散地，岷县城历来都叫作药城。乘着酒兴，老者竟领着我们去了商贸中心的那条街，那里有更多的宾馆和酒店，全住着从陕西、武汉、四川、河南、湖北来的药商，来拉货的车辆排着长队在那里等候。从商贸中心街出来，又到别的街上访问那些私人药铺和一些一两间门面挂着牌子的中医大夫，他们几乎都是在一边行医，一边收购，加工各种水蜜丸散。

　　我以前对中药材知之甚少，岷县使我们产生了浓厚的兴趣，就多住了一天，了解到岷县的中药材有二百五十多种，主要的是当归。当归人称"十方九归"，是中药里最常用的药材，也称为"妇科中的人参"，它属于伞形科三年草本植物，药用部分为根，根头称归首，分枝称归身，须根称归尾，加工出为原来归、常行归、通底归、箱归、胡首归。这里的土地里没有什么矿藏，长庄稼不行，长果蔬不行，农民的日常花销，比如油盐酱醋，比如针头线脑，比如买种子买农药、盖房、给儿子娶媳妇、送终老人，比如供孩子上学呀，一家大小生病进医院呀，除了出外打工赚钱外，如果在家里，那就得种当归。

从岷县回到定西城，我还在琢磨当归这个词，这么好的词怎么就用在一种药材上呢？查《药学辞典》，上边说：当归因能调气养血，使气血各有所归。《本草纲目》中说：为女人要药，有思夫之意，故有当归之名。《三国志·姜维传》里也有这样的故事，说姜维从诸葛亮后，与母分离，其母思儿心切，去信就写了两字：当归。如今，当归仍是苦东西，却让定西农民得到了甜头，当归，当归，真成了农家宽裕的归处。

说到盐的事，是我们在漳县才知道的。

那一天的太阳非常好，路过一个镇子，汽车出了毛病，司机停了车修理，我突然看见路边有一座庙，结构简陋，但庙台阶很高，一个老汉就坐在台阶上吃烟，见我走近，烟锅嘴儿在胳肢窝戳着擦了擦，递着说：吃呀不？我吃不了旱烟，倒递给他一根纸烟。他说：你那烟没劲咯。却接了，别在耳朵上。我问：这是娘娘庙还是龙王庙？他说：盐神庙。还有盐神庙呀，盐神是个什么样子？就进庙去看，庙里却并没有神像，竟当殿一个古盐井，旁边墙上画着熬盐的画，还有一篇祭文。

祭文是这样写的：漳有盐井，郡邑赖之。宝井汲玉，便民裕国。脉长卤浓，涌溢千年。今当疏浚，保其成功。盐井生民，感念神灵。

看来，这庙不应是盐神庙，是盐井庙，而且是先有盐井，后在盐井上盖的庙。我趴下看盐井，井壁已卤化如石，敲之像是敲磬，里边什么也看不清，只是幽幽地泛着光亮。

不看到这盐井，似乎就没想起过盐，因为每顿吃饭都放盐，盐是生活必需品，反倒疏忽它的重要性了，这如不停地呼吸，却并不觉得呼吸一样啊。我们便决定在镇子多待些日子，听听这里关于盐的故事。

这个镇子叫盐井镇，镇上人说：除了古老的两口盐井，即使是别的井，井水打出来做饭，也是从不再调盐的，如果把萝卜埋入水中一个月取出，切丝儿便是咸菜。这里的女人牙白，不用牙膏刷牙牙也白，而老年人没有老年斑。有一种盐是盐锅底裂缝时渗出的盐汁滴在火上成盐晶，盐晶一层层叠摞成人形的，叫盐娃娃。盐娃娃对腹胀胃病有神奇疗效，所以镇上患胃癌的人极少。

我在面馆里见到一个老人，有八十岁吧，他正吃一碗捞面，面前放着一碟盐，夹一筷子面就在盐碟上蘸一下。我目瞪口呆，说这样多吃盐不好，他说他一辈子都这样呀，血压正常，身板刚强。记得有一年在青藏高原，碰着一个藏族老太太，身体非常健康，她说她九十岁了，从没吃过蔬菜，就是吃牛羊肉，吃青稞面，喝奶喝茶喝酒。一方水土真是养一方人啊！我们老家人爱吃辣子，特能吃者人称辣子虫，这老者是不是盐虫呢？可盐里从来又不生虫呀。

翻阅镇上的志书，盐井镇在远古时是陶罐瓦缶煮水制盐，先秦一直到1980年是以铁锅熬盐，1980年到1990年之间是平板锅熬盐，从1990年起，才是真空蒸发罐制盐。旧法烧熬的盐，上品为火盐，火盐是将煮出的盐倒入模具以火焙干，状如砖块，用于远销。中品为结盐，不经火焙，水分较多，状若银锭，销于近处。下品为水盐，是熬出后直接盛在盆里罐里，供当地人吃。志书里有一篇描写当年盐井镇繁华的文字，说镇里六条街道从半山通向漳河边，五大专业市场又从河滩伸进街坊：柴草市吞吐大量燃料，人市流动各类能工巧匠，旅店迎送商贾贩卒，商市进出日杂食品，盐市批发各作坊盐品。豫西的货担、晋北的驼队、陕南的马帮，带来了兰州的水烟、靖远的瓷器、关中的土布、湖北的砖茶。晚上，井台上水车隆隆，灯火灼灼，作坊里炉火熊熊，烟气腾腾。街巷驼铃声、马蹄声、叫卖声、弹唱声，不绝于耳。围绕盐业，五行八作相继兴起，三教九流大显身手，行医、教武、说书、卖唱、求神问卦、开设赌场……

哦，镇上人还给我说了盐坊里的绞手、抬手、烧手和装烟客的事。绞手是在井房里的汲水工，抬手是把盐水抬到各个灶上的送水工，烧手是盐锅的烧水工。而装烟客呢，是以给人点烟为业，手执四尺长的烟锅子整天在各作坊转悠，盐匠们操作在水汽浓重的锅边，双手不得半会儿闲，想过烟瘾了，使一个眼色，装烟客就把烟嘴儿伸进盐匠的唇间，那头随即引燃烟锅。事毕，盐匠顺手抄一搅板水盐抛进装烟客的提篮，装烟客立马便跑到街上卖了零钱了。

说这话的是一个年轻人，说得眉飞色舞，还正说着，远处有人喊：老三老三，事办得咋样嘛？年轻人就跑过去说话，旁边的几个妇女说：他能说吧？我说：能说。她们说：他爷当年就是装烟客哈。我问那年轻人现在是干啥的，她们说：哨街道的。什么叫哨街道的呢？她们才告诉我，在当地把围绕街市小打小闹讨生活的人称为"哨街道的"，这老三继承了他爷的秉性，但现在没有装烟客这活了，他就给人要账为生。

盐井镇的盐数百年都有一个名字叫"漳贵宝"，肯定是庄户人家起的，起得像个人名。如今的真空盐厂是现代化企业，年产量胜过了过去百年，产品叫"堆银"，这好像是哪个文化人给起的名，但"堆银"没"漳贵宝"有意思。

定西的房子，讲究"两檐水"。两檐水用的是五檩四椽，有的还出檐，在堂屋外形成一条走廊。屋顶一律坐脊覆瓦，但很少雕饰。胯墙与背墙多用土坯砌起，而前墙和隔墙则以木板装成。堂屋正门一般是四扇的"股子门"，也有两扇"一片玉"的。窗户有"大方窗""虎张口""三挂镜""子母窗"等，贴窗花的少见。五月端午围插的艾却不动，一直要到来年的五月端午。不管新庄子还是老庄子，人家的院子都非常大，院墙都非常高，院墙里长出一些树来，或栽着蔷薇和牡丹，高大成架，透露着院子里的消息。

定西的房子谈不上豪华和阔气，但也绝不简陋，受条件所限，用料都难贵重，做工一定细致，光瞧瞧屋后墙砖缝里抹的灰浆的严实和山墙根炕洞口砖棱的工整，以及挡口板的合茬，就能体会到他们造屋的认真和用心。

农民的一生，最要紧的工作就是盖房子。如果某一家已经有一院房子，它就给子孙留下了一份光荣。作为子孙在长大成人后仍要再盖一院房子，显示自己活着的意义，再传给他们的后代。土木结构的房子，当然只能使用四十年，而也提供了一辈一辈人锲而不舍盖房子的必要性和重要性，这个过程也就是光前裕后。

一家一户的兴旺发达，靠的是子孙繁衍，也靠的是不断地翻修建造房子。在福建的一个山村，我见过一棵榕树发展成了一片子小树林的景观。而在漳县，常有着一个村庄只有一个姓氏的情况，使我由此有了一个姑娘可能就创造了一个民族的想象。在离定西不远的一个镇子上，有一户人家，兄弟四人，其子女九个，孙子辈又十六个，其三辈人中有十二人参军，分别有空军海军陆军。兄弟四人的父亲还活着，已经四世同堂，大重孙也结了婚，很快五世同堂，村里人便称这老者是"兵种"。老"兵种"人丁旺盛，而且他家的老房子也异常地结实，也是我在定西见到的最好的房子，五间式结构，一砖到顶，屋脊虽多残破，仍可看到许多精美的水纹、花纹和人物走兽的雕饰。他家还养着一只猫，按说，猫的寿命也就是十二年，他家的猫竟到他家已经二十年，现在仍能追鼠。

但我也听到这样一个故事。一个人，姓李，结婚后小两口盖了一厅两室的三间式房子，房子盖后一年，老婆就病死了，他没有再娶，而抱养了一个孩子。在他五十四岁的时候，中了风，虽生活能自理，但从此干不了农活。儿子对他不孝，他逢人就说他养了个狼在家了，他将来要死，绝不会将这房子留给逆子。儿子在屋里待不住，就出外打工了，逢年过节也不回来。有一年一个老中医在村里行医，见他日子难过，留给他了个治烧伤的偏方，他就在家自制膏药，还在门口挂了个专治烧伤的牌子。第三年腊月的一个晚上，他家起了火，等村人赶去救火，房子已经烧坍了，灰堆刨出他，人也焦了，焦成了一疙瘩。事后，村人都在议论，有说是电褥子出了毛病引起火灾的，有说是他吃烟引起火灾的，有说他是不想活了把房子点着烧死自己的。当然这事没有证据也没人追究，就草草把他埋了，只是遗憾那房子还好，说没就没了，也绝了那治烧伤的偏方。

在乡下看屋舍，我现在最害怕看到两种情况，一是老传统的房子拆了，盖那种水泥预制板的四方块，似乎在时兴了，要和城里人一样了，但冬不保暖，夏不防晒，更是因建墙没有钢筋，地震时一摇，四壁散开，整个屋顶的水泥板就平平整整压下来，连老鼠都砸死了。二是主要公路沿途的村子，地方政府要形象要政绩，要求朝着公路的墙一律搪上白灰，甚是鲜亮，可侧墙或村子里边的房墙仍是破败灰黑。

所幸的是在定西，这样的景象，还没有看到。

西安的古董市场上，这些年兴石刻，最抢手的石刻是那些拴马桩、牛槽、磨扇和碾盘。在几乎所有的花园小区里，开发商要有文化，都喜欢用这些东西去点缀环境。我每每去这些小区观赏，观赏完了，却又感叹，农耕文明在我们这一代人手中逐渐要消亡了，感情就非常复杂。定西虽然也在以破坏旧有的生活方式在变化着，但变化的程度还不至于那么猛烈，农家仍是养牛、养驴，磨子碾子更是村村都有。他们依然讲究着村子的风水，当得知那些城里来的文物贩子谋算着村口的大石狮，就组织人手，日夜巡查，严加提防。村里的那些大树，也绝不允砍伐，也通知各家各户，即便是门前屋后甚或自家院子里的老树，也一律禁止出售给城里来的树贩子，给多少钱也不准卖。

在一个黄昏，我们的车经过一个小村，停下来到一户人家去讨水喝。巷道里传来一阵喤喤喤的响声，这响声我在小时候的老家听过，便见两头毛驴走了过来，脖子上挂着铃铛，我立即大呼小叫，喊着我的朋友和司机：快来看呀，快来看呀！但朋友和司机跑近来，两头毛驴却走过巷道不见了。而在巷道那个拐弯处，有一个磨台，一个老汉正坐在磨台上"专"磨扇。司机是从小在西安城里长大的，他说：这做啥的？我说：专磨子哩。他说：啥是专磨子？我说你咋啥都不懂，磨子磨得槽纹浅了，需要重新凿凿，这种活就叫"专"。于是，我近去和那老汉套近乎。

啊叔，专磨子哩？

啊哈。

村里还有几个磨子？

七个磨子一个碾子哈。

这个磨子这么大呀？

村口的才大。

村口的磨子才大？

风水哈。

啥个风水？

村东口的碾子是青龙，村西口的磨子是白虎哈。

磨台下放着他的工具筐，里边是八磅锤、楔子、钢钎、手锤、錾头。他说，"专"磨子是小活，他主要是做平轮水磨、立轮水磨、人力磨、碌碡、碾磙子碾盘、做豆腐的拐磨、立房用的柱顶石、打胡基用的圆杵子、打墙用的尖杵子，还有门墩、捣辣子的石窝、安大门的减基石。

最后，我问他这村里有几个像他这样的石匠？他说方圆这六个村子里，就只有他和他儿子了，儿子年初也不干了，去天水一家公司给人家当保安了。

小吴见我爱在村镇里乱钻，碰着什么都觉得稀罕，他说：我带你去看草房子！草房子有什么看的？他说：是一个村子都是草房子！在陕西，我到过一个叫陈炉的镇子，镇子里的屋墙呀、院子呀、街道呀，都是废陶钵和陶瓷垒的砌的，太阳一照，到处发亮，呐喊一声，整个镇子都嗡嗡作响。也到过洛南县一个山寨看那里的石板，石板薄得只有一指厚，却大到如柜盖如桌面，所有的房子以石板做瓦，晴天里，屋里处处透光，下雨天却一滴不漏。现在，定西还有一个村子的草房子，那又是什么景象呢？我说：是吗，那去看看。

因为要去的村子远，当晚没有回县城，就住在镇上。镇长说：城里人讲卫生，给你安排到工作干部家住吧。我住的是个县法院审判员的家，审判员是一礼拜才从县城回来一次。去了后果然人也体面，屋也整洁，他媳妇拿了床新被子在公公的土炕上铺了个被筒，自己就进了她的小屋把门关了。土炕上，我的被筒是新的，那老头的被子却是土布，或许还干净，颜色却像土布袋一样。老头话不多，我们总说不投机，我就打哈欠，他说：你困了，早点睡哈。我睡下了，他拉灭了电线绳，我只说他也睡下了，他却靠在炕的背墙上吃烟。可能是为了省电，也可能是省火柴，他点着了小煤油灯，一锅烟吃完了，又装上一锅凑在灯芯上吸，灯芯如豆，他一吸，光影就在墙上晃动。我翻了个身，他说：我影响你啦？我说：没事，你吃你的。他说：就好这一口，瞎毛病哈，吃完这锅就睡。我终不知道我是在什么时候睡着的，等到再醒过来，天麻麻亮，老头竟又在炕那头，靠在背墙上吃烟，还不仅仅是吃烟，小煤油灯边放了个小电丝炉，小电丝炉上坐了个小瓷缸在煮什么。我翻身坐起来，他说：又影响你啦？我说：你煮的啥？他说：熬口茶。他真的是在熬茶，茶叶是发黑的花茶，泡得涨出了小瓷缸，但还在咕嘟嘟响。我说：要熬干啦？！他端起小瓷缸往一个盅子里倒，说：还没吊线。把盅子里的茶水又倒进小瓷缸，继续熬。熬得最后仅仅只倒出了一盅，他说：你喝吧。我不想喝，也不敢喝，这哪里还是茶水呀，是黑乎乎的汤么。他告诉我，他们这儿上了年纪的人都喝这茶，喝上瘾了，睁开眼坐在炕上就得熬。他端起盅子喝的时候，并不是品，而是一下子倒进口，眼闭上了，脸缩得很小，满是皱纹，像个发蔫的茄子。他说：不喝这一下，头疼哈。

　　吃过早饭，我们往草房子村去。在沟道里开了半天车后开始翻一座山，山路就像拧螺丝，一圈一圈往上盘，到山顶了又松螺丝一样下山，而且路越来越窄，里边高，外边低，我一直叮咛小心石头，如果碰上路面石头，车一跳，滚下去连尸首都寻不到了。终于到了沟底，转了三个弯，就出现一个村子，村子果然都是草房。车还在山顶的时候，天是阴了的，沟底里显得更暗，一出车，那个冷呀，身子就如同了馕包，被无数的针扎着，咝咝地往外漏气。可能是别的树都冻得长不了，这里只长紫杉，紫杉竟然是合群的，要长就整整齐齐长在山根，然后一排一排沿着坡坎再长上去，绝没有单个的，树干也不歪七扭八。村子并不紧凑，房屋建筑无序，没有巷道，门窗有朝东开的，有朝南开的，其间的空地上都有篱笆。篱笆好像已弃用，好像还在用着，杂乱的木桩木棍歪在那里。地很湿，也很滑，到处乱石和杂草中间，尽是牛粪，我们跳跃着走过去，还是每人的鞋上都踩上了。草房都不大，有三间的，有两间的，有的甚至是方形。所有的墙没有墙皮，还是木板夹起的石渣土杵的，屋顶用树枝编了，涂上了泥巴，上边苫着厚厚的茅草，茅草已经发黑，但还平整。瞧着一户人家走近去，才说：有人吗？门前的木桩上拴着一只狗，狗就回答了：汪汪汪汪。狗也适应着冷天气，毛非常长。于是望见旁边坡上散落着的那些牦牛，想：牦牛以前肯定也是牛，为了御寒而长了毛，就成了牦牛了。进了屋，屋里和屋外一样冷，分外间和里间，外间放着一个大柜，柜边堆着十几个麻袋，用草帘盖着，用手去戳戳，似乎是苞谷、青稞和土豆什么的。里间是一面大炕，坑边一个火炉，炉上一个锅正做饭。我赶紧在火炉上烤手，顺便揭开锅盖，里边蒸着一锅土豆，还没有熟。两个小女孩长得非常俊，高鼻梁，大眼睛，衣着单薄，看样子不觉得冷，我们一进屋她们就鸟一样飞出去，过一会儿又悄无声地趴在门框朝里看我们，我们再一招手，又忽地跑开了，似乎这个家是我们的家。老太太一头白发，白得很干净，和我们说话，说她姓白，七十五岁了，儿子儿媳到新疆收棉花去了，她在家里经管两个孙女，孙女不听话。说着就冲着门外喊：给坑里添些火去，唉，添火去哈！便见两个孩子提了一笼干牛粪往屋的山墙那儿跑，山墙那儿是炕洞口。在蒙藏地区是烧干牛粪的，这儿也烧干牛粪，使我觉得好奇，跑近去看她们怎么烧。一个小女孩就附在另一个小女孩耳边说什么，两个人格格地就笑起来。我说：笑啥哩？她们说：笑你哩。我说笑我啥哩？她们说：笑你那么老了还是学生。我说：怎么就看我是学生？她们说：你口袋里插着笔。我说：认识这是笔？小一点的小孩说：我是学生。大一点的女孩说：我是学生，她不是学生。我问她：你上几年级？她说：一年级。我问：学校在哪儿？她说：从沟里往下走，走七里路就到了。我说：七里路？！谁陪你？小一点的女孩立即说：我陪哩。我摸着两个孩子的头，再没有说话，我的上衣口袋里插的仅仅是支签字笔，拔下来就给了她们，她们却争夺起来，我赶紧喊我的朋友，让他把他的笔也拿过来。这期间，狗在不停地叫，但有气无力。

这可能是我们这次行走见到的最贫困的山民，住在这里，他们与外边隔绝了，虽然距县城也只是一百七八十里吧，世界发生了什么，中国发生了什么，甚至县城里发生了什么，他们都不理会，一切与他们似乎没关系。如果没有小吴带领，我们恐怕也不知道他们能在这里生活，就这样生活着。

原以为有个草房子村可以看到奇特的景象，没想来了以后使自己的心情极度败坏。我问小吴：这是什么村？小吴说：村名不知道，因为有草房子就都叫草房子村。再问：这山是什么山？小吴说：遮阳山。我说：山名不好。小吴见我脾气糟糕了，解释说这地方偏僻，你如果让政府接待，谁也不肯带你来的，以前北京来了几个画家，让我带了来，画家见了这草房很兴奋，见了这里的人很兴奋，拍了好多照片呢。我说：画家爱画破房子，给他个破房子他住不住？画家爱画丑人，给他个丑女人他娶不要？！

这一夜，我们回到了县城宾馆，打开电视，多是城市红男绿女在做娱乐节目，我的思绪又到了草房子村，就把电视关了，早早睡觉，却怎么也睡不着。

过道里，突然有了咋呼声，是小吴在和什么人说话了：

啊王主任！

啊你怎么在这儿，几时来的？

来几天了，陪人下来的。

哪个领导来了？

是……

啊，他来了！县委县政府领导知道了吗？

他不让打招呼，悄悄来的，你可不要给人说呀！

今去哪儿了？

到遮阳山有草房子的那个村子，哎，你知道那村子叫什么名字？

你怎么领他去那儿？得让他看看咱们的好地方呀！

他不是记者。

到了渭源里，当然去看看渭河源头了。

顺着一条沟往里走，沟两边的山越来越高，满是蒿、艾、蕨、荆，全部枯萎，发着黑色，像石头上经年的苔。沟里的河水不大，河滩却宽，隔几里一个村子，粗高的杨树不少，其间是横七竖八的房子和麦草垛，也是黑色。有人吆着牛犁地，牛还是黑的，只有鼻脸洼白，翻出的土似乎也不是了黄土，是黑土。扶犁的人穿着臃臃肿肿的黑棉裤棉袄，脸上眉目不分，而站在地头的妇女头上裹着红头巾，尖锥锥地叫喊着她的儿子。

还在深入，沟就窄起来，路已被逼到了沟梁上。到处有了沙棘树，一树的尖刺里结着红果。还有一种蒿，仅仅生出个籽荚，籽荚也是箭头一样，走过去，乱箭就射满裤子。再是不断地看见很粗很糙的杨树，从根就开始长须枝，而且还被藤蔓纠缠，虽然都干枯了，隆起成架，树就不成了树，是一座一座的木塔。到了迎面是最高的那个峰了，沟分成三股，荒草荆棘更塞拥其间，时隐时现着水流的亮光。已经无法前行了，去问不远处的一个人，这人手里提着一把砍刀，好像是要砍些柴火，并没见砍下什么荆棘树枝，一直站着默地看我们，以为是傻子，一问他话，他却立即活泛了。

问：渭河源头在哪儿？

答：这就是哈。

问：这就是？渭河就生在这儿？！

答：是三眼泉，泉还得往里走，但走不进去。

是走不进去。没想那人却说：走不进去，就到龙王庙拜哈。我们这才发现半山腰有座庙，那人就领我们爬上去。庙前的场子上尽是荒草，荒草旋着涡倒伏着，像是风的大脚才踏过。庙里没有龙王像，但有香炉，也有个功德箱。那人给我们讲三眼泉，一个叫遗鞭泉，一个叫禹仰泉，一个叫吐云泉。因为冷，就尿多，我跑到庙后的避背处方便，回来他已讲了禹仰泉，便只听到了遗鞭泉和吐云泉的传说。

当年唐李世民率军西征，到了山沟最边的泉饮水时，不小心将马鞭遗落泉中，再捞马鞭已没了踪影。班师回朝到长安，发现马鞭在渭河里漂着，才知晓渭河除了明流，还有暗流。这个泉从此叫遗鞭泉。

吐云泉在三条沟中间的沟里，天一旱，山下的人都来泉里求雨。有一年求雨的人散去，一个叫花子来偷喝了供酒，醉在泉边的草丛里，突然见泉里钻出一个白胡子老人，坐在石头上吃烟。

吐一口烟，天上有一片云，再吐再有，一时浓云密布，大雨滂沱。

听完了故事，我们要走，那人却说：不给龙王烧烧香吗？问哪儿有香，他从功德箱后竟取出了一把香，说一把香十元。烧完了香，才明白那人是看庙的。

现在，我该说说定西的吃食了。

在别的人眼里，起码我同车的朋友、司机，都不觉得定西的饭好，他们抱怨走到各县各村，上顿是酸面，下顿是酸面，顿顿都有蒸土豆和咸白菜。但我爱吃定西的饭。每到一处，问吃什么饭，我都是：酸面吧，炝些葱花，辣子汪些，蒸盘土豆。吃的时候，狼吞虎咽，满头大汗。朋友就讥笑我：唉，凤凰之所以高贵，非醴泉不饮，非练实不食，你贱命啊！我是贱命，在陕南山村生活了十九年后进的西安城，小时候稀汤寡水的饭菜吃惯了，从此胃有记忆，蓄存了感情嘛。酸面其实和我老家的浆水糊涂面差不多，都有浆水菜，却煮土豆片或豆腐条，都不用味精和酱油，只不过酸面的面条多是苦荞面做的，而土豆比我老家的土豆更干更面。

第一顿的定西饭就是酸面和蒸土豆了，以我的经验，当然先吃酸面，吃过两碗了才去吃土豆的，没想到拳大的一个土豆掰开来，里边竟干面如沙，如吃栗子。我是一手拿着让嘴吃，一手就在下边接着掉下来的碎散渣，然后就噎得脖子伸直，必须要喝汤喝水。土豆是定西的主要食物，又如此好吃，这是有原因的：一是这里的日照时间长，缺水，自然环境决定了它的质量。二是这更是上天的安排。按说，定西压根就不宜于人类生存，而既然人生存在了这里，它必然要给人提供食物。在中国，有两样食物可以当作神物的，一是红薯，一是土豆。如果没有这两样食物，中国人在60年代70年代即可死去一半。在定西，大多的地只能种土豆。当收获的时候，一面坡一面坡的土豆刨出来堆在地头，它和土地一个颜色，人们挑担背篓地把它运回去，你感觉那是把土疙瘩运回去了。在我们走过的村庄里，家家都有地窖，储藏着几千斤甚或上万斤土豆，一年四季吃土豆，有的家庭竟然一天三顿纯吃土豆。家里有老人过世的，还未满三年，他们每顿饭都要给灵牌前献饭，献的就是土豆。而曾经去过一家，中堂的柜上献的竟是生土豆。问怎么献的是生土豆，他们说家里老人已过世三年了，已不给先人献饭，这是敬神哩。他们把土豆当作了神，给神上香磕头地供奉。

第一次见小吴，请他为我们做向导，他在挎包里装了牙刷牙膏，装了纸烟和打火机就跟着我们走了。走出了院门，已经上了车，他又跑回家。我们不知道他遗忘什么东西了，再返回车上，他的挎包里鼓鼓囊囊，翻开一看，竟然是六七个土豆。他说定西人出门，习惯要带些土豆的，万一走到什么地方，前不着村后不着店，就可以就地烧土豆吃了。虽然我们在外，并没有在野地里烧土豆，却亲眼见到有烧土豆的。那是在一个下午，车驶过一个梁凹，见几个孩子狼一样从路上往地里的一个埂上跑，到了埂前就刨一个土堆，竟然刨出了土豆，红口白牙地吃起来。我们觉得好奇，停了车跑近去。原来他们一个半小时前要到梁后的镇子去买东西，就先在这里把地埂的干圾子挖开，垒成空心圆堆，留个火门，用柴烧，烧到圾子都红了，把火门里的灰掏出来，再用一块圾子堵严火门，然后在顶端开口，把口袋里的土豆放进去，再把红圾子往里放几块，一层土豆一层烧红的圾子，又再把剩余的热圾子打细盖在上面，用湿土捂上，从镇上买了东西回来，挖开土堆，土豆也就熟了。这几个孩子都是圆头圆脸，小鼻小眼，长的就像个土豆，但争着吵着吃烧成的土豆，让我觉得是那么美好和可爱。

　　但是，我在渭源县一个村干部家，看到了墙上镜框中的一张照片，唏嘘了半天。那是摄于 70 年代的照片，拍摄的是公社社员农业学大寨在梯田工地上吃午饭的场面：一条几十米长的塑料布铺在地上，上面摆的是蒸熟的土豆，两边或坐或蹲了百十多人都在吃土豆。这些人形容枯瘦，衣衫破旧，可能是摄影师当时在吆喝：都往这儿瞅，瞅镜头！所有的吃者都腮帮鼓凸，两眼圆睁。

　　当改革开放几十年后，中国绝大多地区从政治上、经济上、文化上都发生了变化，江南一带以商业的繁荣已看不出城乡差别，陕北也因油田煤矿而迅速富裕，定西，生存却依然主要靠土豆。过去是土豆、酸面、咸菜吃不饱，现在是这些东西能吃饱了，有剩余的了。但如何再发展？地下没有矿产，地上高寒缺水，恐怕还得在土豆上做文章。在渭源，我参观了土豆脱毒基地中心，那里进行着关于土豆的一系列科研，土豆在质量上、产量上大幅度提高。各届政府下大力气在生产、加工、销售上制定政策，实施举措，已经使定西土豆声名远播，全国各地的客商纷纷前来订货。我曾问过好多人：仅靠土豆能行吗？他们说：靠山吃山，靠水吃水么。一斤苹果能卖出几斤粮食的价钱，你知道今年一斤土豆能顶几斤苹果的价？我说：多少？他们揸起了四个指头，说：呀呀，四斤哈！

　　山梁下的河湾有一片楼房，楼层不高，也就两层或者三层，不知是什么企业的生产地还是新农村的示范点，而从梁往河湾去的岔道口，竖了一堵新砌的墙，墙上有好多标语，其中一条是：昂首向天鱼亦龙。

　　车在一条川道的土路上往前跑，车后的土雾就像拖着个降落伞，车要猛一刹住，土雾又冲到了前边，前边的路就什么也看不清了。有趣的是，车在雾气狼烟地往前跑，天上的一堆云也往前跑，疑心这是云在嘲弄土气，果然中午饭时到了一个镇子，尘埃落定，云也散了。

这个镇子是我这次出行见到的最大镇子，五百户，两千多人口，巷道很深，而且有几条。从东边的那条巷进去，好多家院门口都有人端碗蹴着吃饭，有的是酸面，有的是面前放着一碟盐，蘸着吃土豆，见了我们，都笑笑的，欠起身，说：吃哈？那棵已枯了半边的柳树下，走来一个老汉和一个小伙，老汉掮着锨，小伙穿着西服，手里握了个手机，可能是父子，可能小伙从西安或兰州打工回来不久，两人说着什么话，老汉就躁了，骂道：你们老板一年赚二百万？你放屁呀，咋能赚二百万？！小伙还要犟嘴，抬头瞧见我们经过，没再言传。

寻着了村长，村长是个黑脸大汉，正朝一户院门里的人怒吼，指责猪屙在门口路上这么几堆，也不清扫，是长着眼睛出气哩看不见，还是手上脚上生了连疮了拾掇不了？！院门里立即跑出个拿了锨和笤帚的妇女。他好像还气着，拿眼往巷头看，巷头一只狗碎步往过跑，突然停住，掉头又跑回去了。小吴认识村长，把我们做了介绍，他把我们从头到脚注视了一番，很快脸上就活泛了，说：噢噢，先吃呀还是先转哈？我说：我们四个人的，你锅里饭够吃吗？他一挥手，说：那先转！扭头给清理猪屎的妇女说：去，给你嫂子说去，擀面，擀四个人的面！

这村长其实是个蛮热情的人，他领我们出这家进那家，说他们村很有名哩，来过好多记者，报纸上写过大半版的表扬文章。表扬也好，不表扬也好，日子是给自己过的，他这个村长把村子弄成个富裕村就行了。现在村子里有两项指标是全县最高的，一是学生多，几乎一半人家出过大学生，毕业了都在兰州、天水和县上工作；二是搞翻砂的人多，东头三家，西头四家，北头两家，南头还有五六家，主要是造锅、造火盆，最大的锅能做二百人的饭。

村长说的属实情，顺便问过七八户人家，都有孩子大学毕业后在城里干事。一个老太太拍着罩在棉袄上的新衫子说：这是今年娃给买的衣服哈，我说买啥呀，农村里穿啥还不是一样哈，可娃偏要买，给我买了衫子，给老汉买了条裤子！院子里在火盆上生火的老汉果真穿了件西式裤，说：这裤子不好，只能单面子穿。而去了几个翻砂户，院子里却是大大小小的锅坯，大棚里都是销铜炉，有砸炭末的石臼窝子，有烧炉时六七人才能拉得动的大风箱。但神龛里所敬的神不一样，有敬的是雷火神，有敬的是土地神，有的棚墙上贴着毛主席像。好奇了那一摞一摞铸造好了的各类锅，问一个能卖多少钱？他们好像都忌讳什么，不回答，只拿指头叩着锅，说：你瞧哈，没一个沙眼！小吴拉我到旁边，低声说：他们各家都竞争哩，有的把价压得低，怕别的人家有意见，就口里没实话。

后来在村长家吃饭，当然酸面外仍是蒸土豆，吃得坐在那里一时都不得起来。村长家的院子更大，他既种药材又搞翻砂，台阶上堆了几大堆挖出的当归和黄芪，而翻砂的工人就雇了四五个，一个在清理销铜锅，两个在修整着锅坯，一个在那儿砸炭末，一个在把炭末水往晾干的锅坯上涂，无论我们吃饭或者说话，他们全不理会，安静地干自己的活。因为又吃好了，我的情绪很高，就夸说着村长你是不是村里最富的，村长哈哈大笑，说：打铁就得自己硬呀，当村长的都不富还怎样带动别人？！他高兴了，就喊叫着老婆从屋里取个铜火盆要送我，我说：啊谢谢，可我不烤火，要火盆没用。他说：这火盆不是烤火的，我们这儿兴家里摆个火盆就是好光景哈！这火盆特大，铜铸的，纹饰精美，灿灿发光，确实是件象征富贵的好东西，但我怎么能要呢？我没要。

我们站在院子里的太阳下照相，村长和我照了，还要他老婆也和我照，他老婆刚才还在院子里收拾碗筷，却半天不知人在哪儿了。村长又喊了几声，老婆从屋里出来了，她换了身新衣服，脸上还敷了些粉，她照了三次，第一次说她眼睛可能闭了，第二次说她没站好，第三次照完了，说：我不上相哈！

经过一地，看见两座山长得一模一样，隔着一条小沟，相向而坐，山头上又都隐隐约约有着红墙和琉璃瓦的翘檐。问路人这山上是什么庙，回答左边是观，住着一老道；右边是寺，住着一老尼。想上去看看，但上山的路却都在后边，就进沟往里走。

沟很窄，光线黝黯，怀疑两山是硬被推开的。山壁上、沟里的石头，连同石头与石头之间长出的树，都生了苔藓，苔藓是黑的、白的，也有铁锈色。有一种鸟，不知道站在哪里，清脆地叫：嘀哩嘀哩。小吴说那是嘀哩鸟，就会自己呼自己名字。脚底下湿汪汪的，司机趔趄一下，我说：小心滑倒！还未说完，我先滑倒了，才发现路上也全是苔藓，很小很小米粒一般的苔藓。

进去约一里，竟是一平阔地，两山连接为一体，形成环状，整个沟谷变为一个宫。宫里生长着各种草木，都不高，却千姿百态，能想象若是春天和夏天，这里将是何等的欣欣向荣，万象益然。

原本进来是要去寺观的，仰头看两边的山头，寺观都修在峰尖崖沿，路如绳索直垂下来，一时倒没了攀登的欲望，我们就只在宫里待着。

直待了近两个小时吧，朋友说：都快成婴儿啦！大家笑笑，才顺原路返回。

一棵两个人才能搂得住的柳树就在村口，这个村里在杀一头驴。

其实，杀驴杀的是驴的鞭。

那头公驴被拉出了棚，它并不知道它将要死，见院子里突然有了许多人，说说笑笑的热闹，还高兴地喊了一下。它的喊是在打招呼，竟把一个小丫头吓得后退了几步，它也就笑了，嘴唇掀开来，龇着大牙。

这时候，从隔壁院子里也拉来了一条母驴。母驴是个俊驴，细长腿，大肥臀，嘴里还一直嘟囔着什么，似乎不愿意，被拉着绕公驴转了一圈，又转了一圈，臀上的肉就哆儿哆儿地颤。

公驴在那时不掀嘴唇笑了，整个身子激灵地抖了一下，耳朵就耸起来，鼻孔里呼呼喷气。它要往母驴近前扑，但被人紧紧地拉着，扑不过去，肚子下的鞭忽地出来了，戳着如棍。

一个人从堂屋里出来，好像才喝了酒，脖子梗着，还能看到那暴起的血管，在嚷：都闪开，闪开！一手在身前，一手在身后，在身后的手里握着一个杆子，杆子上安了月形的铲刀，太阳照在铲刀上，溅着一片子光。看热闹的人当然就闪开了，一些年轻的女子转身往院门口跑，偏被几个小伙拦住，说：嗨跑啥咯！女子说：杀了你！握铲刀的人已经走到了公驴的身后，他全神贯注，十分地庄严，院子里就立即也安静了，只听到公驴还在喷气，喷出的气像一团一团的烟。公驴不停地动，握铲刀的人也在动，动着碎步，突然，一条腿在地上蹬住了，一条腿一个跨步，嗨的一声，铲刀冲出去又收回来，他就站住不动了。这一连串的动作太快，人们还没看清是怎么回事，地上已经有了一根肉棍，肉棍在蹦跶着。

公驴这时候才叫起来，叫声惨烈，拉公驴的是两个人，一个人丢了手就去捡肉棍，捡了两回，两回都从手里蹦脱了。

定西的许多村子不叫村，叫庄，也有叫堡的。叫堡的都是在村子不远处，或山上或半坡里，有个小小的城堡。这些城堡差不多修筑于清末民初，土夯墙，又高又厚，有堡门，堡子里还常有小庙。那时期，一旦军阀混战的散兵路过，或是有了土匪强盗，钟声一响，村子里的人就往堡子里搬，并选出堡头，组织自卫，时间有两天三天的，也有三月半年的。现在，这些堡子还在，但都废了，我们去看过几个，要么堡子里什么都没有了，只留着小庙，要么小庙也坍塌了，只有几棵松柏。

在看完五个堡子的那个下午，我有些感冒，住在一户人家的热炕上发汗，那炕非常热，坐一会儿就得侧侧身子，人越发四肢无力。原计划要去北边的裴家堡的，这家主人是个教师，说他家有本县上编的文史册子，上面有一篇写裴家堡故事的，看看就不用去了。我让把册子拿来看，没想到那篇纪实文章让我读得胆战心惊，感冒更加严重，竟在这户人家住了一夜。

这篇文章是汪玉平、裴小鹏写的，我在此有删减地抄录如下。

民国十九年农历五月初二，马廷贤部在冯玉祥部的追剿下西进。二百多人经过裴家庄时，怕遭到村民的伏击，还向堡子方向喊：不要开枪，我们是过路的。当时正值农忙，村民都在地里忙活，堡子里只是些老人和孩子，敌前锋部队顺利通过了裴家庄。不久，敌后续部队六七十人在一个姓杨的营长带领下到达裴家庄，却冲进堡子抢了一些枪、面粉和油就下了山，对堡子里的老人和孩子并未伤害。

在堡子附近山坡地里干活的村民，看到敌马队出了堡子，就大喊：土匪抢走东西了……堡头裴忆存和裴怀二，还有一些村民，赶快跑回堡子。此时敌人下山后正向西行进，裴忆存和裴怀二迅速地把西南的一门狗娃儿（土炮）装上弹药，朝着敌马队开了一炮。

炮声一响，敌马队中一人从马上栽了下来，惊慌失措的敌人把落马者抬上马背，急忙向西驰去。

正西进的马廷贤在得知他的部下被打死，立即召集会，会上有人主张攻打堡子，有人主张继续西进，而死的就是杨营长，杨营长的女人又哭又闹要给丈夫报仇，部队就折过头来攻打堡子。

堡子里的人一见，把魁星楼前的大钟敲得震声响，在村子和地里干活的村民听见钟声相继都跑回堡子。在堡头的组织下，村民们赶快用口袋装上土，把堡门牢牢地堵住，堡墙上的五门狗娃儿炮和一些没被抢走的火枪，都备足了弹药，长矛、大刀和平时干活的工具，此时都成了护堡的战斗武器。

从堡子里看到敌人在做晚饭，估计晚饭后敌人就来进攻，堡头们也吩咐各家各户赶快做饭。由于村民进堡时走得忙，在村里住的人没把灶具带上来，一听说做饭，这才缺这少那，相互间借用，女人们一边带着孩子，一边生火做饭，不懂事的娃娃一下子聚在一起，在院子里嬉戏打闹。

夕阳下山后，敌人开始行动，一部分仍留在村里，大部分人马沿山坡向堡子行进。在堡墙上观察的人一下子紧张起来，喊：土匪上来了，土匪上来了！一些还没吃饭的村民，放下筷碗，拿起了武器，在堡子周围严阵以待。

敌人骑着马，身上背着枪，手里拿着马刀，后面还有十几个人抬着梯子，当他们来到堡门前停下，向堡子里喊话，向堡子里要面粉和油。几个堡头商议只要敌人能够退兵，这个条件可以接受。不一会儿，从各户收集来的几袋面粉和十多斤清油从堡墙上吊了下去。过了一会儿，敌人又对着堡子里人喊：我们团长说了，你们打死了我们营长，把凶手交出来，再放下两个女人给我们做饭，不然就踏平你们堡子。

堡头和堡里的男人们当然不能把自己的女人和同胞交给敌人，断然拒绝了要求，在一阵叫骂声中，双方开了火。一时间枪声不断，炮声轰鸣。在后堡前墙上还击的裴老五被敌人击中，从堡墙上摔了下去，当时就死了。正在双方激战的时候，刚才晴朗的天空，忽然电闪雷鸣，狂风席卷着尘土直冲向天空。霎时，瓢泼大雨将进攻的敌人打得晕头转向，一个个从山坡上滑了下去，撤回了村庄。

敌人撤退后，堡头把裴老五被打死的事暂时封锁，怕引起村民的慌乱，组织青壮年守在堡墙上注视着敌人的动静，妇女儿童和老年人拥挤在各自的草房里，惊恐不安地度过了一夜。第二天吃早饭时，裴老五的母亲叫老五吃饭，这才知道儿子已经死了，她没有掉一滴眼泪，亲自安排儿子的丧事。而裴俊华的爷爷向堡头提出，要带自己的一家人出堡去，堡头不同意，因为昨天下午大家在一起商量过不能分散。裴老汉再三要求，堡头们认为，既然屁股上有疮不能守堡，留下来也帮不上忙，就把他一家八口人从墙上用绳放了下去。

事后裴俊华给人讲，他爷爷当时一定要离开堡子是有原因的，在这之前，他家里来了个道士，吃了饭临走时给了他爷爷一张画的符，说不久裴家庄要发生灾难，到时就把符烧了，放在碗里吃了，然后要离开村子，就能避灾。所以，他爷爷的举动让堡头和村民们感到不愉快，却也保全了他们一家。

到了太阳一竿高的时候，敌人全都离开村子，并没有走昨天的路从裴家沟口进入，而是从左侧的红崖沟进入，绕到堡后的腊山嘴，准备从背后向堡子攻击。蜡山嘴离堡子很近，站在上面居高临下，能俯视到整个堡子的情况。堡子里的村民及时调整各炮位的方向和守护人员的配备。不久，敌人的炮弹一发发落在堡里，密集的子弹不断把堡里守护的人打下堡墙。战斗持续到中午，守护人大部分或死或伤，裴忆存、裴怀二、裴恒川及裴宝华的三叔、四叔相继战死，裴善琴的父亲冒着敌人不断射来的子弹，跪在土炮前装弹药，被子弹打穿两颊。后来亲戚收尸时，他仍保持着装弹的姿势。

昨晚的那场雨，阻挡了敌人的进攻，也使存放在庙里的火药受了潮不能使用，枪炮逐渐失去了战斗作用。敌人从东西两侧，顺着梯子爬上堡墙，被堡里尚存的守护者用大刀、长矛、铁连枷打下去。如此使十多个爬上来的敌人从堡墙上滚下山坡。此时，堡里所有能搬动的东西都用来打击敌人，连猪吃食的槽也当作武器扔了下去。敌人改变了进攻方式，爬在梯子最前边的一个，都拿着盒子手枪，接近墙头时用手枪朝堡内乱射，使堡里人不能接近堡墙。堡里已没有几个能够战斗的人了，敌人很快从堡墙爬了进来，打开堡门，见人就砍，能够爬起来的村民与敌人进行白刃战。裴麻子用马刀砍伤了好几个敌人，被大门拥进来的敌人围在当中乱刀砍死。堡头裴殿瑞的父亲被敌人绑在庙里柱子上，身上浇上油，被活活烧死。一个不到十岁的男孩，跑到堡墙上要往外跳，被追上来的敌人一马刀从屁股捅进去，摔下了墙。两个年轻人逃出堡子，一个还带着狗，藏在山洞，连人带狗被打死。另一个叫裴七十一，他一直跑到离堡子一里多远的红土柯寨地，被一个追上来的敌人开膛破肚。

堡子里已看不到活人，他们就放火烧房子。庙的正殿里有存放的火药，很快正殿起了火，殿里三大菩萨像和东殿的三个神像在大火中消失。几个敌兵冲进西殿，把九天圣母的头发拉散，上衣扯开到胸前，点了几次都没点着，就慌忙离开堡子。

敌人攻进堡子时，年轻力壮的村民都已战死，堡里占多一半的老人、妇女、儿童成了他们屠杀的对象。裴小鹏的二奶被一刀砍死，她倒下时，身子护住了儿子裴建璟，裴建璟活了下来。他的奶奶怀里抱着六岁的女儿菊娃，头上被砍了一刀，硬是护住了菊娃。裴随斗和他妈被敌人追杀，他妈为护裴随斗，胳膊被砍掉，裴随斗去救他妈，脸上挨了一刀。

现年八十六岁的裴金对，当时八岁，她回忆说：初三，土匪从后山打枪打炮，男人们都到后堡去了，我妈怀里抱着我，背着我哥裴老二，还有我的两个嫂子，躲到淑英奶奶放柴的庵房里。圈里有一根杠子，我妈坐在杠子中间，两个嫂子坐在两边，怀里都抱着娃娃。忽然打来一炮，坐中间的我没事，两边的两个嫂子一声没吭倒在炕上死了。我二嫂伤在胸脯上，娃娃半个脸上的肉翻过来。我大嫂伤在小肚子上，一直叫肚子疼，当天就死了。我大和我哥到后堡去守堡，我哥刚往墙上爬，被土匪一把抱住，扔在着了火的正殿。土匪走了他才从火里跑出来，腿被扭伤了。我大肩被打伤了，活到初十就死了。求浪的大叫裴昌生，当时只有七岁，土匪没拉住，他从堡墙上跳下去，滚到山坡下沟里活了下来。裴对泉从东堡墙上跳下去，土匪几枪没打上。后堡的人杀完了，房子大部分被火点着，土匪开始往外撤，有几个看到我们，向我妈要白元，我妈把头上的一支银簪子给了，有一个土匪站在堡墙上喊：女人和娃娃再不要杀了。土匪就走了。土匪走后，我们到后堡，满地都是死人，墙根下有两堆人，有的还在呻唤。死的人太多，没有棺材，大多数都被软填了。我家打开了一个柜子和门板把我的两个嫂子埋了。到初四下午死人基本上都入了土，没有被杀死的娃娃，都被别村的亲戚接走了。堡子里只有我妈领着我、我二哥的两岁儿子裴映冬。到了初十我大死了，我妈领我们离开堡子，临走时，我妈挖出了埋在院子里的一罐甜胚子，在地里埋了几天，挖出来还甜得很。

受裴家堡祸难的影响，几天里情绪缓不过来。司机说：瞧你这人，那是八十年前的事了，还有啥放不下的？！是八十年前事，如果还有什么史料，清代的、明代的、宋代的，甚至秦代，这里战事频繁、蜂烟弥漫，不管谁赢谁输，老百姓苦难不知又是何等的惨烈，这些当然都岁月如烟如风地过去了，我想的是，定西为什么就叫定西呢？它是中国西北上，历来称作边关，是历代历朝都希望它安定吧，它安定了，中国也就安定了。现在，在整个中国的版图上，定西可以说是安定的，安定得似乎让人忘记了它，忘记了它曾经不安定。虽然，它也是国内没有充分开发的地区之一，这可以说还是好事，使它保持了它固有的东西，包括地理环境，包括人们的生活方式、风土人情，包括没有在过度开发中拉大的贫富差距，也包括它的落后。但是，毕竟贫穷使人凶狠，富裕使人温柔，当我们需要定西安静平稳而定西的富裕远远还滞后于全国水平的时候，整个中国还应该为定西做些什么呢？怎样才能使定西更富裕更公正更和谐美好呢？

在定西的各个县镇，凡是走到哪一户人家，你感到吃惊的都那么喜欢字画。只要一谈起字画，他们就睁大眼睛，也不再木讷，给你说起他家墙上的字画是什么人的，哪一年请回来的，村里谁家的字画最好，这个县上甚至定西城天水城兰州城书画家谁谁曾经来过，在谁家屋里吃过饭，还在谁家里写过字。说过了，还怕你不信，须要领着去别的人家里看字画。有日子过得滋润的，也有日子过得狼狈的，但不论是新盖的房还是已经破败的房，房里都挂着字画。我在通渭的一户人家里，看到上房的中堂上的一幅字写得并不如挂在厦子房里的字好，建议调换一下，主人说：厦子房的字好是好，可写字的那人品行差，而且还是个跛子哈。原来，他们还特讲究书画家的德行、职位和相貌的，德行高的有职位的身体端正健康的书画家作品挂在上房中堂，那要在大年初一的早晨给上香的。

这让我不禁大发感慨，目下国内字画的行情见涨，但十之八九是为升迁、为就业、为调动、为贷款、为上学给大大小小的领导送，字画成了腐败的一方面，还有十分之一二为个人收藏，收藏着随时准备倒卖。而定西人爱字画，当然少不了有行贿和倒贩的，却绝大多数是人人都爱，是真爱，买了就挂在自己家里，觉得那就是文化，就是喜庆，就是贵气和体面，能教育家人知情达理，能启发孩子们好好念书。

除了中堂上必须挂有字画外，定西人还有一点，就是讲究在中堂的柜盖正中摆放或多或少的宝卷。

我在头几天里时常听说宝卷长宝卷短的，当时还不知是什么意思，也没在意。后来在一个叫清水的村里，去一户人家，老太太招呼我们坐了，忙把屋里剥苞谷颗的笸篮挪开，把猫食碗拿到了屋外台阶上，就开始用鸡毛掸子拂柜盖，拂着拂着把柜盖正中的一沓旧书小心翼翼地拿起来，用嘴吹上边的灰尘，又小心翼翼地原样放好。我好奇地问：那是什么呀？老太太说：宝卷。便埋怨儿媳妇邋遢，屋子这么脏的，让客人咋待呀？！

又说宝卷，啊，宝卷原来是一些旧书！在我的经验里，"文革"期间人们要把毛主席的著作放在中堂的柜盖上的，莫非这里还依旧着那时的规矩？我说：宝卷？是毛主席的红宝书吗？老太太说：我不认得字。我近去看了，是有一本毛主席的书，但更多的是一些手抄本，有一些佛经，有《道德经》，有《治家格言》，有《论语》，有《弟子规》，还有《劝善歌》和《中医偏方集锦》。

我和老太太说了这样一段话：

就这些书呀？

不是书，是宝卷。

啊，是宝卷，你家咋这么多宝卷？

家家都有，我家的多哈。

谁念哩？

我老汉能念。

你老汉呢？

走了哈。

走哪儿了？

嘿嘿，走了就是走了哈。

去县城了？

死了！

噢。

你们城里人听不懂哈。

噢噢，那你还一直要在这儿放宝卷？

镇宅哈。

离开的时候，我要求能和老太太照个相，老太太在头上脚上收拾起来，院子里的太阳亮灿灿的，我便在院子里放好了一只凳子。

她出来了，却抱着她家的狗，狗是白狗，像一堆棉花，她说她老汉死的那年养的这狗，她总觉得这狗就是老汉变了个形儿来陪她的，尤其狗转身往后看的那个样子，和她老汉生前的神气，似模似样。我尊重着老太太抱着狗照相，可她看见我放的条凳，却一下子变了脸，说：快把凳子挪开！我说：你坐着，我站旁边。

她挪开了凳子，说凳子放的地方不对，你没看见那里有块砖吗？！
后来我才知道，放砖的地方是有土地神的，绝对不能在那上面坐
或者站。照完了相，又走了几家，几乎家家院子中间都有一块地
方放着砖或放着一盆花。问了土地神是如何安放在那下边的，他
们告诉说：挖一个坑，坑里埋个罐子，罐子里有五色粮食，粮食
里有个石刻的或木雕的土地神像，然后封好，地面上做个标志，
这土地神就护了。

　　离开了这个村子，我们一路还在议论着宝卷镇宅、土地神护
院的事，司机就嘲笑起定西人的旧规程，说：啥年代了，还愚昧
这个呀！司机是从小在西安长大的，他不了解农村。我说这不应
算是愚昧，中国农村几千年来，环境恶劣，物质贫乏，再加上战
乱频繁，苦难那么多而能延续下来，社会靠什么维持？仅仅是行
政管理吗？金钱吗？法律吗？它更要紧的还是人伦道德、宗教信
仰啊！司机说：可宝卷摆在那里，土地神埋在那里，只是个仪式么。
我说：是仪式，有仪式就好呀！为什么要每天在天安门前升国旗？
为什么一开大会首先要唱国歌？为什么生了小孩要过满月？为什
么老人去世要七天祭祀？再给你举个例子吧，现在每年全国开人
大会政协会，花那么多钱费那么长时间去北京听几个报告，报告
完全可以发到各地让人阅读，为什么偏要去北京？它就体现了国
家感、庄严感啊！

　　在漳县、岷县发现村民家中的宝卷后，我们对宝卷产生了兴
趣。老太太家的宝卷，以及那个村子里别的人家中的宝卷，都是
一些我们知道的儒、释、道方面的经典，而定西历史上是佛道兴
盛过的地方，又出过许多大儒，又是有孙思邈呀、李白呀、李贺
呀许多遗迹，那么，还有没有一些我们没见过的经典古籍呢？于
是，我们每到一处，都要打听，就听到了一个关于宝卷的故事。

　　1992 年 7 月 5 日，有人在遮阳山东溪寒峡的一个洞口石壁上发现了"石室"二字，不知何人何时所刻。进入洞后，在洞底又发现了一木棺，吓得没敢打开。消息传出，漳县文化馆干部赶来查看，认定"石室"二字为北宋大诗人、监察御史张舜民题刻，进洞后又证实那不是木棺，是一木箱，木箱里存放着一大批古代书籍，这些书籍经清理，为古代佛经宝卷手抄本，因受潮粘连严重，能辨认出的经名有八部：《佛说大乘道玄法华真经》《法航普渡地华结果尊经》《佛说赴命皈根还乡宝卷》《正宗佛法身出细普贤经》《正信除疑无修证自在宝卷》《叹世无为宝卷》《古佛天真考证龙华宝经》《普静如来钥匙宝卷》。

　　后据当地人提供线索，几经曲折，找到这批藏经的原主，原来这些经卷一是他们家历代相传保留下来的，二是民国初年从岷县一地抄录来的。1958 年宗教改革时，他拣其中破烂的一套上交了乡政府，而把抄写工整装帧讲究的一套在后半夜藏入东溪山顶上的鸦儿洞。事后又觉得有人好像发现藏经，不久又和女儿偷偷把这些经卷转移到了东溪寒峡的一个山洞里。当初，他并没注意到洞口岩壁上有"石室"二字，而这一疏忽，竟然正暗合了一句老话：石室藏经。

　　我们曾去漳县政协想见见这批宝卷，可惜那天是星期天，政协机关没人，未能见到。后又去拜见了一位文化馆的退休干部，从他口中得知，仅漳县在山洞里发现的宝卷就有四十余部，都是新中国成立后，尤其是"文化大革命"中群众偷偷保藏的。有北京、天津来的专家鉴定过，确认其中九部系国内外从未见于著录及公私收藏的孤本。

　　再一次返回到定西城，小吴说：明日请你们吃饭吧。

但还是夜里的三点，小吴就把我们全叫醒了，催促着要去饭馆。我说：你神经病呀，这时候吃什么饭？他说：早饭。我说：什么早饭？他说：牛肉汤。我说：这就是你请客？！小吴说：牦牛骨头汤呀！

小吴为了表明他请我们喝牦牛汤是多么地真诚，而牦牛骨头汤又是多么美味和有营养，就讲了这是岷县最具特色的饭食，岷县与藏区接壤，其实也是汉、回、藏、羌民族杂居区，这种汤煮法特别讲究，要从下午四点开始煮，一直到第二天早上四点方能煮好哩。

受着诱惑，我们赶到了那家餐馆，真是没有想到，餐馆门口竟排上了长长的队。队列中有年轻人，更多的是老头老太太，似乎还都熟悉，互相招呼，说说笑笑。一打问，才知道这些老年人常年来喝，喝上了瘾。

但当牦牛骨头汤端上桌后，我们都喝不了，膻味太重。

小吴能请我们吃饭，有一个原因，是他知道我们该返回西安了，虽然那顿早饭并没有吃好，他还是特意找了一家酸面馆再次请了我们。就在这次饭桌上，我们在商量着怎么个返回法，是北上兰州，从兰州返回呢，还是从漳县经武山、天水，然后返回？小吴说：第二条路线是正确的，顺路可以去看看贵清山。我说：贵清山是什么山？小吴说：你不知道贵清山？！那可是个好地方，不但是定西名山、甘肃名山，陕西恐怕也没有哈！司机说：有华山好？小吴说：好。司机说：有太白山好？小吴说：好。司机一挥手，说：不可能！气得小吴脸都变了。我忙打圆场，说了个故事，这故事是我单位的一个作家写了一篇文章发在《西安晚报》上，其中有一句：我妈是世界上擀面最好吃的人。没想当天就有读者给他打电话：你妈怎么能是世界上擀面最好吃的人呢？擀面最好吃的是我妈！

我们最后还是选择了第二条路线，从定西再去漳县，从漳县到武山县的半路上，拐上了去贵清山的一条黄土梁。

梁叫番桥梁，名字很好听，但路实在太窄，还曲折不已。沿途有许多村庄，一簇树，几十间瓦房，不是卧在洼地里就是趴在半坡上。偶尔见有人骑在毛驴上，驴很小，人却高大，两只脚几乎就撒拉在地上，但他表情庄重，见我们停了车给他拍照，竟不说一句话，也不笑。约莫一小时后，路两边有了小叶杨，一种叶子呈白色的杨，极其白，似乎有粉，一种叶子呈黄色，金子一样的黄。那天正好是立冬日，太阳还是明亮，白的叶子和黄的叶子落在地上，车一行过，飞翻跳跃着无数的碎金碎银。再过了几十里吧，路拐入另一条梁上，能隐约看到远远的有寺院，地势也是越来越高，而梁两边的坡上没有了树，也没石头，一片一片大小不等田地有的种了冬麦，是绿的，没有种冬麦的耕过了歇着，准备将来种土豆，便只是赭色，整个的坡塬状如巨大无比的百衲衣从贵清山方向的高地直铺了过来。

到了高地，突然间眼前出现一个大河谷，天地变化，霎时觉得是驾了巨鹏从天而降，按住了云头俯瞰着人间。谷地里林木黝黑，成片状，成带状，顺着高高低低的峰峦向后蜿蜒，有云卧在其间，云白得像一堆堆棉花垛子。黄土高原上看惯了沟壑峁台，猛然见这片峡谷山林，真有些不知所措，以为是幻觉，是异想，异想天开。车随着路往峡谷开，连续地绕弯和打折，一搂粗的、两搂粗的紫杉擦身而过，无数垂落下来的藤萝就覆盖了车前玻璃。我和我的朋友大呼小叫要车停下，小吴说：不停不停，绕着谷往后山开，直接到三峰。

不知怎么在谷底里拐来拐去，也不知怎么又在盘旋而上，一尽在恍惚里，车就到了黄土梁。这里的黄土梁和所有的黄土梁一样，起起伏伏，能望到天边，一个大转弯后，车停在了偌大的土场上，小吴说：到山顶了！

这是山顶？我疑惑不已，山顶怎么和黄土梁连在一起？贵清山原来仅是梁塬的沟壑吗？但定西任何地方的沟壑都是土层，这里却是石质，从谷底往上看着全是奇峰林立，嵯峨险峻啊！这时候我才明白，世上有的东西是测高的，有的东西是探深，山可以在地面上往天空长，山也可以从谷下往地面长。贵清山它是一座地面下的山。

在土场上，四周即是紫杉，一棵紧密着一棵，高大得仰头望不到顶尖，倒怀疑这个土场硬是在紫杉林中开辟出来的。土场上太阳白花花的，紫杉林里仍是苍郁，好像那里永远是夜，而黑白分界刀割一样整齐，我站在分界线上，一半的身子暖和，一半的身子寒凉。

沿着一条漫下山路往前走，其实已经走在山峰上，靠着一棵树说：拍个照吧！一低头，树后便是万丈深渊，吓得老老实实从路中间走，害怕着有风，走过了百来米吧，路断了，是这个峰和另一个峰架着了一座木桥。从木桥上想极快地跑过去，因为担心桥会坍，却腿哆嗦着只能一步一步挪，小吴喊：不要往下看，不要往下看！是不敢看了，终于过了桥，死死抓住桥头的铁索，往下仅看了一眼，刀劈一般的直立，崖壁上直着斜着长着杉，有鸟在锐叫，有树叶无声地飘落，立时头晕，出了一身冷汗。好的是进了一道长廊，廊栏护着，这就到了中峰。到了中峰，却思想了一个问题：在黄土梁上，土那么厚，难得见树木，即使有，也仅是些小叶杨、槐和榆，却不成林，出地便为灌丛，而紫杉却在峭壁悬崖上生长，长成如此大木？！古书上讲，中国地势东南低而西北高，天下水聚东南，东南富庶，人多聪慧，易出俊贤，西北瘠贫高寒，人多蠢笨，但出圣人。那么，这里的紫杉就够得上是圣树了。

中峰阔大，就建有庙宇，到处是石碑，还有一些平房和菜地。有三个道姑正在吃饭，饭依然是蒸土豆，见了我们老远就说：吃呀不？锅里有哈。我没有客气，去拿了两个土豆，一边吃一边四处走动。在别的佛寺道观里，常见到一些奇奇怪怪的花木，这里没有花丛，树都长得凛然伟岸。到左边崖沿上去看，峡谷对面云腾雾罩，只有一排峰尖，如锯齿，似乎凭空浮着，感觉是海市蜃楼的景象，或者是画上去的。到右边崖沿去，那里的峡谷更深，云雾填满，丢一块石头下去，半天才听到咕咚声。走过来的道姑说：早上还打电哩，一打电，谷底里呼隆隆响，像过火车。再到前边的崖沿，能看到另一座峰，比中峰小，几乎是一个锥体，锥尖上竟然就一个庙，庙小得如一个人蹲在那里。

从来没见过这般奇怪的庙，要近去看，路又断了，连接的还是一桥，这桥完全是几根木头搭成的，亏得桥上有廊，不至于让你看到外边。

过了桥到庙上，庙墙就齐着峰沿，峰沿上长满了树，一直手抱着树绕着庙下的一个斜道到了庙后边，小吴说从这儿还可以直下到峡谷里，峡谷里有神笔峰，你想不想看？我当然想看，但小吴又说从这里下去要过转树砭，即一棵大树立在路上，必须抱着树转一圈方能下去，我立即不敢下了，说还是从原路回到谷底再进峡里看神笔峰吧。

折回中峰，听道姑说山上事，她爱说话，说了峡谷十里，说了紫杉林二百亩，说了山上曾经的和尚和道士，说了她们三个是哪一年出家的，每日的法事如何做，怎样的吃喝。让我印象最深的，从此再不能忘的倒是两件事。

一是这里三峰环翠，西峰刚直，南峰峻急，中峰体秀身圆，土石和美，并且左有青龙蜿蜒，右有白虎低沉，前有朱雀欲飞，后有玄武伏降，本应存有王气，要出大人物的。然而，寺院道观并没建在面山枕山、左右临水的山脉重心位置，而选于天地交会最利升仙的山峰凸点上，因此，这里一直安稳，与其说寺观是选中了这里的山水所建，不如说正是建造了寺观才保护了山的峻美树的茂密。

二是每年农历四月初一至初八，是浴佛庙会，根据"佛生时龙喷香雨浴佛身"之说，以各种名香浸洗佛像，而平常山上很难下雨，庙会前却必有一场雨，庙会后也必有一场雨，竟然几百年来从未延误过。

最后，我们下到峡谷去看神笔峰。神笔峰果然端直插天，大家都嚷嚷着让我好好写篇文章，记下此时此景，我一时脑子里翻涌着许多前人诗句，什么满身黑痕多、独立在人间，什么众鹰盘旋、落霞堆地，什么松上云从容、涧底水急湍，但觉得没一句能准确地描写这神笔峰的神采和看到神笔峰的心境，我说：大收藏家是以眼收藏的，今日看到神笔峰了，我也就拥有了神笔峰。

要离开贵清山了，小吴又和我们戏嘴了。

没哄吧？

没哄。

好吧？

好。

哈这就对了！

问你一句？

问。

为啥这么多天你不早早说来贵清山？

一路上都是黄土塬梁的，最后要给你们个惊喜哈，祖国山河可爱，定西不能排外么，离开定西的时候看看贵清山，给你们留个好印象哈！

没来贵清山，定西已经留下好印象了呀。

那来了贵清山呢？

定西有贵清，清贵乃定西。

2010 年 12 月 29 日写毕

2011 年 2 月 11 日改毕

走进塔里木

　　8 月里走进塔里木，为的是看油田大会战。沿着那条震惊了世界的沙漠公路深入，知道了塔克拉玛干为什么称作死亡之海，知道了中国人向大漠要油的决心有多大。那日的太阳极好，红得眼睛也难以睁开，喉咙冒烟，嘴唇干裂，浑身的皮也明显地觉得发紧。车上的司机告诉说，地表温度最高时是七十摄氏度，那才叫个烤呀！公路未修的时候，车队载着人和物资从库尔勒出发，沿着塔里木盆地边沿走，经过阿克苏，经过喀什，再到和田，这是多么漫长的道路，然后沙漠车才能进入塔克拉玛干腹地。这么一趟回来，人干巴巴的，完全都失了形！司机的话使我们看重了车上带着的那几瓶矿泉水，并且相互恶作剧，拧对方的肉，问：熟了没？喉咙也就疼得咽不下唾沫，将手巾弄湿捂在口鼻上。在热气里闷蒸了两个小时，突然间却起风了，先是柏油路上沙流如蛇、如烟，再就看见路边有人骑毛驴，人同毛驴全歪得四十度斜角地走，倏忽飘起，像剪纸一般落在远处的沙梁上。天开始黑暗，太阳不知坠到哪里去了，前边一直有四辆装载着木箱的卡车在疾驶，一辆已经在风中掀翻了，另外的三辆停在那里用绳索拉扯，仍摇晃如船。我们的小车是不敢停的，停下来就有可能打滚，但开得快又有御风起空的危险。司机说，这毕竟还不是大沙暴，在修这条公路和钻井的时候，大沙暴卷走了许多器械，单是推土机就有十多台没踪影了。我们紧张得脸都煞白了，幸好大的沙暴并没有发生，而沉甸甸的雾和沙尘，使车灯打开也难见路。艰艰难难地赶到塔中，风沙大得车门推不开，迎接我们的工人已都穿着棉大衣，谁也不敢张嘴，张嘴一口沙。

接待我们的是副调度长王兆霖，人称沙漠王的，他笑着说：中央领导每次来，天气总是好的，你们一来就坏了。我们也笑了，说这正是老天想让我们好好体验体验这里的生活嘛！

我们走进了大漠腹地，大漠让我们在一天之内看到了它多种面目，我们不是为浪漫而来，也不是为觅寻海市蜃楼和孤烟直长的诗句。塔里木大到一个法国的面积，号称第二个中东，它的石油储量最为丰富，地面自然条件又最为恶劣，地下地质结构又最为复杂，国家石油开发战略转移，21 世纪中国石油的命运在此所系，那么，这里演绎着的是一场什么样的故事？这里的人如何为着自己的生存和为着壮丽的理想在奋斗呢？我们在塔中始终未逢到好天气，风沙依旧肆虐，所带的衣服全然穿在身上，仍冻得嘴脸乌青。沙漠王是典型的石油人性格，高声快语，又诙谐有趣，领我们去看第一口千吨井，讲这里的过去，讲这里的将来。去英雄的沙漠车队，介绍每一个司机的故事，去看用铁板铺成跑道的飞机场，去亲自坐上沙漠车在沙梁间奔驰，领受颠簸的滋味，去看各处的活动房，去看工人床头上都放的什么书。在过去有关大庆油田的影视中，我们了解了石油人生活的简陋，而眼前的塔里木，自然条件的恶劣更甚于大庆，但生活区的活动房里却也很现代化了，有电视录像看，有空调机和淋浴器，吃的喝的全都从库尔勒运进，竟也节约下水办起了绿色试验园，绿草簇簇，花在风沙弥漫的黄昏里明亮。艰苦奋斗永远是石油人生活的主旋律，但石油人并不是只会做苦行僧，他们在用着干打垒的精神摧毁着干打垒，这里仍是改革的前沿阵地。不论是筑路、钻井，还是修房和运输，生产体制已经与世界接轨，机械和工艺是世界一流，效益当然也是高效益。新的时代，新的石油人，在荒凉的大漠里，为国家铸造着新的辉煌。

我们在沙漠腹地的日子并不长，嘴里的沙子总是刷不净，忽冷忽热的气候难以适应，我就感冒了，又开始拉肚子，但我们太喜欢那红色的信号服和安全帽，喜欢去井位，在飓风中爬井台，虽然到底弄不明白那里的生产程序和机械名称，却还要喋喋不休地问这问那。新疆是中国最大气的地方，过去的年月里容纳了多少逃难的人、逃婚的人，甚至逃罪的人，而今的塔里木油田上，为了一个共同的目标，五湖四海的人走到一起。塔里木改变了他们的人生观，培养了他们特有的性格和行为方式。他们是那样好客，给你说，给你唱，却极少提到这里的艰苦，也不抱怨这恶劣的气候，说许多趣话，甚至那些带彩的段子，使你感受到生命的蓬勃和饱满。我们采访了那些在石油战线上奋斗了一生的老大学生，更多地采访了那些才从大学毕业分配来的大学生，问他们为什么没有留在大城市，没有去东南沿海地区。他们对这些似乎毫无兴趣，只是互相戏谑：谁谁在这里举行婚礼的那天，竟自己喝醉了酒，沉睡得一夜不起；谁谁去出车，车在半途坏了，爬了两天两夜，又饥又渴昏倒在沙梁上，幸亏派飞机搜索才救回来，去修那辆车时，才发现车座下面还有着一瓶矿泉水的，真是笨得要死；谁谁的媳妇千里迢迢到库尔勒，指挥部派专车将人送到工地，说好明日再送回库尔勒，可活该倒霉，这一夜却起了特大沙暴，甭说亲热，连睁大眼睛端详一下媳妇都不可能。这些年轻人给我们留下了极深的印象，从沙漠回来后，当我们在繁华的城市坐着小车，就每每想起了他们。世上有许多东西我们一时一刻离不了，但我们却常常忽略，如太阳如空气，我们每日坐车，就忘了车的行走需要的是石油！现在的小孩子，肚子饥了要馍馍吃，馍馍是哪儿来的，孩子们只知道馍馍是从厨房来的。我们也做过一次小小的调查，问过十三个坐车的人：车没油了怎么办？回答都是：去加油站啊！谁又知道发生在沙漠中的这些极普通又极普遍的故事呢？

接触了不同岗位不同层次的石油人，临走时，我们见到了塔指的三个领导。邱中建，这是石油战线上无人不晓的一个名字，他的一生几乎与中国所有的大油田的历史连在一起，如今已经六十多岁的人，祖国需要他到塔里木来，需要他来指挥这一场新体制新工艺高水平高效益的石油大会战，他离开了北京和家人，一人就长年待在塔里木。钟树德呢，这位塔指的大功臣，为了中国的石油事业，他献出了自己的一只眼睛。他自始至终在塔指，大漠中的每一口井台上都流过他的血汗。当我们见到他的时候，他才从塔中回到库尔勒不久，而那只完全失明的眼睛，因失去了功能，沙子落进去，磨擦得还是血红血红。梁狄刚更是个传奇人物，他的母亲居住在香港，年纪大了，一直希望他也能定居香港，但他虽是大孝子，可忠孝难两全，当中央电视台的记者采访他时，他没有什么华丽的辞藻，只说了句：我不能丢弃我的专业。与这些领导交谈，你如坐在一张世界地图前，坐在一张中国地图前，他们的襟怀和视角是那么大，绝口不提自己的事，只强调这一生就是要为中国找石油。塔里木油田可能是他们人生最后要找的一个大油田了，党和人民让他们来，这就是他们一生最大的幸福。

但他们压力很大，因为中央领导一个接一个来塔里木，历史的重任使他们不敢懈怠，如何尽快地发现大的场面，使他们只有日日夜夜超负荷地工作着。

我们去塔里木，我们是几个普通得不能再普通的人，又行色匆匆，但石油人却是那样的热情！所到之处，工人们让签字。签什么字呀，一个作家浪得再有虚名，即就是写出的书到处有人读，而比起石油人是多么微不足道啊！他们一有机会就让我写毛笔字，我写惯了那些唐诗宋词，我依旧要这么写时，工人们却自己想词，他们想出的词几乎全是豪言壮语。这些豪言壮语在别的地方已经消失了，或者有，只是领导的鼓动词，而这里的工人却已经将这些语言渗进了自己的生活，他们实实在在，没有丁点虚伪和矫饰，他们就是这样干的，信仰和力量就来自这里。于是，我遵嘱写下的差不多都是"笑傲沙海""生命在大漠""我为祖国献石油"等等。写毕字，晚上躺下，眼前总还是这些石油人的一张张黑红的面孔。想，这里真是一块别种意义的净土啊，这就是涌动在石油战线上的清正之气，这也是支持一个民族的浩然之气啊！回到库尔勒，我们应邀在那里作报告。我们是作家，却并没有讲什么文学和文学写作的技巧，只是讲几天来我们的感受。是的，如何把恶劣的自然环境转化为生存的欢乐，如何把国家的重托和期望转化为工作的能量，如何把人性的种种欲求转化为特有的性格和语言，使我们进一步了解了石油人。如今社会，有些人在扮演着贪污腐化的角色，有些人在扮演着醉生梦死的角色，有些人在扮演着浮躁轻薄的角色，有些人在扮演着萎靡不振的角色，而石油人在扮演着自己的英雄角色。石油人的今生担当着的是找石油的事，人间的一股英雄气便驰骋纵横！

从沙漠腹地归来，经过了塔克拉玛干边沿的塔里木河，河道

的旧址上是一眼望不到头的胡杨林。这些胡杨林证明着历史上海
洋的存在，但现在它们全死了，成了之所以称为死亡之海的依据。
这些枯死的胡杨粗大无比，树皮全无，枝条如铁如骨僵硬地撑在
黄沙之上。据说，它们是千年不死，死了千年不倒，倒了千年不
烂。去沙漠腹地时，我们路过这里，拍摄了无数的照片。胡杨林
如一个远古战场的遗迹，悲壮得使我们要哭。返回再经过这里，
我们又是停下来去拍摄。那里修公路时所堆起的松沙，扑扑腾腾
涌到膝盖，我们大喊大叫。为什么呐喊，为谁呐喊，大家谁也没
说，但心里又都明白，塔里木油田过去现在是没有个雕塑馆的，
但有这个胡杨林，我们进入大漠腹地看到了当今的石油人，这些
树就是石油人的形象，一树一个雕塑，一片林子就是一群英雄！
我们狂热地在那里奔跑呐喊之后，就全跪倒在沙梁上，每人将矿
泉水喝干，捧着沙子装了进去带走。这些沙子现在存放在我们各
自的书房，我们不可能去当石油人，也不可能长时间生活在那里，
而那个 8 月长留在记忆中，将要成为往后人生长途上要永嚼的一
份干粮了。

1996 年 10 月

安西大漠风行

　　癸亥八月十一日，行至桥湾，吃多了白兰瓜，腹泻不止；便不去搭车受时间的约束，雇骆驼悠悠往安西去。前晌，距安西城百十里，忽起风，帽子吹落在地，滚轮而去不知了踪影，骆驼嘶鸣，常常停下来作踌躇状。看大漠却并无烟尘，太阳照着，正空空洞洞地晴。奇怪之，领驼人曰：没有树木，风便有力无形。在驼峰中一扬身，果然发抛竖直根根似铿锵有声。时走时歇，又半晌，远近一层玄武岩碎石覆盖，焦黑如烧过的灰渣，令人恐惧。接着，渐渐有了黄土，却堆得奇形怪状，如台，如塔，如柱，如盏；可喜的是有了沙蒿一丛一丛的，每一丛就巩固一个土丘，均匀分布，如是坟冢。风集中成旋转的一般，从坟冢间移动，袅袅扶摇，方向不能固定。还是没有飞鸟，三匹四匹野生骆驼，背负着大山，仄着头在远处出现，偶尔有了一片羊，肥得是一群肉的咕涌，身子雪白，眼子乌黑，像戴了墨镜。正午，风更大作，羊群顺风儿跑去，旋风的弧烟倏忽消失，大漠更是一片空明，却强硬不可前进。骆驼裹腿不走，下坡拉缰绳牵制，人不能站直，俯身六十度而不倒，骆驼躁怒，遂喷唾液，竟半盆之多，盖头泼来，腥恶窒

人气息。只好拉骆驼在一根土柱后卧下等待。问领驼人：这土柱
是风堆起来的吗？回答却出乎意料：风蚀而成。俯地看那坟冢般
的沙蒿土丘，却在风中加高。由此引出好多思想：这里的黄土被
风蚀成塔林，塔林一点点风化，玄武石片覆盖一切，但新的黄土
堆又在沙蒿下形成突出，越忍越大，连成一片，风又开始腐蚀……
以此反复，毁坏一切，又生造一切。大漠一定是有精灵的了，一
片焦黑并不等于全然死寂，生死的抗争在编写着一部缓慢的历史。
风突然停息了，但立即远远的地方出现了浩渺的海水，而且快极
快极地漫延了过来，我惊慌爬上驼峰，水终没有到眼前。领驼人
告诉我那是海市蜃楼，在这里随时便可见的。果真那水越来越大，
在地平线上连成一片，且开始出现一痕远山，有了孤岛，有了卧桥，
有楼台林丛，有船，豆点人物。我锐声大叫，心里说：富贵的人
做的是噩梦，贫穷的人做的是美梦，这海市蜃楼莫非是大漠的迷
离的梦了？因为它太荒寂，梦才如此丰富；它太痛苦，梦才这么
神化。这理想的、浪漫主义的艺术，天地自然都会创造，何况人乎？
一路荒唐想着，直到天黑，终于到了安西城。

1983 年 9 月 23 日追记

火焰山

这火很大，从安西城坐车往南走十分钟，大漠尽头就看得见了；地上的沙是白的，天上的云是白的，火势就沿天地相接之处蔓延。车一直开近去，到火边了，才发觉这火是凝固了的，成了石的，连成山的。它东审至何处，不可得知，东边的天挡住了漫天的视线；车扭头往西，依山根下公路行驶，那火焰的山石就一会低了，一会高了，连绵不绝，似乎是向导我们走向火的极致去。瞧那一片赤褐之上，没有木，没有草，没有一个动物出没，一时作想：火虽然凝固了，但热量还未消灭吗？不可能上去动手摸摸，但车上的温度明显比安西城北灼烫得多。口舌已经干燥，鼻孔出气如喷火呢。后来，便听得见那里风响，霍霍卜卜，却不见尘雾。便又想：山石这么狰狞，那是刀雕出来的吗？刀就是风，刀的回旋才将山石雕刻成没有完整，没有规则，仄仄斜斜坑坑洼洼齿齿豁豁。也正是刀在那里回旋，刀刃碰撞得愈发锋利吗？以风灭火，火更蓬勃，刀之锋利愈发使火的山石残缺不齐吗？痴痴儿再想：可惜这火突然地凝固了，它曾经一定弥天地燎原，从此天是了一个灰烬的白云，地是了一个灰烬的白沙，云白天更高得单纯，沙白地更大得丰富，火是开山辟地的造物主之武功啊！但它却突然地凝固，永远留在这里了。它是死了，它完全成了伟大的功能。但形体不散，幽灵也不散，那一个月亮，我们两个小时后看到了，正出现在山石的火焰之上。

1983 年 11 月 30 日夜

进山东

　　第一回进山东，春正发生，出潼关沿着黄河古道走，同车里有着几个和尚——和尚使我们与古代亲近——恍惚里，春秋战国的风云依然演义，我这是去了鲁国之境了。鲁国的土地果然肥沃，人物果然礼仪，狼虎的秦人能被接纳吗？沉沉的胡琴从那一簇蓝瓦黄墙的村庄里传来，余音绵长，和那一条并不知名的河，在暮色苍茫里蜿蜒而来又蜿蜒而去，弥漫着，如麦田上浓得化也化不开的雾气，我听见了在泗水岸上，有了"逝者如斯夫"的声音，从孔子一直说到了现在。

　　我的祖先，那个秦嬴政，在他的生前是曾经焚书坑儒过的，但居山高为秦城，秦城已坏，凿池深为秦坑，自坑其国，江海可以涸竭，乾坤可以倾侧，唯斯文用之不息，如今，他的后人如我者，却千里迢迢来拜孔子了。其实，秦嬴政在统一天下后也是来过鲁国旧地，他在泰山上祀天，封禅是帝王们的举动，我来山东，除了拜孔，当然也得去登泰山，只是祈求上天给我以艺术上的想象和力量。接待我的济宁市的朋友说：哈，你终于来了！我是来了，孔门弟子三千，我算不算三千零一呢？我没有给伟大的先师带一束干肉，当年的苏武可以唱"执瓢从之，忽焉在后"，我带来的唯是一颗头颅，在孔子的墓前叩一个重响。

一出潼关，地倾东南，风沙于后，黄河在前，是有了这么广大的平原才使黄河远去，还是有了黄河才有了这平原？哐啷哐啷的车轮整整响了一夜，天明看车外，圆天之下是铅色的低云，方地之上是深绿的麦田，哪里有紫白色的桐花哪里就有村庄，粗糙的土坯院墙，砖雕的门楼，脚步沉缓的有着黑红颜色而褶纹深刻的后脖的农民，和那叫声依然如豹的走狗——山东的风光竟与陕西关中如此相似！这种惊奇使我必然思想，为什么山东能产生孔子呢？那年去新疆，爱上了吃新疆的馕。怀里揣着一块在沙漠上走了一天，遇见一条河水了，蹲下来洗脸，"日"地将馕抛向河的上游，开始洗脸，洗毕时馕已顺水而至，拣起泡软的馕就水而吃。那时我歌颂过这种食品，正是吃这种食品产生了包括穆罕默德在内的多少伟人！而山东也是吃大饼的，葱卷大饼，就也产生了孔子这样的圣人吗？古书上也讲，泰山在中原独高，所以生孔子。圣人或许是吃简单的粗糙的食品而出的，但孔子的一部《论语》能治天下，儒家的文化何以又能在这里产生呢？望着这大的平原，我醒悟到平原是黄天厚土，它深沉博大，它平坦辽阔，它正规，它也保守而滞积。儒文化是大平原的产物，大平原只能产生出儒文化。那么，老庄的哲学呢？就产生于山地和沼泽吧。

在曲阜，我已经无法觅寻到孔子当年真正生活过的环境，如今以孔庙孔府孔林组合的这个城市，看到的是历朝历代皇帝营造起来的孔家的赫然大势。一个文人，身后能达到如此的豪华气派，在整个地球上怕再也没有第二个了。这是文人的骄傲。但看看孔子的身世，他的生前凄凄惶惶的形状，又让我们文人感到一份心酸。司马迁是这样的，曹雪芹也是这样，文人都是与富贵无缘，都是生前得不到公正的。在济宁，意外地得知，李白竟也是在济宁住过二十余年啊！遥想在四川参观杜甫草堂，听那里人在说，流离失所的杜甫到成都去拜会他的一位已经做了大官的昔日朋友，门子却怎么也不传禀，好不容易见着了朋友，朋友正宴请上司，只是冷冷地让他先去客栈里住下好了。杜甫蒙受羞辱，就出城到郊外，仰躺在田埂上对天浩叹。尊诗圣的是因为需要诗圣，做诗圣的只能贫困潦倒。我是多么崇拜英雄豪杰呀，但英雄豪杰辈出的时代，斯文是扫地的。孔庙里，我并不感兴趣那些大大小小的皇帝为孔子树立的石碑，独对那面藏书墙钟情，孔老夫子当周之衰则否，属鲁之乱则晦，及秦之暴则废，遇汉之王则兴，乾坤不可久否，日月不可久晦，文籍不可久废啊！

当我立于藏书墙下留影拍照时，我吟诵的是米芾的赞词："孔子孔子，大哉孔子！孔子以前，既无孔子；孔子之后，更无孔子。孔子孔子，大哉孔子！"出得孔府，回首府门上的对联，一边有富贵二字，将富字写成"冨"，一边有文章二字，将章字写成"章"。据说"冨"字没一点，意在富贵不可封顶，"章"字出头，意在文章可以通天。唏，这只是孔子后人的得意。衍圣公也是一代一代的，这如现在一些文化名人的纪念馆，遗孀或子女大都能当个纪念馆长一样的。做人是不是伟大的，先前姑且不论，死后能福及子孙后代和国人的就是伟大的人。孔子是这样，秦嬴政是这样，毛泽东也是这样。看着繁荣富裕的曲阜，我就想到了秦兵马俑所在地临潼的热闹。

在孔庙里我睁大眼睛察看圣迹图，中国最早的这组石刻连环画，孔子的相貌并不俊美，头凹脸阔，豁牙露鼻。因父亲与一个年龄相差数十岁的女子结婚，他被称为野合所生。身世的不合俗理和相貌的丑陋，以及生存困窘，造就了千古素王。而秦嬴政呢，竟也是野合所得。有意思的是秦嬴政做了始皇，焚书坑儒，却也能到泰山封禅，他到了这里，不知对孔子做何感想？他登泰山天降大雨，想没想到过因泰山而有了孔子，也可以说因孔子而有了泰山，在泰山上他能祀天而求得以武功得天下又以武功能守天下吗？

我在泰山上觅寻我的祖先遇雨而避的山崖和古松，遗憾地没有找到这个景点。听导游的人解说，我的祖先毕竟还是登上了山顶，在那里燃起了熊熊大火与天接通，天给了他什么昭示，后人恐怕不可得知，而事实是秦亡后，就在泰山之下，孔庙孔府孔林如皇宫一样矗起而千万年里香火不绝。孔子就是五岳独尊的泰山吗？泰山就是永远的孔子吗？登泰山者，人多如蚁，而几多人真正配得上登泰山呢？我站在拱北石下向北面的峰头上看，我许下了我的宏愿，如果我有了完成凤命的能力和机会，我就要在那个峰头上造一个大庙的。我抚摸着拱北石，我以为这块石头是高贵的、坚强的，是一个阳具，是一个拳头，是一个冲天的惊叹号。

杜甫讲：登泰山而一览众山小。周围的山确实是小的，小的不仅仅是周围的山，也小的是天下。我这时是懂得了当年孔子登山时的心境，也知道了他之所以惶惶如丧家之犬一样到处游说的那一份自信的。

我带回了一块石头，泰山上的石头。过去的皇帝自以为他们是天之骄子，一旦登基了就来泰山封禅的，但有的定都地远，他们可以来泰山祀天，也可以自家门前筑一个土丘作为泰山来祀，而我只带回一块石头——泰山石是敢当的——泰山就永远属于我，给我拔地通天的信仰了。

进山东的时候，我是带一批《土门》要参加签名售书活动的，在济宁城里搞了一场，书店的人又动员我能再到曲阜搞一次，我断然拒绝了。孔子门前怎能卖书呢？我带的是《土门》，我要上泰山登天门，奠地了还要祀天啊！我站在山顶的一节石阶上往天边看去，据说孔子当年就站在这儿，能看到苏州城门洞口的人物，可我什么也看不见，我是没有孔子的好眼量，但孔子教育了我放开了眼量，我需一副好的眼力去看花开花落，看云聚云散，看透尘世的一切。

　　怀着拜孔子、登泰山的愿望进山东，额外地在济宁参观了武氏祠的汉画像石，多么惊天动地的艺术！数百块的石刻中，令我惊异得最多的画像竟是孔子见老子图。中国最伟大的会见，历史的瞬间凝固在天地间动人的一幕，年轻的孔子恭敬地站在那里，大袖筒中伸出两只雁头，这是他要送给老子的见面礼。孔子身后是颜回等二十人，四人手捧简册，而子路头有雄鸡，可能是子路生性喜辩爱斗的吧。这次会见，两人具体说了些什么，史料没有详载，民间也不甚传说，而礼仪之邦的芸芸众生却津津乐道，于此不疲，以至于有这么多的石刻图案。老子在西，孔子在东，孔子能如此地去见老子，但孔子生前为什么竟不去秦呢？这个问题我站在泰山顶上了还在追问自己，仍是究竟不出，孔子说登泰山而赋，我要赋什么呢？我要赋的就只有这一腔疑惑和惆怅了。

1997 年 5 月 10 日夜记

走了一趟崂山太清宫

即便没有太清宫，崂山也是道山。因为崂山只有两种颜色：乱起的白石和石缝里的绿木；白而虚，绿而静，正是"虚白道可集，静专神自归"的意思。

先有了道山，再有了太清宫；来太清宫修行的就非常多，有人，也有树，树比人多。

在宫院里似乎都随便站着，仔细看看，又都有方位。那些特粗特高的，每个院落里都有：或单独挺立，挺立成一个建筑；或两个并排，树身隆着从上而下的条棱，如绷紧的肌肉；或五个六个集中了，一起往上长，却枝叶互不交错。这些树极其威严，碰着了只能仰视。而更多的树，是年轻的，也努力地向上长，他们的皮纹细致，如瓷的冰裂，还泛一种暗红色。可能是数量多的缘故吧，前边院子里有，后边院子里又有，感觉他们一直在走动，于你的注意中某一个就蓦然地站住了。有的树已经很大了，却周围一圈小树，以为是新栽的，其实是自生的。大树枝叶扑拉下来，遮得看不到天空。而小树的叶子涂过蜡一般，闪着光亮，如是一堆眼睛，那是长者给幼者交代事情吗？这样的树只能远远看着，不好意思近去。当然也有或仄或卧的树了，他们多在墙角和塄沿，太阳照着，悄无声息地打盹。也有老树，树干开裂，如敞了怀，那黝黑的粗桩上新生了一层叶子，几乎没有风来，叶子也在反复，像是会心地无声地笑。每个院落的窗前就是那些小树了，枝叶鲜亮，态度温柔。而院墙之外，小路拐弯处，那些树就不严肃了，枝条拉扯，藤蔓纠结，蝉也在其中嘶鸣，只待着宫里的钟声一响，才安静下来。

6月15日的上午，我走了一趟太清宫，走着走着，恍惚里我也走成了一棵树，是一棵小叶银杏。当时一只鸟就在我头顶上空叫，我怔了一下，并不知鸟在叫什么。

2010 年 7 月 15 日写

游了一回龙门

千里黄河，陡然紧束，前边就是龙门吗？多少个年年月月听说着鲤鱼化龙的传奇，多少个日日夜夜想着大禹疏通的险关，全没想到因事赴了韩城，在黄河岸上正百无聊赖地漫走，路人竟遥指龙门便在前头。觅寻时经历了艰辛苦难，到来却是这样的突然，不期然而然的惊喜粉碎了我的心身，我自信我们的会见是有神使和鬼差，是十二分的有缘。为了这一天的会见，我等待了三十七个春秋。龙门，也一定是在等待着我吧，等待得却是这么天长地久。

我是个呆痴而羞怯的人，我从不莽撞撞地走进任何名胜之地，在兰州和佳县我曾经多次远看过黄河，惊涛裂岸也裂过我的耳膜，但我只是远看，默默地缩伏在一块石头上无限悲哀。现在，我却热泪满面，跪倒在沙石起伏的黄河滩上，兴奋得身子抖动，如面前的一丛枯干的野蒿，我听得出我的身子同风里的野蒿一起颤响着泠泠的金属声。我从来没有这样的勇敢，吼叫着招喊河中的汽船，我说，我要到龙门去！

时已暮色苍茫，正是游龙门的气氛，汽船载着我逆流而上，汽船像是也载不动我巨大的兴奋，步履沉沉，微微摇闪，几乎要淹没了船舷。河水依然是铜汁般的黏滞，它虽在龙门之外的下游肆漫了成里的宽度而汹汹涌涌，在这峡谷中却异常的平静，大智到了大愚之状，看不到浪花，也看不到波涛，深沉得只是漠漠下移，呈现出纵横交织了的斜格条纹。这格纹如雕刻上去一般，似乎隔着船也能感觉到它的整齐的楞坎。间或，格纹某一处便衍化开来，是从下往上翻，但绝不扬波溅沫，只是像一朵铜黄的牡丹在缓缓地开绽。无数的牡丹开绽，却无论如何不能数清，希冀着要看那花心的模样，它却又衍化为格纹，唯有一溜一溜的酒盅般大的旋涡无声地向船头转来，又向船后转去，便疑心这是一排排铁打的铆钉在固定了这水面，黄河方没有暴戾起来。两岸的峡壁愈来愈窄，犹如要挤拢一般，且高不可视，恨不得将头背在脊上。那庞然的危石在摇摇欲坠，像巨兽在热辣辣地盯视你，又像是佛头在冷眼静观你。峡谷曲拐绕转，一曲一景，却不知换景在什么时候什么地方，我不禁想到了那打开的一幅古画长卷，更想到了农家麦场上的那一夜古今的闲聊。正这么思想，峡壁已失却了那刀切的光洁，乃一层一层断裂为方块，整齐如巨块砌起。而逼我大呼小叫的是那砖砌的墙壁上怎么就生长了那么高大的一株古树，这是万年物事吗？能看清它的粗桩和细枝，却全然没有叶子，将船靠近去，再靠近，却原来是峡壁裂开了一条巨缝，那石缝的一块尖石上正坐着一头同样如石头的黑鸟。这奇景太使人惊恐，或许是因为吓唬了我，随之而来的则是数百米长的大小不一、错落有序的凹凸壁，惟妙惟肖的是佛龛群了。我去过敦煌，我也去过麦积山，但敦煌和麦积山哪里有这般的壮观和萧森？我完全将此认作佛的法界了，再不敢大声说笑，亦不敢轻佻张狂，佛的神圣与庄严使我沉静，同时感到了一种说不出的平和和亲近。船继续往上行，峡谷窄到了一百米、八十米、六十米，水面依然平稳，自不知了是水在移还是船在移。峡峰多为锯齿形了，且差不多峰起双层，里层的峰与外层的峰错位互补了，想，若站在外层峰上下视船行，一定是前峰见船首，后峰见船尾了。恰恰一柱夕阳腐蚀了外层峰顶，金光耀眼，分外灿烂，坐船头看外层金黄的峰头与里层的苍黑的峰头，一个向前窜一个向后遁，峡峰变成了活动体。如此大观，我看得如痴如醉，倏忽间有蓝色的雾从峡根涌出，先是一团一缕，后扯得匀匀细细充融满谷，顿时感到鼻口发呛，头发上脸面上湿漉漉地潮起水沫了。忽然峡谷阴暗起来，但同时仍在峡谷的另一处却泛起光亮，原来船正靠着一边的峡岩下通过，惊奇的是阴暗和光亮的界限是那么分明，他们是立体的几个大三角形，将峡谷的空间一一分割了。我明明知道这是光之所致，却不自觉地弯下了身子，担心被那巨大的黑白三角割伤，船工们却轰然告我：龙门已进了！

龙门，这就是龙门吗？！传说里黄河的鲤鱼一生下来就做着一个伟大的梦想往这里游，游到这里就可化龙，那么，有多少游到了这里实现了抱负，又有多少牺牲了，半途而废了，完成了一个悲壮的形象？今日我也来到了龙门，龙在哪里呢？神话中有龙宫，龙宫有龙王也有龙女，不知洞庭湖的龙与黄河的龙是否一家，那让我做个传书的柳毅多好啊！不不，我进了龙门，我也要成龙了，我就是一条游龙，多自在，多得意啊！瞧，高空上有云飞过，正驮着奇艳的落霞，这云便是翔凤了。有游龙与翔凤，天地将是多么丰富。一阴一阳，相得益彰，煌煌圆满，山为之而直上若塔，水为之乃远源长流，大美无言地存留在天地间了。

汽船终究是扭转了船头要顺流归返了，我的身子随船而下，我的心我的灵魂却永远驻恋在了龙门。试想过多少多少年，或许我已经垂垂暮老，或许我身躯早已不复存在，而更多更多的后来人到此，他们又是会看到夜空的星子静照河面，就知道那是我深情的永不疲倦的眼睛。风在峡谷回鸣，那是我的心声，他们听得懂是我沉沉地抒发着三十七年里来得太晚的遗憾和寻见了我应寻见的企望的礼赞。那靠近水面的石壁上腐蚀斑驳的图案，他们也读得懂是我感念这次辉煌会见的画幅和诗篇。他们更以此明白，那汽船并不是船，而是我踏水走来的巨鞋，或者醒悟进入龙门的十多里黄河之所以平稳，将波澜深藏，那格纹正是我来时走过的印有牡丹的绒毯。他们一定会记住 1989 年 10 月 30 日有一个叫贾平凹的学子到此一游，从此他再不消沉，再不疲软，再不胆怯，新生了他生活和艺术的昭昭宏业。

1989 年 11 月 6 日夜

黄河魂

看黄河可以去许多地方，但要看黄河的精神气势，去小北干流中段的西岸最好。

若从合阳县东的土塬下来，几十里宽的河滩上烟波浩渺，你会惊叹黄河出了龙门后是多么的自由，自由使黄河没了暴戾，舒缓却更加壮阔深沉。一边是数百米高的黄土峡壁如暮云堆积，一边是大水走泥，稠铜滥漫；天老地荒，世事沧桑，你能不为自己的生命存在而锐声呐喊吗？如果能在这里多待上些日子，黎明早起就可以饱览黄河之水为什么是"天上来"，天近傍晚又可领略长河落日是如何的圆。

黄河是二十四小时里因阴晴雨雪而变幻着颜色，主流道的开合聚散却以三十年的时空演义着它或在河东或在河西的谚语。

夏日里，上千米的河床会在瞬间崩岸，河中的沙峰像地毯一样卷起，那是黄河在"揭底"。秋冬两季，水底有牛吼般的声音间或响起，这是黄河又在"地啼"。

什么是魂魄？附气之神为魂，附形之灵为魄；太多的瑰丽太多的雄浑和太多的神秘，使黄河在这里构成了天下最独特的声与色的奇观，所以我称这里是"黄河魂"景区。

灵山寺

　　我是坐在灵山寺的银杏树下，仰望着寺后的凤岭，想起了你。自从认识了你，又听捏骨师说你身上有九块凤骨，我一见到凤这个词就敏感。凤当然是虚幻的动物，人的身上怎么能有着凤骨呢？但我却觉得捏骨师说得好，花红天染，萤光自照，你的高傲引动着众多的追逐，你的冷艳却又使一切邪念止步，你应该是凤的托变。寺是小寺，寺后的岭也是小岭，而岭形绝对是一只飞来的凤，那长长的翅正在欲收未收之时，尤其凤头突出地直指着大雄宝殿的檐角，一丛枫燃得像一团焰。我刚才在寺里转遍了每一座殿堂，脚起脚落都带了空洞的回响。有一股细风，是从那个小偏门洞溜进来的，它吹拂了香案上的烟缕，烟缕就活活地动，弯着到了那一棵丁香树下，纠缠在丁香枝条上了。你叫系风，我还笑过怎么起这个名呢，风会系得住吗？但那时烟缕让风显形，给我看到了。也就踏了石板地，从那偏门洞出去，你知道我发现什么了？门外有一个很大的水池，水清得几近墨色，原本平静如镜，但池底下有拳大的喷泉，池面上泛着涟漪，像始终浮着的一朵大的莲花。我太兴奋呀，称这是醴泉，因为凤是非练实不食非醴泉不饮的，如果凤岭是飞来的凤，一定为这醴泉来的。我就趴在池边，盛满了一陶瓶，发愿要带回给你的。

小心翼翼地提着水瓶坐到银杏树下，一直蹲在那一块小菜圃里拔草的尼姑开始看我，说："你要带回去烹茶吗？"

"不，"我说，"我要送给一个人。"

"路途远吗？"

"路途很远。"

她站起来了，长得多么干净的尼姑，阳光下却对我瘪了一下嘴。

"就用这么个瓶？"

"这是只陶瓶。"

"半老了。"

我哦了一声，脸似乎有些烧。陶瓶是我在县城买的，它确实是丑陋了点，也正是丑陋的缘故，它在商店的货橱上长久地无人理会，上面积落了厚厚的灰尘，我买它却图的是人间的奇丑、旷世的孤独。任何的器皿一制造出来就有了自己的灵魂和命运，陶瓶是活该要遇见我，也活该要来盛装醴泉的。尼姑的话分明是猜到了水是要送一位美丽的女子的，而她嘲笑陶瓶也正是嘲笑着我。我是半老了吗？我的确已半老了。半老之人还惦记着一位女子，千里迢迢为其送水，是一种浪漫呢，还是一种荒唐？

但我立即觉得半老二字的好处，它可以作我以后的别名罢了。

我再一次望着寺后的凤岭，岭上空就悠然有着一朵云，那云像是挂在那里，不停地变化着形态，有些如你或立或坐的身影。来灵山寺的时候，经过了洛河，《洛神赋》的诗句便涌上心头，一时便想：甄妃是像你那么个模样吗？现在又想起了你，你是否也是想到了我而以云来昭示呢？如果真是这样，我将水带回去，你会高兴吗？

我这么想着，心里就生了怯意，你知道我是很卑怯的，有多少人在歌颂你，送你奇珍异宝，你都是淡漠地一笑，咱们在一起吃饭，你吃得那么少，而我见什么都吃，你说过什么都能吃的人一定是平庸之辈，当一个平庸人给你送去了水，你能相信这是凤岭下的醴泉吗？"怎么，是给我带的吗？"你或许这么说，笑纳了，却将水倒进盆里，把陶瓶退还了我。

我用陶瓶盛水，当然想的是把陶瓶一并送你，你不肯将陶瓶留下，我是多么地伤感。银杏树下，我茫然地站着，太阳将树荫从我的右肩移过了左肩，我自己觉得我颓废的样子有些可怜。

我就是这样情绪复杂着走出了灵山寺，但手里依然提着陶瓶，陶瓶里是随瓶形而圆的醴泉。

寺外的慢坡下去有一条小河，河面上石桥拱得很高，上去下来都有台阶。我是准备着过了桥去那边的乡间小集市上要找饭馆。才过了桥，一家饭馆里轰出来了一男一女两个乞丐。乞丐的年纪已经大了，蓬头垢面地站在那里，先是无奈地咧咧嘴，然后男的却一下子把女的背了起来，从桥的这边上去，从桥的那边下来，自转了一下，又从那边上去，从这边下来，被背着的女的就格格地笑，她笑得有些傻，饭馆门口就出来许多人看着，看着也笑了。

"这乞丐疯了！"有人在说。

"我们没疯！"男乞丐听见了，立即反驳，"今日是我老婆生日哩！"

"是我的生日，"女乞丐也郑重地说，"他要给我过生日的！"

我一下子震在了那里，人间还有这样的一对乞丐啊，欢乐并不拒绝着贫贱！我羡慕着他们的俗气，羡慕着俗气中的融融情意。在那一刻里，请你原谅我，我是突然决定了把这一陶瓶的醴泉送给了他们。

但他们没有接受。

"能给一碗饭吗？"

"这可是醴泉！"

"明明是水么，水不是用河用井装着吗？"

这话让我明白了，他们原是不配享用醴泉的。

我提着水瓶尴尬地站在太阳底下，趔脚向小集市上走，奇迹就在这时发生了，我无意地拐过一个墙角，那里堆放了一大堆根雕，卖主因无人过问，斜躺在那里开始打盹了。根雕里什么飞禽走兽的造型都有，竟然有了一只惟妙惟肖的凤，它没有任何雕琢痕迹，完全是一块古松，松的纹路将凤的骨骼和羽毛表现得十分传神。我立即将它买下。我是为你而买的，我兴奋得有点晕眩，为什么这个时候又让我获得这只凤呢？是天之赐予，还是我真有这缘分？我说，我是没有梧桐树的，但我现在有了醴泉，我有醴泉啊，饮醴泉你会更高洁的。

我明日就赶回去，你等着一个送醴泉的人吧。我已做好心理准备，如果你肯连陶瓶一并接受，那将是我的幸福；如果你接受了醴泉退还了陶瓶，我并不会沮丧，盛过了醴泉的陶瓶不再寂寞，而变得从此高古，它将永远悬挂在我的书房，蓄满的是对你的爱恋和对那一对乞丐的记忆，以及发生在灵山寺的一系列故事。

2001 年 6 月 19 日

游寺耳记

　　甲子岁深秋，吾搭车往洛南寺耳，但见山回路转，湾湾有奇崖，崖头必长怪树，皆绿叶白身，横空繁衍，似龙腾跃。奇崖怪树之下，则居有人家，屋山墙高耸，檐面陡峭，有秀目皓齿妙龄女子出入。逆清流上数十里，两岸青峰相挤，电杆平撑，似要随时作缝合状。再深入，梢林莽莽，野菊花开花落，云雾忽聚忽散，樵夫伐木，叮叮声如天降，遥闻寒暄，不知何语，但一团嗡嗡，此谷静之缘故也。到寺耳镇，几簇屋舍，一条石板小街，店家门皆反向而开，入室安桌置椅，后门则为前庭，沿高阶而下。偌大院子，一畦鲜菜，篱笆上生满木耳，吾落座喝酒，杯未接唇则醉也。饭毕，付钱一元四角，主人惊讶，言只能收二角。吾曰：清静值一角，山明值一角，水秀值一角，空气新鲜值八角，余下的一角，买得吾之高兴也。

入川小记

　　我的家乡有句俗语：少不入川。少不入者，则四川天府之国，山光、水色、物产、人情，美而诱惑，一去便不复归也。此话流传甚广，我小的时候就记在心里，虽是警戒之言，但四川究竟如何美，美得如何，却从此暗暗地逗着我的好奇。1981年冬，我们一行五人，从西安出发，沿宝成路乘车去了成都；走时雪下得很紧，都穿得十分暖和。秋天里宝成路遭了水灾，才修复通，车走得很慢，有些时候，竟如骑自行车一般。钻进一个隧洞，黑咕隆咚，满世界的轰轰隆隆，如千个雷霆、万队人马从头顶飞过；好容易出了洞口，见得光明，立即又钻进又一隧洞。借着那刹那间的天日，看见山层层叠叠，疑心天下的山峰全是集中到这里的。山头上积着厚雪，林木玉玉的模样，毛茸茸的像戴了顶白绒帽；山腰一片一片的红叶，不时便被极白的云带断开……又入隧洞了，一切又归于黑暗。如此两天一夜，实在是寂寞难堪，只好守着那车窗儿，吟起太白《蜀道难》的诗句，想：如今电气化铁路，且这般艰难，唐代时期，那太白骑一头瘦驴，携一卷诗书，冷冷清清，"怎一个愁字了得！"正思想，山便渐渐小了，末了世界抹得一溜平坦，这便是到了成都平原，心境豁然大变，车也驰得飞快，如挣脱了缰绳，一任春风得意似的。一下火车，闹嚷嚷的城市就在眼下，满街红楼绿树，金橘灿灿。在西北，这橘子是不大容易吃到，如今见了，馋得直吐口水，一把分币便买得一大怀，掰开来，粉粉的、肉肉的，用牙一咬，汁水儿便口里溅出，不禁心灵神清，两腋下津津生风。惊喜之间，蓦地悟出一个谜来：这四川，不正是一个金橘吗？一层苦涩涩的橘皮，包裹着一团妙物仙品。外地来客，一到此地，一身征尘，吃到鲜橘，是在告诉着愈是好的愈是不易得到的道理啊！

　　走近市内，已是黄昏时分，天没有朗晴，夕阳看不到，云也看不到，一尽儿蒙蒙的灰白。我觉得这天恰到好处，脉脉地如浸入美人的目光里，到处洋溢着情味。树叶全没有动，但却感到有醺醺的风，眼皮、脸颊很柔和，脚下飘飘的，似乎有几分醉后的酥软。立即知道这里不比西北寒冷，穿着这棉衣棉裤，自是不大相宜，有些后悔不及了。从街头往每一条小巷望去，树木很多，枝叶清新，路面潮潮的，不浮一点灰尘，家门口，都置有花草，即是在土墙矮垣上，也鲜苔缀满；偶尔一条深巷通向墙外，空地上有几畦白菜、萝卜，一清二白，便明白这地势极低，似乎用手在街上什么地方掘掘，就会咕涌涌现出一个清泉出来。街上的人多极，却未行色匆匆，男人皆瘦而五官紧凑，女人则多不烫发，随意儿拢一撮披在后背，依脚步袅袅拂动，如一片悠悠的墨云，又如一朵黑色的火焰。间或那男人女人的背上，用绳儿裹着一小孩，骑上自行车，大人轻松，孩子自得，如作杂技，立即便感觉这个城市的节奏是可爱的缓慢，不同于外地。在那乱糟糟的生活漩涡里，突然走到这里，我满心满身地感到一种安逸、舒静，似乎有些超尘而去了。

在城里住下来，一刻儿也不愿待在房间，整日在街巷去走。街巷并不像天津那么曲折，但常常不辨了归途。我一向得意我的认路本领，但总是迷失方向。我不知这是什么原因儿，反正一任眼睛儿看去，耳朵儿听去，脚步儿走去。那街巷全是窄窄的，没有上海的高楼，也少于北京的四合院，那二层楼舍，全然木的结构，随便往哪一家门里看去，内房儿竹帘垂着，袅袅燃一炷卫生香烟。客间和内间的窗口，没有西北人贴着的剪纸，却都摆一盘盆景，有苍劲松柏的，有高洁梅兰的，有幽雅竹类的，更有着奇异的石材：砂碛石、钟乳石、岩浆石。那盆儿也讲究，陶质、瓷质、石质。设计起来，或雄浑，或秀丽，或奇伟，或恬静；山石得体，树势有味，以窗框为画框，恰如立体的挂幅。忍不住走进一家茶馆去了，那是多么忘我的境界，偌大的房间里，四面门板打开，仅仅几根木柱撑着屋顶，成十个茶桌，上百个竹椅，一茶一座，买得一角花茶，便有服务员走来，一手拎着热水壶，一条胳膊，从下而上，高高垒起几十个茶碗，哗哗哗散开来。那茶盖儿、茶碗儿、茶盘儿，江西所产，瓷细坯薄，叮叮传韵。正欣赏间，倒水人忽地从身后数尺之远，唰地倒水过来：水注茶碗，冲卷起而不溢出。将那茶盖儿斜盖了，燃起一支烟来，捏那盖儿将茶拨拨，便见满碗白气，条条微痕，久而不散，一朵两朵茉莉小花，冉冉浮开茶面。不须去喝，清香就沁入心胸，品开来，慢慢细品，说不尽的满足。在成都待了几日，我早早晚晚都在茶馆泡着，喝着茶，听着身边的一片清淡，那音调十分中听，这么一杯喝下，清香在口，音乐在耳，一时心胸污浊，一洗而净，乐而不可言状也。

我们五人，皆关中汉子，嗜好辣子，出门远走，少不了有个辣子瓶儿带在身上。入了四川，方知十分可笑。第一次进饭店，见那红油素面，喜得手舞足蹈，下决心天天吃这红油面了，没想各处走走，才知道这里的一切食物，皆有麻辣，那小吃竟一顿一样，连吃十天，还未吃尽。终日里，肚子不甚饥，却遇小吃店便进，进了便吃，真不明白这肚皮有多大的松紧！常常已经半夜了，从茶馆出来，悠悠地往回走，转过巷口，便见两街隔不了三家五家，门窗通明，立即腭下就显出两个小坑儿，喉骨活动，舌下沁出口水。灯光里，分明显着招牌，或是抄手，或是豆花面，或是蒸牛肉，或是豆腐脑；那字号起得奇特，全是食品前加个户主大姓，什么张鸭子、钟水饺、陈豆腐什么的。拣着一家抄手店进去，店小极，丈夫是厨师，妻子做跑堂，三张桌子招呼坐了，问得吃喝，妻子喊："两碗抄手！"丈夫在灶前应："两碗抄手！"妻子又过来问茶问酒，酒有泸州老窖，也有成都小曲，配一碟酱肉、香肠，来一盘胡豆、牛肉，还有那怪味兔块，调上红油、花椒、麻酱、香油、芝麻、味精。酒醇而柔，肉嫩味怪，立即面红耳赤，额头冒汗。抄手煮好了，妻子隔窗探身，一笊篱捞起，皮薄如白纸，馅嫩如肉泥，滋润化渣，汤味浑香，麻辣得唏唏溜溜不止，却不肯住筷。出了门，醉了八成。摇摇晃晃而走，想那神也如此，仙也如此，果然涌来万句诗词，只恨无笔无纸，不能显形。回旅社卧下，彻夜不醒，清早起来，想起夜里那诗，却荡然忘却，一句也不能做出了。

我常常捉摸：什么是成都的特点？什么是四川人的特点？在那有名的锦江剧院看了几场川剧，领悟了昆、高、胡、弹、灯五种声腔，尤其那高腔，甚是喜爱，那无丝竹之音，却有肉声之妙，当一人唱而众人和之时，我便也晃头晃脑，随之哼哼不已了。演出休息时，在那场外木栏上坐定，目观那园庭式的建筑，古香古色的场地，回味着上半场那以写意为主、虚实结合、幽默诙谐的戏曲艺术，似乎要悟出了点什么，但又道不出来。出了城郭，去杜甫草堂游了，去望江公园游了，去郊外农家游了，看见了那竹子，便心酥骨软，挪不动步来。那竹子是那么多！紫草竹、楠竹、鸡爪竹、佛肚竹、凤尾竹、碧玉竹、道筒竹、龙鳞竹……漫步进去，天是绿绿的，地是绿绿的，阳光似乎也染上了绿。信步儿深入，遇亭台便坐，逢楼阁就歇，在那里观棋，在那里品茗。再往农家坐坐，仄身竹椅，半倚竹桌，抬头看竹皮编织的顶棚、内壁，刷湿竹的绿青色，俯身看柜子、箱子漆成干竹的铜黄色，再玩那竹子形状的茶缸、笔筒、烟灰盘，蓦地觉得，竹该是成都的精灵了。最是到了那雨天，天上灰灰白白，街头巷口，人却没有被逼进屋去，依然行走，全不会淋湿衣裳，只有仰脸儿来，才感到雨的凉凉飕飕。石板路是潮潮的了。落叶浮不起来，近处山脉，一时深、浅、明、暗，层次分明，远峰则愈高愈淡，末了，融化入天之云雾。这个时候，竹林里的叶子光极亮极，海棠却在寒气里绽了，黑铁条的枝上，繁星般孕着小苞，唯有一朵红了，像一只出壳的小鸭，毛茸茸地可爱，十分鲜艳，又十分迷丽。更有一种树，并不高的，枝条一根一根清楚，舒展而微曲地向上伸长，形成一个圆形，给人千种万种的柔情来了。我总是站在这雨的空气里，想我早些日子悟出的道理，越发有了充实的证明。是啊，竹，是这个城的象征，是这个城中人的象征：女子有着竹子的外形，腰身修长，有竹的美姿；皮肤细腻而呈灵光，如竹的肌质；那声调更有竹音的清律，秀中有骨，雄中有韵。男子则有竹的气质，有节有气，性情倔强，如竹笋顶石破土，如竹林拥挤刺天。

　　我太爱这欲雨非雨、乍湿还干的四川天了，醺醺地从早逛到晚，夜深了，还坐在锦江岸边，看两岸灯光倒落在江面，一闪一闪地不肯安静，走近去，那黑影里的水面如黑绸在抖，抖得满江的情味！街面上走来了一群少女，灯影里，腰身婀娜，秀发飘动，

走上一座座木楼去了，只有一串笑声飘来。这黑绸似的水面抖得
更情致了，夜在融融地化去，我也不知身在何处，融融地似也要
化去了。

1982 年

四月三十日游青城后山

那里峰峦错综，沟壑复杂，一早进去，愈进愈深，到了下午不知了出路。迷糊着转过竹坡，忽然看见了一座古寺，山面逼仄，一和尚在那里读书，旁边的木牌子写有"天亮开门，天黑关门"，顿时心生喜欢。

在寺里烧过香了，沿寺前的小路往右走，涉过小溪，前面就是一个深坳。坳里尽是高大的楠木，也有樟和漆，树干光洁，没有苔藓和藤蔓纠缠，像无数的柱子栽在那里。走进去，人全然都绿了，脚底没有声响，仰头看树，树都直端端往上长，看不到顶，高高的空中枝叶联合，如盖了青云，阳光就从青云间下来，一道一道的白。

林子的中间，有人在卖菜，一间草房，一张竹桌。或许是大半天没有游客到来，买菜人立在房前，数着落在竹桌上的七只鸟，又来了一只，是八只鸟。

我说：满山就这里的树木大呀！他说：这坳子深么。我说：哪棵最高呢？他说：都争着太阳长的，差不多吧。

去搂了一棵树，羡慕着树安静地长在这里，太阳是树的宗教，才长得这么粗这么高。

　　在一棵树下，让一片光罩着，有细雨就下起来，雨并未湿衣，却身上脚下一层褐色的颗粒，捡起来，竟然是米粒大的花蕾。卖菜人说：那是漆树落花。我就站住不动，让花雨淋着。

2008 年 5 月 3 日追记

经过豆沙关

我经过的，最险要的峡谷，是云南的豆沙关。

原本是从盐津县坐车去水富县的，天一直是雾腾腾，车在半山腰的路上爬，绕来拐去，看不清三百米外的东西。路面虽然平整，但很窄，一有会车，来的就紧靠了凿出的崖壁，去的则往边，再往边，轮胎刚刚压在路沿的石条上，还一颠一颠的。这让我受不了。坐在临窗处往车下看，路下万丈的深渊，半渊处斜长着一株秃树，披挂了数丈的根须，再往下，就是关河，关河水很急，翻滚如雪。我调换了座位，眼不见心不乱，却再不敢说话，死抓了扶手，把心提在嗓子眼上。又走了一阵，车停下来，说是前边两辆卡车撞了，立即前后的车辆全堵起来，而我们的车正停在一处窝崖下，崖上有瀑布流下，叮叮咣咣落在车棚上。公路上有瀑布，这是我从未见到过的，如果车辆一冲而过，多好玩的一景，可现在让瀑布一直敲打我们的车，就十分地难受了。从车里跑下来，蹲在一处吃纸烟，不知堵塞几时疏通，看天窄得如一条龙，河对面的沟里有一户人家，可能在做饭，烟雾在屋上罩了一堆，久久不散。

车辆终于可以通行了，路越发窄，而且一直下行，但路往下，河也往下，似乎路与河要往地心去。这样着天已黄昏，前面的峡谷收拢起来，再收拢，突然间两山紧靠，如关了门，关河就不见了。司机说：豆沙关到了！

如何想象，豆沙关都不该是这个模样，但豆沙关就是这么个模样。说雄，它不是多雄，却险得让我心惊肉跳。或许是西南山高峡深多的缘故，在盐津县城的时候，介绍人并没有说到它的险恶，而夸耀的是山崖四五百米高的僰人悬棺，以及关上的五尺道。僰人部落现已没有，悬棺是怎样抬上去的，数千年为何还完整保存，这是一个谜。五尺道是秦时开凿，可以见证当年南丝绸之路的繁荣。但这些我倒不太感兴趣，走了一截五尺道，蹲下望了望悬棺，便又只打问这山有多高，峡有多深。一个时代有一个时代的故事，故事可以变幻，山水却是依旧啊。我的询问，旁边的人不能回答，而天色苍茫，仰头我望不到山顶，俯身也瞧不到谷底，只听到水的轰鸣。我有了一个幻想，极力想蓦然看到一树山桃，没有山桃，盯着一片不知名的林子，林子和山色慢慢成了一色，天就黑了。顺着一条小道往上走，便走到了一个镇子上。这里还有一个镇子，这令我百思不解，也让我来了兴致。

镇子不大，仅仅一条街。但街上两边都是门面房，房子结构十分讲究。虽然已经晚上了，各门面还开张，卖饭的卖饭，卖货的卖货，但却没有人买。风从街道上飕飕往过吹，吹得家家屋里吊着的小灯泡晃荡，道面上便有各种影子缩小张大，跳来跳去。我踏进一家店里，是出售锅盆碗盏和镢头铁锨一类铁器，昏暗中物件都闪一点幽光，店主就坐在柱子边，好像只有半个脸。我进去他没有反应，我看了看又走出来，他也没有反应。门口里一个妇女抱着小孩，母子也是默然。我下了台阶从街上往前走，街上一处黑一处白的，才朝着白处下脚，扑哧溅起水，听见那妇女在说：

朝黑处踏，黑处是干的。从门面里照出来的一道挨一道光亮里还走着一只鸡，体大如鹤，翅羽斜斜，像披着一件外衣。鸡的步伐很闲，走着走着也成夜了，街顶头就没有了灯火，而另有三四人在晃动，能听到喘粗气。走近了，他们在搭一个席棚，席棚的门和门面门对着，旁边隐约有一堆柏朵。我猜想这家是死了人，柏朵是垫棺用的，奇怪的是门面屋里并没有哭声。走过了街，远处竟出现一点火，像萤火虫，到了跟前，方是蹲着了一个人，他在吸纸烟。

镇子的夜晚太寂静，寂静得像那些石头，和石头缝里长出的树。关河的响声越大，镇子越寂静。头顶上空那一长狭的天都是黑的，出现了星星，数了又数，七颗星成勺形，是北斗星吧，我记得今夕是 2004 年的 12 月 15 日。

2005 年 1 月 18 日

丽江古城

　　我最喜欢的是丽江古城里的水，在西北生活得久了，知道什么为渴望，第一回到昆山的周庄，见到流水穿街过巷，入院过墙，兴奋得大呼小叫，但周庄的水毕竟太软太柔，有一股鱼虾的腥味。丽江古城的水就不一样了，它是玉龙山上下来的雪水，经双石大桥一分而三进城的，清冷有声，洁净无泥。桥有千座，石拱的、石条的、木板的，孔也是单孔双孔和多孔，才驻脚在最古老的栗木板桥头，说那栗木质如石料，那垂柳苍枝如龙蟠，便瞧见河边的浅水里活动着一只小瑞兽，忙趋身近去，是一面石板上有着瑞兽的浮雕。浮雕绝对是明清时期的物件，我移动不起，便感叹这么好的东西竟丢弃在这里！遂捧水洗脸，趁机咽下了一口，没想就爆响了一片笑声。

　　笑声在河对岸的木楼上，揭窗高撑，站在窗口的是与我同来丽江古城的王先生和张女士，我们是在四方街走散了的。我先是在一个卖铜器的摊前翻那些铜件，拿了这件又丢不下那件，商贩就把一颗烟递过来和我说话，他说四方街可是古城的心脏，有四条主要街道通向四面八方，每条主要街道在城内又有数十条街巷向四周延伸。我说若没有方的城墙，那这里该是个平放的车轮轴心了。商贩说：丽江古城从来没有城墙。这我就诧异了，天下还真有城没城墙的？商贩问我从哪儿来，我说是西安，他说：噢，难怪了，你不晓得纳西族的历史。原来隋末唐初，纳西族人就居住在了这里，明洪武十六年这里的土司越过千山万水朝觐了朱元璋，朱元璋给土司取了汉姓木，意思是朱下面为木，让其坐上第一任世袭的丽江军民总管府的宝座。木府土司从那时起就建设城市，但偏不修城墙，认为木字四周有墙便是困字，怕影响木家的兴旺发展。故事说得颇为有趣，商贩越发地得意，又介绍说早先这里是土坪场，后来用五花石铺成了一个府印之状的广场，又在广场沿河一边修了水闸，每日日落散市后，关闸漫水，西河水自然通过广场和七一街、五一街流向中河，就将广场和街道冲洗得干干净净了。城市有这么个清洁法，真使我如听神话，仰头看看日头，日头才到当顶，指望着目睹关闸漫水的场面是不可能了，这才想起一块游四方街的王先生和张女士，但这里摊贩云集，人头攒涌，哪里寻得着他们的身影？现在不期而然竟又遇着，张女士尖声打趣我：不见你了，还以为你尾随了哪一位纳西姑娘去人家吃茶了！我说你怎么知道的，我真的尾随了一位姑娘直走到卖鸭桥头，她进了一家店里吃鸡豆凉粉，她拿眼窝我，我便离开了！但我并不是要对她非礼，我是欣赏她的披肩哩！纳西族妇女的服饰是非常美丽的，差不多宽腰大袖，前幅短后幅长、及胫的镶边袄儿，外加紫色或者青色的坎肩，下着长裤，腰系多折，绣有蜂蝶图形，而围圈上则用金线和彩丝绣了图案，称作"披星戴月"。披星戴月这四个字汉族里是形容辛劳的，纳西族人却使它产生了诗意。南方的妇女比北方的妇女要劳苦，纳西族妇女更是如此，除了家务仍要务农经商，什么都靠肩背。昨天下午在进城的路我是看见过一个七十多岁的老太太，腰已经弯得厉害，却仍是背着一个大背篓，背篓里高高装着杂物，背篓的宽背带斜系在肩上，因为太重，一只手紧紧抓住背带，但她的脚步很稳。今天早晨，我起得早，在宾馆后的小坡上散步，更是有一群妇女往坡上背石头，可能是坡上正修建什么，她们是将大块的石头放在背上，用绳搂着一直到脖前，坡道在转弯时路面太陡，架了木板，木板上横着钉了木条，她们就踩着木条吭哧吭哧往上走，那腰系的多折随之摆动，其上的蜂蝶图案如活了一般。我说完了我的见闻，张女士说："你到楼上再看看吧，更有叫你稀罕的事哩！"拉着我就上了楼。

楼是木楼，明代的物事，那楼梯的扶手、二楼的护栏，以及所有的门和窗，都有着十分精致的雕花。在内地的安徽和山西，有至今保存得完整的明清村落，依然雕梁画栋，但汉族民居的雕刻多是历史人物故事图，而纳西族信奉万物有灵，崇拜多神，他们雕刻的几乎全是飞禽走兽花鸟草木。站在楼道上往远处一看，全城尽在眼下，你看到的没街没巷，屋的檐角翘起的瓦顶皆密密麻麻浮着，如黄河开冻后涌下的浮冰。而看楼旁的几处院落，认得哪一所是三坊一照壁，哪一所是四房五天井，哪一所又是一进两院；什么是妹楼、明楼，什么又是走马转角楼。进了楼上一间房中，原来是木雕工艺店，同时也是作坊，四壁挂满了各种变形人兽雕件。一老者戴着老花镜正刻一只青蛙圆盘，他刻得真好，先是在白木圆盘上涂上一层墨，然后并不画草稿，刀就在上面来回走动，刻剔出的是白，留下来的是黑，外一圈是狼狐虎豹头，中间是一个人面蛙身神，拙朴生动。我连声叫好，掏钱把蛙盘买下了。张女士说让女儿在盘背面留下名姓吧，我有些迟疑，以为这是张女士在戏弄我了，可她却把我推进里边的套间里，套间里果然坐着一位极漂亮的姑娘，姑娘正在灯下抄写什么。近前看了，不觉大惊，她用的是方杆竹笔，写的是象形文字。来丽江古城，是受纳西人的象形文字而诱惑的，虽在街上看到每家店牌的汉字下写有象形文，但毕竟还未目睹更多的象形文字，而且是现场书写。老实讲，这些象形文字我大略能看出每一个象形要代表的意思，但一个字一个字连起来就如对了天书，更不知其读音。姑娘告诉我，她这是抄写东巴教经文的。东巴教是纳西人的一种古老宗教，其图画象形的文字是当今世界上唯一保留完整的活着的象形文字。东巴文写成的东巴经有两千余册一千多种，内容涉及宗教、历史、语言、文学、天文、地理、哲学、医学、神话、艺术等等，堪称纳西古代的百科全书。我们赞叹着她这么年轻竟会东巴文，她羞涩地说她也是才学的，如果晚上去看古乐会表演，东巴教祭司东巴，也就是神父身份的老者会在场，老东巴才是集巫、医、学、艺、匠于一身的。我们忙打听了晚上古乐会在哪儿表演，几时开演，并要求姑娘在蛙盘上签名留念，姑娘提笔写了，我只认得了"一九九九年×月×日"，因为一是画了一个逗号，九是画了九个逗号，月是画了个半月，日是画了个太阳。

晚上，我们寻着了古乐会演出地，想不到全城竟有数家古乐会同时演出，先去了一家是乐舞并举，场面极其的华丽和神秘，演奏的是以道家的洞经古乐《玉清无极总真文昌大洞仙经》和儒家典礼音乐为载体保存的部分唐宋元明的词曲牌音乐和纳西先民的"巴石什礼"音乐，这些曲牌在内地早已失传，却奇迹般的保留在丽江，并世代相传！音乐奏毕，主持人宣布老东巴领衔演东巴舞，但见演奏者中的那个有着雪白胡须的老人走了出来，说了一通东巴语，遂之表演起蛙舞等舞蹈，身手敏捷，而且表情万般丰富。可惜观看的游客太多，演出厅里连过道都挤满了人，我们不可能去台上和老东巴见面。待一场演出完毕，我们来到了街上，兴趣并未褪去，急忙忙又往另一演出点跑，遗憾的是那里的演出刚刚结束，乐队已经离开了，但我们有幸被允许进去看看演出厅。这个演出厅是一座有着七八个朱红木柱的大房子，摆满了一排一排木椅，而地上则铺着厚厚的柏朵，演出台宽敞而略高，各种隔栏和木架，摆放着乐器和奇奇怪怪的人神面具，台墙上绘有图腾壁画，供奉了什么神位，有木雕的也有泥塑的。厅内灯已经关闭得只留下四角各一盏，乐器和神像发着幽光，驻脚留意进厅处的木板壁上的一溜镜框，里面是各位古乐会的老乐师，他们都穿着刺绣着龙凤和团花的长袍，又都是白胡飘胸，手执着二胡、板胡、琵琶、三弦，神态庄严，高深古雅。我们虽然未聆听到这些老者的演奏，但面对着皆是八十岁以上的古乐演奏的活化石们的照片，感觉到在天上，在大厅里，在我们心里旋律骤起，进入了一个崇高、空灵而远古的梦境之中。

丽江离西安的距离实在是太远了，但在丽江的两夜一日中总恍惚我并未离开西安，或者我就在西安。造物主造就了这个地球和人类，哪儿都有好山好水，有好山好水的地方就有人类，有人类就有着智慧，这便是丽江古城给我的启示。现在丽江古城被联合国列为世界文化遗产，受到了保护，我将把这两夜一日今生今世保存在心里。

2004 年 4 月 4 日

佤族少女

十年前读沈从文先生的小说，他喜欢写某族的少女是天神和魔鬼共同商量后的造物，我常惑不解，以为是作家的奇异之想。在昆明大观楼前的草坪地上，我见到了一位佤族的少女，才知道"神妖"二字了。

这天，我正在大观楼上读天下第一长联，忽闻一串笑声，尖锐清脆，音调异常，低头看时，窗外波光浩渺，画船往复，未见什么情影。又读长联，旋即再有人语："唱一段吧！"随之"哎"的一声，如长空鹤鸣："五百里滇池奔来眼底……"唱的正是长联上句。忙又凭窗探望，水上众舟一齐停棹，人皆向左岸注目，果然那小小一片芳草地上，一女子在清歌。她背向楼台，亭亭站立，一双白嫩小巧的赤脚半埋在浅草中，穿一件红黄间杂的短裙。裙刚及膝弯，双腿合并如两根立锥，而脚脖与脚背处呈现出一种曲线，美不可言。她的腰极细极细，紧勒着一条彩带，似乎要勒断了去，那一大束红色白色的串珠就那么松松地系挂着，衬出上衣和短裙间的二指宽的腰际的肤肌。上衣是一件无袖小褂，作用完全在于隆起胸脯。头顶上扎一条白带，将蓬蓬勃勃的一片黑发披落在后背，沈先生曾说这是绞搓了黑夜而成的头发，比喻也只能如此了。待唱至联尾，红日在滇池欲坠，水鸟同彩云共飞，水上的画船全悠悠地在打转。正不知那女子还要唱出些什么，突然翩翩起舞，那动作如旋风扫过竹林，如急雨骤落到水面，乌发飘曳，将一团粉白小脸一闪即过，逮不住那白月牙间的一点红舌，欢动了一泓颜色、一窝线条。

我从未到过佤族的山寨子去，从未领略过西双版纳的棕林，从未品尝过竹楼上的菌子，但我知道了那里一定有着火中的凤凰，有着美丽的孔雀，有着诱人的沉渊潭水和浸着香汁的鲜花。

我伏在窗台上，望着那渐渐远去的女子的背影，心里一遍一遍地说，一定得到西双版纳去，明日就去。

倏忽间，水面的画船都划动了，头尾相接地往滇池的前方去。芳草地上已经消失了那女子，她沿着岸走去，穿过了樱树，闪过了一簇美人蕉，她在奔跑着，风抛着头发如黑色火焰，四肢迅跑，真像一头林中的小兽。水上的画船全撵着她行，男的忘记了持重，女的失却了嫉妒，桨划着水，那一层一层的旋涡就悠悠地留满了地面，软软地停灭在楼下的水草丛里了。

大观楼上果然大观，它使我同所有游览的人皆同那神同那妖一起消解了精力，又新生了精力。

读山

在城里呆得一久，身子疲倦，心也疲倦了。回一次老家，什么也不去做，什么也不去想，懒懒散散地乐得清静几天。家里人都忙着他们的营生，我便往河上钓几尾鱼了，往田畦里拔几棵菜了，然后空着无事，就坐在窗前看起山来。

山于我是有缘的。但我十分遗憾，从小长在山里，竟为什么没对山有过多少留意？如今半辈子行将而去了，才突然觉得山是这般活泼泼的新鲜。每天都看着，每天都会看出点内容；久而久之，好像面对着一本书，读得十分地有滋有味了。

其实这山来得平常，出门百步，便可蹚着那道崖缝夹出的细水，直嗓子喊出一声，又可叩得石壁上一片嗡嗡回音。太黑乱，太粗笨了，混混沌沌的；无非是崛起的一堆石头：石上有土，土上长树。树一岁一枯荣，它却不显出再高，也不觉得缩小；早晚一推窗子，黑兀兀地就在面前，午后四点，它便将日光逼走，阴影铺了整个村子。但我却不觉得压抑，我说它是憨小子，憨得可恼，更憨得可爱。这么再看看，果然就看出了动人处，那阳面、阴面，一沟、一梁，缓缓陡陡，起起伏伏，似乎是一条偌大的虫，蠕蠕地从远方运动而来了，蓦然就在那里停下，骤然一个节奏的凝固。这个发现，使我大惊，才明白：混混沌沌，原来是在表现着大智；强劲的骚动正寓于悄悄的静寂里啊！

于是，我常常捉摸着这种内在的力，寻找着其中贯通流动的气势。但我失望了，终未看出什么规律。一个山峁，一个山峁，见得十分平凡，但怎么就足以动目，抑且历久？一个崖头，一个崖头，连连绵绵地起伏，却分明有种精神在团聚着？我这么想了：一切东西都有规律，山则没有；无为而为，难道无规律正是规律吗？

最是那方方圆圆的石头生得一任儿自在，满山遍坡的，或者立着，或者倚着，仄、斜、蹲、卧，各有各的形象，纯以天行，极拙极拙了。拙到极处，却便又雅到了极处。我总是在黎明、在黄昏、在日下、在雨中，以我的情绪去静观，它们就有了别样的形象，愈看愈像，如此却好。如在屋中听院里拉大锯，那音响假设"嘶，嘶，嘶"，便是"嘶"声，假设"沙，沙，沙"，便是"沙"声。真是不可思议。

有趣的是山上的路那么乱！而且没有一条直着，能从山下走到山顶，能从山顶走到山底，常常就莫名其妙地岔开，或者干脆断去了。山上啃草的羊羔总是迷了方向，在石里、树里，时隐时现。我终未解，那短短的弯路，看得见它的两头，为什么总感觉不到尽头呢？如果将那弯线儿拉直，或许长了，那一定却是感觉短了呢，因为城里的大街，就给人这种效果。我早早晚晚是要看一阵山上的云雾的：陡然间，那雾就起身了，一团一团，先是那么翻滚，似乎是在滚着雪球。滚着滚着，满世界都白茫茫一片了，偶尔就露出山顶，林木蒙蒙地细腻了，温柔了，脉脉地有着情味。接着山根也出来了。但山腰，还是白的，白得空空的。正感叹着，一眨眼，云雾却倏忽散去，从此不知消失在哪里了。

如果是早晨，起来看天的四脚高悬，便等着看太阳出来，山顶就腐蚀了一层红色，折身过山梁，光就有了棱角，谷沟里的石石木木，全然淡化去了，隐隐透出轮廓，倏忽又不复存在，如梦幻一般。完全的光明和完全的黑暗竟是一样看不清任何东西，使我久久陷入迷惘，至今大惑不解。

看得清的，要算是下雨天了。自然那雨来得不要太猛，雨扯细线，就如从丝帘里看过去，山就显得妩妩媚媚。渐渐黑黝起来，黑是泼墨的黑，白却白得光亮，那石的阳处、云的空处、天的阔处、树头的虚灵处……一时觉得山是个莹透物了，似乎可以看穿山的那边，有蓄着水的花冠在摇曳，有一只兔子水淋淋地喘着气……很快雨要停了，天朗朗一开，山就像一个点着的灯笼，凸凸凹凹，深深浅浅，就看得清楚：远处是铁青的，中间是黑灰的，近处是碧绿的，看得见的那石头上，一身的苔衣，茸茸的发软发腻，小草在铮棱棱挺着，每一片叶子，像长着一颗眼珠，亮亮地闪光。这时候，漫天的鸟在如撕碎纸片的自由，一朵淡淡的云飘在山尖上空了，数它安详。

我总恨没有一架飞机，能使我从高空看下去山是什么样子。曾站在房檐看院中的一个土堆，上面甲虫在爬，很觉有趣，但想从天上看下面的山，一定更有好多妙事了。但我却确实在满月的夜里，趴在地上，仰脸儿上瞧过几次山。那时月亮还没有出来，天是一个昏昏的空白，山便觉得富富态态；候月光上来了，但却十分地小，山便又觉得瘦骨嶙峋了。

到底我不能囫囵囵道出个山来，只觉得它是个谜，几分说得出，几分意会了则不可说，几分压根儿就说不出。天地自然之中，一定是有无穷的神秘，山的存在，就是给人类的一个窥视吗？我趴在窗口，虽然看不出个彻底，但却入味，往往就不知不觉从家里出来，走到山中去了。我走月也在走，我停月也在停。我坐在一堆乱石之中，聚神凝想，夜露就潮起来了，山风森森，竟几次不知了这山中的石头就是我呢，还是我就是这山中的一块石头？

作于 1982 年 4 月 29 日夜静虚村

平凹携妇人游石林

平凹同妇人游昆明石林，歇坐于观峰亭上，时落日西坠，半天火云。妇人问："你说这石林像什么？"平凹说："林石。"妇人笑了："没有别的比喻吗？"平凹说："是墓碑。北方有碑林，多为帝王竖，雕龙盘绕，古龟驮负；南方无故都，百姓食龟蛇，碑子便无雕饰。天下有雄才奇志者，不独皆成帝王，民间何不有如此大碑？此碑虽成林，当然不是人人都有一块，但凡来观看的，任意从一处数起，数至自己生年岁数止，那碑就是你的，因此这碑子无字，各自去读各自的一生了。你不见林中那一钟石，叩之洪响，令人肃森庄严吗？"妇人说："你好发奇想！既是墓碑，都是死后所竖，碑子怎么好是游人自己所见的？"平凹说："人长睡名为死，短睡名为梦，那是人的慰藉巧词。短睡是梦，醒来能记前事，长睡是死，醒来可以是所见的虫鱼花鸟、一草一石，这又何尝不就是生前之事或死后之事呢？生生死死，回转不休，墓碑上的苔藓文字也不是常换常新吗？"妇人说："对于你这种谬说，我实在难以接受，何必那么沉重，你不会说些轻松的比喻吗？"平凹微笑，突然说："那好，它是上帝的一块盆景。上帝或许认为这黔地山都负土，单调一片，它就造设了盆景把玩。"
妇人说："这好，上帝的盆景给人多少享受！游了半日，导游员
指点'双鸟渡石''母子偕游''象居台''鹰回头''唐僧坐禅''观
音背石'……愈看愈像，惟妙惟肖。"平凹长吁一声。妇人问："为
何长叹？难道我说得不对吗？"平凹说："上帝造设的一切，不
能如此庸俗赏玩。之所以人到石林由上而下，由下而上，忽左忽右，
忽前忽后，印象应该是强烈的，感觉应该是整体的，启示应该是
庄严的，体验应该是惊恐的。人要有大志，志在四方，蹈大方处
才是。如果千里迢迢来到此地，只看那些象形之处，这无异于一
只蚂蚁爬上一尊佛像，那又何必受爬涉之苦，在家里的斑驳墙皮
上不是也可以看出更惟妙惟肖的玩意儿吗？"女人颜面飞红，哽
噎长久，却反诘问："那你把石林比喻盆景，不也是太小巧吗？"
平凹说："看石林是盆景，又看到了造盆景的上帝啊！"妇人说：
"我终于明白了。如此说来，石林一游，并不虚行，你回去可以
有一篇文章写了。"平凹说："对于石林，一个字也不写，也无
法写出来，天下无聊的文人几乎把石林的每一颗小石子都写了，
可他们哪里又知道大美者不能言啊！"言毕，两人从观峰亭下，
又游至苍茫之时，各自以自己年岁之数找到一棵石树读其碑文。

假若千年之后，石林还在，管理石林的人还记得这次游玩之
对话，他们一定会编派一个故事作为广告：某某石是当年平凹同
妇人读过，平凹果然以后功成名就。其妇人者，平凹之妻，亦从
此学业大进，寿高八旬，所生二子皆为官 × 品。

太阳城

南宁似乎离太阳过近，又似乎太阳升到天空停止着不动，于是有了红土地，有了从5月到10月的漫漫长夏。若南来小住数日，正逢炎季，白天里全然待在房子里，隔一会儿就泡到浴盆去。再就张着口从窗棂往外看，看到的并不是北方的丝丝缕缕的热气；光脚一片，又似乎光已不存在的难受却是烤炙一般。街上行人并不多，肤黑形瘦，动作迅速如当地的一种蚂蚁，不是在爬，是飞，倏忽闪逝，不可捉摸；脚底下的影子却浓得沉沉重重。出奇的竟没有听到蝉叫。鸟鸣山更空；南宁少了蝉声，反倒使人更烦躁，怀疑要发生地震。

太阳真是南宁的。

这个多民族居住的城市，在远古的时代就于花山石崖上绘制了图形，多少个年年月月过去，图形依然清晰可辨，是一片红光，如霞如炎。至今谁也弄不清那是什么颜料涂抹的，谁又能否认那就是用太阳的光染成的呢？围绕着南宁而重重叠叠的高山峻岭上，是生活着别处的一种语言、别一种风俗的人们，在他们的山寨里一代传一代地有着铜鼓的崇拜。铜鼓之所以为铜，铜是太阳的色泽，鼓之所以为圆，圆是太阳的形状，且每一面铜鼓的中央，莫不浇铸有一个八角或十二角的光齿的太阳啊。三五一群的少女从桄榔树下钻出来了，她们的嘴唇上差不多都要涂着极重极艳的口红，那么一噘，像一颗红果，更像一颗太阳呢。那手指上的指甲全然涂红，脚指甲也涂上了，美丽而神圣，是披了一身红的小的太阳吗？可以断言了，羿射九日的神话这里绝无流传，也可以重新断言，羿一定是南宁人氏。人对于无法征服的东西而转入无限崇拜，这就是具体的南宁吧。

令人喜爱的是满城的树木，这么红天红地的，竟绿翠鲜活。是有了太阳而使树木变形了呢，天地造化的神秘达到和谐？

南宁的树木品种繁杂，许许多多的在北方视为草的，养于盆内，置于案几，这里却高大成株，列于街头。它们的目标似乎是直指太阳，攀缘光路上长，所以桄榔最多，端直无横枝，而墙头的迎春花蔓则垂落墙根，细拉数丈，以探深求测高。树木尽量结果，芭蕉生于顶尖，蜜菠萝挂在枝干，全要将一颗颗一嘟噜有糖的汁水凝固在红日之下，这就是南宁人长夏中的清泉。

太阳遗憾是晒不死生命的。

在邕江岸边的一块草地上，一群孩子赤头赤脚踢着足球，对抗激烈，形势紧张，观战人大呼大叫，却就有诗人大动诗兴，脱口吟出：一个光的刺猬，从东天滚过西天，蜇痛了整个宇宙。人集合起来，捉住它，踢起了足球。

哦，你终于要离开这太阳城了，你永远要留下最强烈的印象，你害怕回到了北方而面颊上那太阳的红痕会消失，你便到那相思树下去，捡那高大乔木上落下的红豆。这是生长太阳的树。你捡一把，又捡一把，从此南宁的太阳的记忆就长生陪伴你了。夫人！

在桂林

1987年的6月，我来到桂林。这是我第一次到西南。如今想起，当时怎么就一口应邀了呢？神差鬼使，令我也几多迷惑，梦境般的，突然就身在桂林了！人生有许多说不透的事体，但冥冥的世界里，肯定是有着招魂的神秘，我不知道我已经等待着来桂林有多少个年年月月，而桂林等待我又已经是多少个长长久久呢？

走到任何地方，我都有记录感受的习惯，但是面对桂林每一山一水，我却毫无笔下的才能，周身的细胞都在活动，千思万虑的好词却都不确切。我不知道是大美者不言呢，还是桂林的山水不是为文学而存在，任何文人在它面前都要变成白丁呢？

它不是先有了城后有山水，它不是人类追求自然的工作，街随着山转，屋沿着水筑，天地的造化来得真真实实。纵观满城的山，全然没底没基，没脉没向，但却绝不是土丘，它是耸耸的山，独立自主，拔地而起。既是拔地竖出，结构却又如组装的家具一样，一层一层组合，每一块又如偌大的焦炭，欲黑作白，极尽裂变，苔痕随意点染。你是不知道它是怎么形成的呢？

据说山皆是石灰岩质，而它应该是一座火山，但是有山就有树，树皆浅嫩。且大都缘壁而生，根系裸露，随岩赋形，成束，成网，那斜斜的枝条只要贴着崖，浑身就要生出根。这生根的枝条远望你以为是那石崖上的裂缝，而石崖上的裂缝你又往往疑心为斜出的枝条。你是不知道这些树是吸收什么生长的呢？

北方人仰观象于天，是那些星辰、日月和云朵，桂林则是山和水的变化莫测的符号。登临任何一座山，从这块石头上跳跃到那块石头上，一石一景，一景一新，你弄不清那是一个游览的活人还是一块清影的静石，恍惚间你也怀疑你是否身上的衣服已幻化为石上的苔藓而身子又已衍变为什么一种符号。从仄仄的石径上折行下山，危崖处有石雕栏杆，似乎那栏杆已经年长日久，裂纹丛生，酥酥烂烂，使你不敢攀扶。其实它完整无缺，光腻如肌，凑近细瞧才看清那石头中夹有无数黑色的线条，呈现出现代派艺术的意味。你不知道这里的石头就是这样能俯察式于群形的一种本色呢，还是山上树的根系已经浸渗入石中而形成的结果呢？

每一条巷巷道道，凡有土的地方都长有桂树。桂树高大，枝冠呈圆，虽然还不是开花时节，但你能闻到一股幽幽的淡香。据介绍，9、10月碧树繁花，香袭全城。你不知道这地方哪来的这么多的香气让桂树释放的呢？

差不多都在下着雨，并不大的，淅淅沥沥，那山就渐渐地淡了去，虚了去，幻化成一个影。那树那花，秀丽朦胧，如美人之羞色。但雨还是在下，太阳即使出来，也是水汪汪的软乎乎的一团蛋黄，你似乎醒悟北方的黄土地是太阳太强烈的缘故，而这里的太阳逊色，则是红土地的红质太多了，太盛了。但你却陷入另一层糊涂：桂林的天上哪儿来的这么多的柔情？于是，你似乎又明白了桂林是东方的味，是中国的味，它的存在才使中国有了水墨的画，也之所以走遍桂林的大街小巷，游遍桂林的远郊近县，随处有画店，画店一满字画。但你又疑惑，不知道这真山真水又是谁画的，画这山这水该用去了多少的晕染的墨汁呢？

最是那到了晚上，一街的商店一齐洞开，灯火通明如昼，但公园里却一片漆黑，唯湖心岛上数点彩灯明灭，如美人调情之眼，平添许多浪漫。小小心心地从蛇行的折桥上走过，身下的水黑绸似的抖，斜旁伸过来的棕叶，摩摩袅袅擦拂肩头，你可看见湖心岛上尽是三三两两的幽会男女，他们的脸乍暗还亮，在朦胧中正美。你立即要吟出这样的爱情诗："到鬼才去的树下，说半明半暗的话，天明了，那柘树长出新叶，相对的心形由浅到深，由小到大。"穿过一对一对的情人，越过水上的石磴，已经走到岸头上了，回头看那临街的一岸，五彩灯火倒映湖中，形成立体，变成另一个世界，这时候，你是不知道了那湖到底是多么个深呢？

畅游漓江，恰恰的又是一个雨天，万点雨脚，一河溅珠，两岸凤尾竹湿漉漉的沉重，打鱼的人四根长株便是船，放鱼鹰，垂钓钩。成群的水牛在沙滩下游动，那不是沙滩，全然被绿荫覆盖，浅浅的、嫩嫩的，如毡如毯。突然间，你会闻到一种气味，犹如在北方的山林里闻到一只飞跃而过的麝的幽香。你伏在船边，努力地掬一把水来，你的手也似乎绿得可人，你终不知道这满河满沿的水是什么染就的呢？

在北方，人以食五谷为主，在桂林却什么都可吃了，那囫囵囵的金龟，那沉沉浮浮的螺蛳、蛇、蛙、麻雀、老鼠……天上飞的，除了飞机不吃，都吃，地上走的，除了草鞋不吃，都吃。你才知道北方人活得太寡味了，人活到世上就是什么都要吃的，什么动物活到世上，又都是供人吃的。吃各种半生半熟的肉，喝"三花""瑞露"美酒，荡俗气，除愁闷，你生熟无间，坐卧无序，掐指计算桂林的食谱，可怎么也不知道还该去吃些什么，喝些什么，该怎么个吃喝法呢？

在街头听罢三个两个的盲人叩渔鼓而歌的小曲，到剧院看过桂林彩调，你是明白了桂林天地和谐的旋律，但由此而不知道了滴水咬噬岩岸又是如何微微？风前的水鸟又是如何啁啁？竹林的雨滴滑下又是如何泛泛？你不明白灵渠上大小天平的设计是怎样从头脑中产生的？你不知道兴安的一株古杨怎么就会吞掉一块石碑？你不知道那古榕树上的附生草怎样生出了象形的文字？你不知道那灵渠上的"飞来石"是真的从峨眉飞来的呢，还是那石上的一株鸳鸯桂树才是真的飞了来？你不知道那如象如虎如骆驼如净瓶的山山峰峰是上天造设于地启示人的呢，还是人以动物器皿而赋形？如果说上天将许多秘密泄露给人间，你却不知道那龟斗蛇行是表示了什么意图？如果是人以生存经验来赋形取名，你却不知道桂林的人是怎样感应着这苍茫的宇宙呢？你不知道连世界上最沉重的山都如此小巧玲珑，那风又有几两，云又有几钱，蚊心有多大，蝉翼有多薄了？你不知道别的山有洞穴而临风鸣响，那整座芦笛岩山竟是一个大溶洞，风拍起薄薄的洞壳会发出怎样的一种音律呢？

来桂林之前，有人说：那儿什么都长毛。果然如此，树是山之毛，苔是石之毛，雾是天之毛，雨脚是水之毛，而人之毛就该是那无穷无尽的惊异和疑惑了。白天里，行不停，看不停，听不停，闻不停，吃不停，到夜里则是没完没了的梦。梦全是在飞动，树飞动，山飞动，水飞动，虫鱼人物飞动。黎明醒来，我也不知道我已做了仙呢，还是仙做了我呢？

1987 年 6 月 16 日桂林急草

四月廿三日游太湖

原来是一摊水而已！

当我千里迢迢地站在了太湖堤岸，没有滚滚的波浪，没有穿空的危崖，十多年来的热盼和想象等待来的，就如这柳下仄仄卧卧的圆石一样呆痴和冰凉吗？天地间聚这样的一洼清水，别的地方也易见到，似乎更大，水更清，除了水鸟翻飞便无游人，而水鸟翻飞愈是水天一色的空阔浩渺。

我久久地不愿坐上泛湖的小舟。

时近黄昏，水面光亮如镜，无数的游舟在那里滑行，尖声锐语，嬉戏无常，已分不来是游人的得意忘形还是湖中显现了水族的活跃。全是些妙龄女子，衣饰使太湖浸染了各种颜色。忽有音乐骤起，从水的某一处潮湿湿过来。我茫然四顾，水汽蒙蒙中不见奏乐的人，却似乎在遥远的水面，一只彩舟凌波而去，无数的舟激动追逐，追在前头渐渐船如一线人若芥子，一层一层极厚极柔的水纹推至岸头。有几只终于返回了，满脸热汗的女子十分疲劳，却遗憾苦叫未能追上那西施。这怨恨使我惊讶，难道西施还在太湖？随之我也笑起我自己了，那倾国倾城的一代名姬是不会至今还泛舟在太湖，但夕阳辉映里出现幻景是太湖的奇观吗？想那英雄的范蠡在金雕玉琢的船上，置一点酒茶，抚一把檀扇，有美人在旁，衣若飞云，眉如远山，清妙似踏波仙子，那是何等适意。而如今的女子都来湖上是想往那美人神采而产生了幻景，还是她们以自身的美丽和幸福不能自持，看别人是西施别人又看自己是西施而真似假时假亦真？我多少有些明白了，太湖毕竟是美人的湖。这一摊水是有了美人，有美人而成就了这一摊水。

微风中我幽幽地叹息了。

有一年，我去西北的某地，在一处细若小儿尿的泉溪前看见了数百人为舀水发生的械斗，结果瓷盆瓦罐遍地碎片，有人流出的血竟比所得的水多。在所经过的三天四夜的路途中，干渴的人家宁给我一个馒头也不肯让半碗凉水；偶尔的那个下午天下起雨，村中的老的少的，垂奶子的妇人和少女，赤了上身在水地上打滚，那张开的口舌鼻翼的十二分的受活表情，惊心动魄地震撼了我。可这有着太湖的吴越，到处是水，似乎那高楼大厦的城市中若随便在水泥路面上抠抠就咕嘟嘟要涌出一个泉来。乡下的村居，更是屋在水上建筑，淘米费去那么多水，洗菜费去那么多水，衣服二日三日就搓，澡一日一冲，连每日早上年轻的媳妇提了马桶在门前咣咣敲着刷涤也要费那么多水。

知道了吴越的水多，你总算明白了之所以感觉这里的女人多的原因。遥想古有楚王爱细腰之说，楚虽不是吴越，恐怕同属一个流域，那么，西施也一定是个细腰妇了。细腰当然立之亭亭，行之曳曳，但细腰远瞧美好，近察则不如北方的那胖妇杨玉环吧。看湖汊上的小船上临风立几个细腰女，真令人担心在船的波晃中那腰要闪断，一握之躯，能受用得了几碗饭呢？听她们细言颤语，舌尖缠绕，柔若蚊鸣，这多是腰太细的缘故。临走时邻居嘱我代购一件上衣，他熊腰虎背，我一到这里就打消进商店的念头，因为所行之处见哪一个是粗壮形象？！我准备回去时买撮白菜和捎一页灰砖，我要让他瞧瞧：吴越的白菜就这么苗条如蒜苗，吴越的灰砖就这么秀气如瓷片！西北的大吼大叫的秦腔使吴越之人震耳欲聋，但我在吴越的几个晚上失眠而特意去看锡剧和评弹，竟使我沉睡如泥而昼夜不分。

我明白了吴越之地为什么多出文人，因为有水生纹，纹者文也。明白了吴越人为什么脚腿不健，因为以船代步，那船正是仿了北方人的鞋形而制。明白了吴越之地为什么人善乐，连一个瞎子也能奏出"二泉映月"，月偏偏在这里最清最白。

这里确实是配作有月亮的地方，即使太阳，也雌化得清丽，雄性的太阳在西北，阳亢得如一只火刺猬，那粗硬尖锐的光刺直扎着烤炙，便有了沙漠的灰烬和焦骨的石山。西北和东南如此不同，这真是上古神话中的共工与颛顼混战的结果吗？天柱折，西北倾，日月就移之吗？天柱折，东南陷，流水便聚之吗？如若不是，那么羿射的一定就是东南的太阳，禹疏的一定是西北的流水！羿，可恶的持弓鬼，把太阳撵到了西北，而大愚的禹怎么能将西北的水一尽儿全疏走呢？！被世世代代传颂的补天的女娲原来工作得并不完满和彻底！

天色愈来愈晚，湖雾愈发绚艳，太湖一时之间像要起火燃烧。太湖到了此时，才真正地感动我了，它是在等待着我的这一刻，更是我等待着它的这一刻，这一刻如此的辉煌灿烂！我踏步登上了湖边的岩山，我瞧见了岩壁上书写的三个大字：鼋头渚。哦哦，这千万年来静卧在这里的原来是一只水鼋！这水鼋几时从水里爬出，又几时被游人误为山岩而一直委委屈屈地忍受着在等待着我的会见呢？有龟便有蛇，蛇在哪里？是化幻了往昔那个妖冶的西施，还是退化了如今湖中小小的银鱼？我终于认出了，这个水鼋不正是支撑天柱的那个水鼋吗？现在盖房筑厅只仅用凿成鼋形的石块，而真正能支撑苍天的真正的水鼋却冷落寂寞了。大材不可小用，这便是水鼋被误解和寂寞生存的伟大处。我默念起古书上对神龟的记载了：背脊像天一般圆，腹像地一般方，背上有盘像山丘，黑纹交错构成许多星宿之状，五彩斑斓像锦缎的花纹，行走与四季相应。我随之在鼋头渚上来回跑动着寻找着那可以占卜的纹相，可惜我不识那如星宿之状的交错的黑纹，坐下来，遥望那远处的据说有"潜鱼"之景的蠡园。是了是了，潜者为鱼，跃者为龙，鱼者阴，龙者阳，阴者清，阳者浊，失了天柱，空留神鼋，天地是东南倾了。我临风苍凉而悲，我不知道天地是不是还要再倾下去，我简直分不来我是那个未死的杞人呢，还是杞人终又转生了我？！湖面的霞光水汽更红了，起火燃烧到正旺处。西北的沙漠上有海市蜃楼，东南的湖面上有山火燎原，这一切奇境又是神灵在暗示我天地要同此凉热的玄妙吗？难道我虽看不懂神鼋背上的占卜的纹相而以别一样的景色泄机吗？我恍恍惚惚之中意识到天地虽倾，但并不会继续倾斜而要复正，不是说米是男性生殖器的象征，麦是女性生殖器的象征，而西北人缺阴故喜食麦，东南人缺阳故喜食米吗？神意如此，真是千声万声的阿弥陀佛了，阿弥陀佛！